abc LA COLLECTION

Réussite

Le BREVET efficace

Français 3e

Cécile de Cazan

Nathan

Mode d'emploi

Un ouvrage synthétique pour réviser et progresser avec méthode !

Cours

Méthode | Exercices | Corrigés

- **Un cours, précis et concis**, structuré en doubles-pages pour faciliter les révisions.
- Des **tableaux** synthétiques et complémentaires pour mieux mémoriser.
- Un ***Testez-vous !*** en fin de cours pour vérifier rapidement ses connaissances.

Méthode

Cours | Exercices | Corrigés

- En page de gauche, des **conseils** pour adopter les bons réflexes et astuces et éviter certains pièges sur des points particuliers du cours.
- En page de droite, un ou deux **exemples** conformes au nouveau programme, surlignés et commentés, pour résoudre les difficultés de la langue.

Exercices

Cours | Méthode | Corrigés

- **Des exercices** de vérification des connaissances.
- Des exercices **d'entraînement** couvrant l'ensemble des cours abordés dans le chapitre.
- Des exercices **vers le brevet** pour s'entrainer à la nouvelle épreuve.

Corrigés

Cours | Méthode | Exercices

- Des **corrigés précis et commentés** pour progresser plus vite.
- De nombreux **conseils** proposés en marge sous forme de bulles d'aide.

CAHIER SPÉCIAL BREVET

- Des **sujets type brevet**, avec leur corrigé très détaillé et des **conseils de méthode**, vous permettent de vous entraîner dans les conditions de l'examen.

ANNEXES

- Des **outils** pour mieux retenir (les classes grammaticales, les fonctions, un lexique).

NATHAN LIVE

1 Télécharge l'appli gratuitement

2 Lance l'appli et scanne les pages de ton ouvrage pour faire apparaître les ressources* (audio, vidéo, liens...)

Disponible sur Google Play

Disponible sur App Store

L'appli Nathan live, c'est un environnement **sécurisé** pour accéder gratuitement **sans inscription**, sans publicité et d'un **simple scan** aux **centaines de contenus numériques** de ton ouvrage.

L'appli garde en mémoire les ressources déjà scannées, te permettant ainsi de les consulter n'importe où et n'importe quand, même sans ton ouvrage.

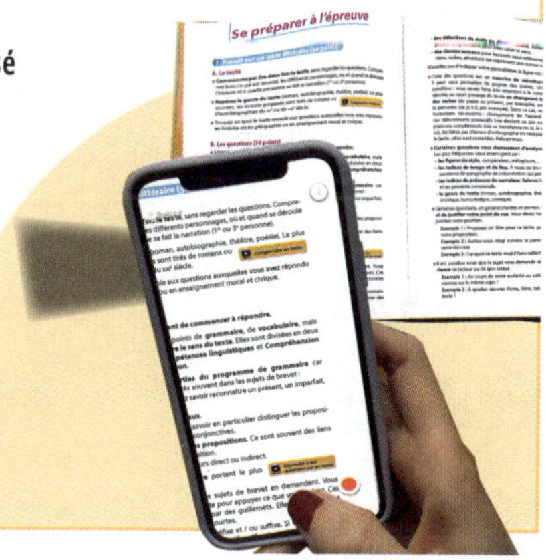

+ D'INFOS ET TUTOS sur **nathan.fr/nathan-live** ou en scannant cette page avec Nathan live

Connectez-vous à abcbrevet.com

Crédit photographique

p. 199 : Jonas Bendiksen / Magnum Photo

Réalisation éditoriale Raphaëlle Mourey, Julie Lavalard, Émilie Leibig, Pauline Bocquillon, Julie Langlais, Cindy Savin

Conception graphique intérieur Julie Lannes

Couverture Élise Launay

Fabrication Kévin Magar

Compositeur PCA

ISBN : 978-2-09-157104-1

Sommaire

PARTIE 3 • Grammaire

DESCRIPTION DE L'ÉPREUVE

1 Le Brevet : qu'est-ce qui a changé ?

- L'**arrêté du 27 novembre 2017** a modifié les modalités d'attribution du brevet.

- L'**équilibre entre les notes** du contrôle continu et celles de l'examen final est rétabli : **contrôle continu (400 points)** et **examen final (400 points).**

- L'examen final comporte **4 épreuves écrites et 1 épreuve orale** dont :

– **3 épreuves à 100 points** : Français, Mathématiques et oral ;

– **2 épreuves à 50 points** : Histoire-Géo-EMC et Physique-Chimie-SVT-Techno.

2 Les modalités de l'épreuve

- L'**épreuve** français dure 3 h et comporte plusieurs exercices :

– des **questions** sur un texte littéraire ;
– une **dictée** ;
– une **rédaction.**

- **Travail sur un texte littéraire** *(1 h 10)*

Vous devrez répondre à une série de **questions** qui portent sur un texte littéraire et, éventuellement, sur un document iconographique. Ce travail vous engage à réagir à la lecture. Les questions sont divisées en deux rubriques :

– **Grammaire et compétences linguistiques** : ces questions porteront sur des **points de langue** précis : analyse de formes verbales, valeurs d'emploi des temps et des modes, analyse de phrases complexes, formation d'un mot, niveaux de langue. L'une de ces questions sera une **réécriture**, c'est-à-dire un court fragment de texte dont il s'agit de transformer les temps et/ou l'énonciation et/ou les personnes de manière à obtenir des formes modifiées.

– **Compréhension et compétences d'interprétation** : ces questions se concentreront sur l'**interprétation** du texte à partir d'effets stylistiques, de champs lexicaux ou de faits de langue. Certaines questions invitent à développer votre **réaction personnelle**, à justifier votre point de vue pour montrer votre compréhension globale du texte.

- **Dictée** *(20 minutes)*

L'exercice suivant est celui de la **dictée.** Elle porte sur un texte de 600 signes environ, dont le thème peut être en lien avec le texte littéraire de la première partie de l'épreuve.

- **Rédaction** *(1 h 30)*

Enfin, lors du travail de **rédaction**, on vous proposera deux sujets portant sur la thématique du corpus de français. Vous traiterez l'un des deux au choix :
– le premier est un **sujet d'imagination** ;
– le second un **sujet de réflexion.**

3 La notation

L'épreuve de français est notée sur **100 points** :
– **50 points** pour les questions ;
– **10 points** pour la dictée ;
– **40 points** pour la rédaction.

4 Ce qui est évalué

L'épreuve de français a pour but d'évaluer les connaissances et les compétences du **socle commun** de connaissances, de compétence et de culture attendues en fin de cycle 4 dans les domaines suivants :
– **domaine 1 « Les langages pour penser et communiquer »** ;
– **domaine 2 « Les méthodes et outils pour apprendre »** ;
– **domaine 3 « La formation de la personne et du citoyen »** ;
– **domaine 5 « Les représentations du monde et l'activité humaine »**.

Se préparer à l'épreuve

1 Travail sur un texte littéraire (50 points)

A. Le texte

- **Commencez par lire deux fois le texte**, sans regarder les questions. Comprenez bien ce qui est raconté, les différents personnages, où et quand se déroule l'histoire et à quelle personne se fait la narration (1re ou 3e personne).
- **Repérez le genre du texte** (roman, autobiographie, théâtre, poésie). Le plus souvent, les extraits proposés sont tirés de romans ou d'autobiographies du XXe ou du XXIe siècle.

Comprendre un texte

- Trouvez en quoi le texte renvoie aux questions auxquelles vous avez répondu en histoire ou en géographie ou en enseignement moral et civique.

B. Les questions (50 points)

- **Lisez toutes les questions avant de commencer à répondre.**
- Les questions portent sur des points de **grammaire**, de **vocabulaire**, mais elles servent surtout à **construire le sens du texte**. Elles sont divisées en deux rubriques : **Grammaire et compétences linguistiques** et **Compréhension et compétences d'interprétation**.
- **Apprenez bien certaines parties du programme de grammaire** car certaines questions reviennent très souvent dans les sujets de brevet :
  - **les temps verbaux :** vous devez savoir reconnaître un présent, un imparfait, un passé simple.
  - **les valeurs de ces temps verbaux.**
  - **la construction d'une phrase**, savoir en particulier distinguer les propositions subordonnées relatives et conjonctives.
  - **les rapports logiques entre des propositions.** Ce sont souvent des liens de cause, conséquence ou opposition.
  - **les paroles rapportée**s au discours direct ou indirect.
- **Les questions sur le vocabulaire** portent le plus souvent sur :

Répondre à des questions sur un texte

  - **des relevés justificatifs.** Tous les sujets de brevet en demandent. Vous cherchez des citations dans le texte pour appuyer ce que vous écrivez. Ces citations doivent être encadrées par des guillemets. Elles seront choisies avec soin, ni trop longues, ni trop courtes.
  - **la formation d'un mot** : radical, préfixe et / ou suffixe. Si vous la connaissez, donnez la valeur du préfixe (*inattentif* : préfixe *in-*, qui sert à former des antonymes + radical).

– **des définitions de mots ou d'expressions.** Relisez bien la phrase ou les phrases qui précèdent pour bien saisir le sens.
– **des champs lexicaux** pour lesquels vous relèverez tous les mots (adjectifs, noms, verbes, adverbes) qui expriment une même idée, un même sentiment.

N'oubliez pas d'indiquer entre parenthèses la ligne où se trouve le mot.

- L'une des questions est un **exercice de réécriture.** Il peut vous permettre de gagner des points. Une condition : vous devez faire très attention à la consigne donnée. Il s'agit de réécrire un court passage du texte **en changeant le plus souvent le temps des verbes** (du passé au présent, par exemple), parfois aussi en changeant la personne (de *je* à *il*, par exemple). Dans ce cas, vous ferez toutes les transformations nécessaires : changement de l'accord du verbe, modification des déterminants possessifs (*ma* devient *sa*, par exemple), changement des pronoms compléments (*me* se transforme en *le*, *la* ou *lui*). Ne faites pas d'erreur d'orthographe en recopiant le texte ; elles sont comptées. Relisez-vous.

▶ Réécrire un texte

▶ Réécrire en changeant le nombre

- **Certaines questions vous demandent d'analyser l'écriture du passage.** Les plus fréquentes vous interrogent sur :
  – **les figures de style**, comparaison, métaphore…
  – **les indices de temps et de lieu.** À vous de les repérer dans le texte ou le paratexte (le paragraphe de présentation qui précède l'extrait).
  – **les indices de présence du narrateur.** Relevez les déterminants possessifs et les pronoms personnels.
  – **le genre du texte** (roman, autobiographie, théâtre, poésie) et sa tonalité (ironique, humoristique, comique).

- Certaines questions, en général placées en dernier, vous demandent **de réagir et de justifier votre point de vue.** Vous devez trouver des **arguments** pour justifier votre position.

  Exemple 1 : Proposez un titre pour ce texte, puis expliquez ce qui justifie votre proposition.

  Exemple 2 : Auriez-vous réagi comme le personnage principal ? Justifiez votre réponse.

  Exemple 3 : Sur quoi ce texte veut-il faire réfléchir ?

- Il est possible aussi que le sujet vous demande de faire appel à **votre expérience** de lecteur ou de spectateur.

  Exemple 1 : Au cours de votre scolarité au collège, avez-vous lu ou vu des œuvres sur le même sujet ?

  Exemple 2 : À quelles œuvres (livres, films, tableaux) vous a fait penser ce texte ?

- Si un document iconographique (photographie, tableau etc.) est joint au texte, les deux dernières questions vous demanderont de confronter les deux. Là encore, vous répondrez en réfléchissant aux points communs et aux différences entre les documents.

  Exemple 1 : Quels éléments rapprochent l'image et le texte ?

  Exemple 2 : Quelles impressions suscite en vous cette photographie ? Sont-elles comparables à celles produites par le texte ? Pourquoi ?

- **Toutes vos réponses doivent être rédigées et lisibles.** Soignez votre écriture et la présentation en soulignant, par exemple, le titre des parties ou des éléments de réponse qui vous paraissent importants.

2 La dictée (10 points)

- **La dictée** se déroule en quatre temps :
  - **premier temps :** le texte vous est lu lentement. Efforcez-vous de bien en comprendre le sens.
  - **deuxième temps :** le texte vous est dicté par groupes de mots cohérents, avec la ponctuation.
  - **troisième temps :** le texte est relu très lentement avec la ponctuation. Écoutez bien les liaisons qui sont faites entre les mots car elles vous donnent des indications sur les lettres finales. Vérifiez que vous n'avez pas oublié de mots.

    Réussir la dictée

  - **quatrième temps :** vous avez cinq minutes pour relire en silence ce que vous avez écrit. Pensez à vérifier les accords des verbes, des adjectifs, des participes passés. Réfléchissez aux homophones (*a* ≠ *à*, par exemple). Si vous hésitez sur des doubles lettres ou sur des lettres à la fin d'un mot, cherchez des mots de la même famille.

3 La rédaction (40 points) – Deux sujets au choix

- **Lisez bien les deux sujets proposés.** Réfléchissez au rapport qu'ils ont avec le texte que vous avez étudié lors des questions. Avant de faire votre choix, réfléchissez et **choisissez le sujet pour lequel vous avez davantage d'idées.**

- **Si vous choisissez le sujet d'imagination**, déterminez s'il s'agit d'écrire :
  - un récit avec dialogue, un récit avec description,
  - un dialogue de théâtre,
  - une lettre,
  - un article de journal,
  - un paragraphe argumentatif,

– une suite de texte,
– un changement de point de vue.

- **Si vous optez pour le sujet de réflexion**, entourez dans le sujet les mots qui vous semblent importants et réfléchissez au plan que vous allez adopter : la formulation du sujet vous le suggère, en général.

Réussir le sujet de réflexion

- **Cherchez ensuite les arguments et des exemples** pour illustrer votre raisonnement. Pensez à votre vie quotidienne, à vos lectures, aux films que vous connaissez...
- **Commencez à rédiger au brouillon** ou, au moins, faites le plan de ce que vous souhaitez écrire. Laissez-vous un peu plus d'une demi-heure pour recopier.
- **Votre rédaction doit comprendre, au minimum, une soixantaine de lignes**. N'oubliez pas de faire des paragraphes, avec des alinéas pour bien marquer le début d'une nouvelle partie.
- Quand vous avez terminé, **relisez plusieurs fois** :
  – pour **vérifier la cohérence** de votre texte.
  – pour **enlever les répétitions** : cherchez des synonymes et utilisez des propositions subordonnées relatives, des pronoms personnels.

Et maintenant, bon courage !

PARTIE 1

Orthographe

CHAPITRE 1

Les accords

1 L'accord du verbe avec le sujet

1 Cas général

• Le verbe s'accorde en personne (1re, 2e ou 3e), en nombre (singulier ou pluriel) et parfois en genre (masculin ou féminin) avec son sujet.

• **Quand le sujet est un groupe nominal,** le verbe s'accorde avec le nom « noyau » du groupe.

L'<u>odeur</u> des lilas et des roses est très forte.

Quand le sujet est un verbe à l'infinitif, l'accord se fait à la 3e personne du singulier.

<u>Rire</u> fait du bien à la santé.

Quand le sujet du verbe est une proposition, l'accord se fait aussi à la 3e personne du singulier.

<u>Que le rire fasse du bien à la santé</u> est prouvé scientifiquement.

• **Lorsque le verbe a plusieurs sujets**, il s'accorde au pluriel.

<u>Le roi, la reine et toute la cour</u> s'avancent à pas lents.

Aux temps composés, si un des sujets est au masculin, l'accord se fait au masculin.

<u>Olivia, Mathilde et Samuel</u> sont allés au cinéma.

• **Lorsque le verbe a plusieurs sujets de personnes différentes**, l'accord se fait selon les règles suivantes :

– avec un sujet à la 2e personne (*toi / vous*) et *moi / nous :* accord à la 1re personne du pluriel ;

<u>Toi et moi</u> lisons beaucoup. <u>Vous et nous</u> allons bien nous entendre.

– avec un sujet à la 3e personne / *lui / eux / elle(s)* et *moi / nous :* accord à la 1re personne du pluriel ;

<u>Mes parents et moi</u> aimerions vous parler.

– avec un sujet à la 3e personne / *lui / eux / elle(s)* et *toi / vous :* accord à la 2e personne du pluriel.

<u>Raphaël et toi</u> êtes toujours d'accord.

• **Lorsque le verbe a comme sujet le pronom relatif *qui***, l'accord se fait avec l'antécédent de *qui*.

Moi qui ai l'habitude… (accord avec l'antécédent *moi*.)

2 Quelques particularités

• **Le sujet est inversé** quand il est placé après le verbe. C'est le cas :

– dans une phrase interrogative. Ont-ils (les élèves) bien compris ?

– dans une phrase en incise. Dépêchez-vous, cria-t-il, nous sommes en retard.

– après certains adverbes : *aussi, à peine, peut-être, sans doute,* etc.

Peut-être faudrait-il partir à 8 h.

• **Après *c'est*, *c'était*, *ce sera*, *ce fut***, l'accord se fait avec le sujet réel placé après le verbe. C'étaient des vacances parfaites.

• **Après les pronoms indéfinis *on*, *chacun*, *rien*, *aucun*, *quelqu'un*, *personne*, *tout***, le verbe s'accorde au singulier.

Aucun des candidats n'est à l'heure. On n'entend pas un bruit.

• **Lorsque le sujet exprime une quantité :** *peu de, beaucoup de, bien des,* etc., le verbe s'accorde au pluriel.

Peu de spectateurs ont été déçus par la représentation.

• **Le verbe peut s'accorder au singulier ou au pluriel** lorsque :

– le sujet est un nom collectif au singulier suivi d'un complément au pluriel ;

La foule des spectateurs a attendu / ont attendu patiemment.

– le sujet est composé de plusieurs noms au singulier reliés par *ni, ou, ainsi que, de même que*, etc.

Ni le football ni le rugby ne lui plaît / plaisent.

Testez-vous !

Cochez les phrases correctes.

1. a. ☐ Aucune des photos n'est réussie.
b. ☐ Aucune des photos ne sont réussies.

2. a. ☐ Toi et moi allez mieux.
b. ☐ Toi et moi allons mieux.

3. a. ☐ Il les regarde.
b. ☐ Il les regardent.

→ Corrigés p. 30

2 L'accord dans le groupe nominal

1 L'adjectif qualificatif

- Les adjectifs qualificatifs s'accordent en genre (masculin ou féminin) et en nombre (singulier ou pluriel) avec le nom auquel ils se rapportent. Les participes passés employés comme adjectifs suivent la même règle.

  Fatigués mais contents, les randonneurs arrivent au refuge. → Accords avec « les randonneurs ».

- **Lorsqu'un adjectif qualificatif se rapporte à deux noms à la fois**, il se met toujours au pluriel.

Il est au féminin si les deux noms sont féminins.

  Une beauté et une grâce évidentes.

Il est au masculin si un des noms au moins est au masculin.

  Une beauté et un talent évidents.

- **Dans un groupe nominal composé d'un nom + complément + adjectif qualificatif**, c'est le sens qui guide l'accord.

  Une tarte aux pêches blanches. → Les pêches sont blanches, non la tarte.

  Une tarte aux pêches brûlée. → La tarte est brûlée, non les pêches.

- **Les adjectifs de couleur** s'accordent quand ils sont employés seuls.

  Des yeux verts.

Quand l'adjectif de couleur est précisé par un autre adjectif, ils sont tous les deux invariables.

  Elle me regardait de ses grands yeux vert clair.

Quand la couleur est exprimée par un nom (*acajou, brique, indigo, jade*, etc.), celui-ci est invariable. Exceptions : *rose, mauve, fauve, pourpre* et *vermeil.*

  Des foulards orange. Des foulards roses.

- ***Beau, nouveau, vieux, mou et fou*** se changent en *bel, nouvel, vieil, mol* et *fol* devant un nom masculin commençant par une voyelle ou un *h* non aspiré.

  Le nouveau livre, *mais* le nouvel an.
  Le vieux manoir, *mais* un vieil homme.

- ***Nu* et *demi*** sont invariables lorsqu'ils sont placés avant le nom.

  Des nu-pieds ; une demi-heure.

Ils s'accordent lorsqu'ils suivent le nom.

  Des pieds nus ; une heure et demie.

2 Accords particuliers

- **Les déterminants numéraux cardinaux** sont invariables, sauf *vingt* et *cent*.

  Quatre mille personnes.

Vingt et *cent* prennent un *s* quand ils sont multipliés et forment des nombres ronds.

  Quatre-vingts ; quatre cents, *mais* quatre-vingt-quatre ; quatre cent un.

- **Le déterminant démonstratif masculin singulier *ce*** se change en *cet* devant un nom masculin qui commence par une voyelle ou un *h* non aspiré.

  Ce paquet, *mais* cet arbre.
  Ce héros, *mais* cet homme.

- ***Tout*, *même* et *quelque*** s'accordent avec le nom ou le pronom auxquels ils se rapportent lorsqu'ils sont déterminants indéfinis.

  Tous les repas sont pris en commun.
  Nous-mêmes n'avons su que faire.
  Quelques voitures ont ralenti.

- ***Chaque*** est toujours suivi d'un nom au singulier.

  Chaque heure compte.

Attention !

Tout, *même* et *quelque* sont invariables lorsqu'ils sont employés comme adverbes.

→ *Tout* signifie alors *entièrement*. Ils sont tout tristes de votre départ.
→ *Même* peut alors être remplacé par *aussi*. Même mes sœurs sont d'accord.
→ *Quelque* veut alors dire *environ*. Il avait quelque vingt euros en poche.

Testez-vous !

Cochez les phrases correctes.

1. **a.** ☐ Samia aime les pulls bleus foncés.
b. ☐ Samia aime les pulls bleu foncé.

2. **a.** ☐ Mille trois cents quatre-vingts.
b. ☐ Mille trois cent quatre-vingts.

3. **a.** ☐ Une baguette et demie.
b. ☐ Une baguette et demi.

→ Corrigés p. 30

3 L'accord du participe passé employé avec l'auxiliaire *être*

1 Quand utiliser l'auxiliaire *être* dans les temps composés ?

- Deux auxiliaires sont employés pour conjuguer les temps composés : ***être*** et ***avoir***.

  J'ai cru que tu étais partie en voyage.

- **L'auxiliaire *être*** est utilisé pour conjuguer aux temps composés quelques verbes intransitifs. Les plus courants de ces verbes sont : *aller, venir, arriver, partir, sortir, rester, tomber, naître* et *mourir*.

L'auxiliaire *être* est également utilisé pour former la voix passive des verbes.

Un jury de collégiens a décerné ce prix. → Voix active

Ce prix a été décerné par un jury de collégiens. → Voix passive

L'auxiliaire *avoir* est utilisé pour conjuguer aux temps composés la majorité des verbes.

2 Cas général

- **Le participe passé employé avec l'auxiliaire *être*** s'accorde en genre et en nombre avec le sujet.

  Mes amies sont venues me voir.

  → Accord du participe passé avec le sujet *mes amies*, féminin pluriel.

- **Aux temps composés de la voix passive**, c'est l'auxiliaire *être* qui est conjugué ; l'accord du participe passé avec le sujet doit donc se faire.

  Des décisions ont été prises ce matin.

  → Accord du participe passé avec le sujet *des décisions*, féminin pluriel, car l'auxiliaire est *être*, conjugué au passé composé.

3 L'accord du participe passé d'un verbe pronominal

- **Pour les verbes essentiellement pronominaux**, c'est-à-dire ceux qui n'existent qu'à la forme pronominale, l'accord du participe passé se fait avec le sujet.

  Les ennemis se sont enfuis.

  → *S'enfuir* est un verbe essentiellement pronominal – « enfuir » n'existe pas –, donc *enfuis* s'accorde avec le sujet *les ennemis*, masculin pluriel.

• **Pour les verbes pronominaux de sens réfléchi ou réciproque**, il faut chercher la fonction du pronom réfléchi qui précède le verbe :

– si le pronom réfléchi est complément d'objet direct (COD), le participe passé s'accorde avec lui.

Elle s'est lavée.

→ C'est-à-dire : « Elle a lavé elle-même » ; *s'* est COD du verbe, donc accord au féminin singulier.

– s'il est complément d'objet indirect ou complément d'objet second, il n'y a pas d'accord.

Elle s'est lavé les cheveux.

→ C'est-à-dire : « Elle a lavé les cheveux à elle-même » ; *s'* est complément d'objet second du verbe, donc pas d'accord.

• **Pour les verbes pronominaux de sens passif**, l'accord du participe passé se fait avec le sujet.

Ces robes se sont bien vendues.

→ C'est-à-dire : « Ces robes ont été bien vendues » ; accord avec le sujet *ces robes*, féminin pluriel.

Accorder le participe passé

Testez-vous !

Cochez les phrases correctes.

1. a. ☐ Elles se sont tirées la langue.
b. ☐ Elles se sont tiré la langue.

2. a. ☐ Les oiseaux se sont envolé.
b. ☐ Les oiseaux se sont envolés.

3. a. ☐ Ils avaient été bien accueillis.
b. ☐ Ils avaient été bien accueilli.

→ Corrigés p. 30

4 L'accord du participe passé employé avec l'auxiliaire *avoir*

1 Cas général

• **Le participe passé employé avec l'auxiliaire *avoir*** ne s'accorde jamais avec le sujet.

Les joueurs ont disputé le match avec acharnement.

• **Quand le COD** (complément d'objet direct) **est placé avant le verbe**, le participe passé employé avec l'auxiliaire *avoir* s'accorde avec le COD.

Elle a regardé ces films.

→ Le COD *ces films* est placé après le verbe, donc il n'y a pas d'accord.

Elle les a regardés.

→ Le COD *les*, pronom mis pour *les films*, est placé avant le verbe, donc accord au masculin pluriel.

Le COD placé avant le verbe peut être :

– un pronom relatif ;

Les enfants que nous avons entendus habitent au quatrième.

– un pronom personnel ;

Nous les avons entendus.

Il n'y a jamais d'accord avec *en*.
Des enfants, j'en ai entendu !

– un pronom interrogatif ;

Lesquels as-tu entendus ? les enfants du troisième ou ceux du quatrième ?

– un groupe nominal avec un déterminant interrogatif ou exclamatif.

Quels enfants as-tu entendus ?

• **Quand le COD est placé après le verbe**, l'accord ne se fait pas.

Victor Hugo a écrit des poésies, des romans et des pièces de théâtre.

→ Le COD, *des poésies, des romans et des pièces de théâtre*, est placé après le verbe, donc le participe passé est invariable.

• **Quand il n'y a pas de COD**, le participe passé est invariable.

Elle a couru.

→ Il n'y a pas de COD, donc pas d'accord.

2 Quelques particularités

- Lorsque **le verbe *faire*** est conjugué à un temps composé et qu'il est suivi d'un infinitif, le participe passé est invariable.

  Nous sommes très contents des travaux que nous avons <u>fait</u> réaliser.

  → Le participe passé de *faire* est suivi d'un infinitif, donc il n'y a pas d'accord.

  Nous sommes très contents des travaux que nous avons <u>faits</u>.

  → Le participe passé s'accorde avec le COD *que*, mis pour *des travaux*, masculin pluriel.

- Il n'y a jamais d'accord avec le pronom ***en***.

  Des émissions sur la Seconde Guerre mondiale, j'en ai <u>vu</u>.

  → Le COD est *en* placé avant le verbe mais il n'y a pas d'accord.

Testez-vous !

Cochez les phrases correctes.

1. a. ☐ Des récits, j'en ai eus.
b. ☐ Des récits, j'en ai eu.

2. a. ☐ Les livres que je vous ai faits lire…
b. ☐ Les livres que je vous ai fait lire…

3. a. ☐ Quelle chance nous avons eue !
b. ☐ Quelle chance nous avons eu !

→ Corrigés p. 30

Accorder le participe passé

LES RÉFLEXES À AVOIR

▶ Pour trouver la dernière lettre d'un participe passé au masculin singulier, cherchez à quel groupe appartient le verbe :

Groupe	Participe passé	Exemple
1er	en *-é*	rêver → rêvé
2e	en *-i*	grandir → grandi
3e	en *-i*, *-u*, -s ou *-t*	cueillir → cueilli ; voir → vu ; mettre → mis ; atteindre → atteint

▶ Lorsque l'accord doit se faire à la 1re ou 2e personne du singulier, trouvez qui représente les pronoms personnels *je* et *tu*.

Sophie, tu es partie trop vite. → *partie* s'accorde avec *tu*, mis pour *Sophie*, donc féminin singulier.

LES PIÈGES À ÉVITER

▶ Ne confondez pas *dû* et *du* : le participe passé du verbe *devoir* (*dû*) s'écrit avec un accent circonflexe pour le distinguer de l'article *du*.

J'ai dû partir à 6 h du matin. → « dû », participe passé de *devoir*.
J'ai du travail. → « du », article.

▶ Faites attention à l'accord avec le pronom personnel COD *vous*.

- si *vous* représente une seule personne, le participe passé s'accorde au singulier : c'est le *vous* de politesse. Madame ! Je vous ai prévenue.
- si *vous* représente plusieurs personnes, l'accord se fait au pluriel. Les enfants ! Je vous ai prévenus.

LES ASTUCES DU PROF

▶ Si vous hésitez sur la lettre finale d'un participe passé, pensez au féminin. La prononciation vous donnera une indication sur la dernière lettre du masculin (*-s*, *-t*, *-u*…).

comprise au féminin → compris au masculin.

▶ Écoutez bien les indications qui vous sont données avant une dictée. Quand on vous signale que le narrateur qui dit *je* est une femme, les participes passés, s'ils s'accordent, seront au féminin singulier.

EXEMPLES

Savoir bien accorder le participe passé

J'ai sorti les romans un par un de la valise, les ai ouverts, ai contemplé les portraits des auteurs et les ai passés à Luo. De les toucher du bout des doigts, il m'a semblé que mes mains, devenues pâles, avaient été en contact avec des vies humaines.

Dai Sijie, *Balzac et la Petite Tailleuse chinoise*, © Gallimard, coll. « Folio », 2000.

> Le participe passé du verbe *être* est toujours invariable.

- **Sorti, contemplé, semblé**

  Ces participes passés, employés avec l'auxiliaire *avoir*, ne s'accordent pas car leurs COD, *romans, portraits* et *que [...] humaines* sont placés après le verbe.

- **Ouverts, passés**

  Ces participes passés, employés avec l'auxiliaire *avoir*, s'accordent avec leur COD placé avant le verbe, *les*, mis pour *les romans*, masculin pluriel.

- **Devenues**

  Ce participe passé s'accorde avec le nom auquel il se rapporte, *mains*, féminin pluriel.

Trouver la lettre finale d'un participe passé

Celle qui raconte est une jeune fille.

Quand j'ai acheté le ticket, à l'entrée, le monsieur a paru surpris que je paye avec un aussi gros billet. Il m'a rendu la monnaie et il m'a laissée passer.

Patrick Modiano, *La Petite Bijou*, © Gallimard, coll. « Folio », 2002.

> Deux orthographes sont possibles : *je paye* ou *je paie*.

- **Acheté**

  Ce participe passé, employé avec l'auxiliaire *avoir*, ne s'accorde pas car le COD, *le ticket*, est placé après le verbe.

- **Paru, surpris**

  Pour trouver les lettres finales de ces participes passés, mettez-les au féminin. *Parue*, donc se termine par un *u*. *Surprise*, donc se termine par un *s*.

- **Rendu**

  Attention ! *m'* est le COS du verbe. Il n'y a donc pas d'accord.

- **Laissée**

  M' est le COD du verbe. L'accord se fait au féminin singulier car on vous signale au début du texte que le récit est fait par une narratrice.

Vérification des connaissances

1 Accordez le verbe avec son sujet en choisissant la bonne réponse.

1. C'est toi qui a / as reçu le message de Clémence.
2. Le numéro des équilibristes était / étaient très réussi.
3. Je les regardes / regarde attentivement.
4. Les voisins et moi vont / allons nous réunir.
5. La banane, l'ananas et la mangue font / fait de très bons sorbets.

2 Accordez le déterminant ou l'adjectif avec le nom auquel il se rapporte en choisissant la bonne réponse.

1. Cet / Cette air de musique me rappelle des souvenirs.
2. Existe-t-il des fleurs bleu / bleues marine ?
3. Jules Verne a écrit *Vingt / Vingts Milles / Mille Lieues sous les mers*.
4. Encore une usine de chaussures délocalisée / délocalisées !
5. Mon fils prendra une demie / demi-portion.

3 Accordez le participe passé employé avec l'auxiliaire *être* en choisissant la bonne réponse.

1. Ces informations ont été données / donné au journal télévisé.
2. Ils se sont regardé / regardés en chiens de faïence.
3. Christelle, Jean et Sophie sont déjà arrivées / arrivés.
4. Ma sœur s'est faite / fait teindre les cheveux en rouge.
5. Elle s'en est mordu / mordue les doigts.

4 Accordez ou non le participe passé employé avec l'auxiliaire *avoir* en choisissant la bonne réponse.

1. Tous ces ennuis leur ont donnés / donné des soucis.
2. Ces vacances vous ont-elles plu / plues ?
3. En regardant le précipice, le vertige les a saisis / saisi.
4. Il n'a continué aucun des sports qu'il avait commencés / commencé.
5. Des entraînements quotidiens, ce champion en a suivis / suivi pendant des années.

Exercices d'entraînement

5 Accordez le verbe avec son sujet au temps indiqué.

1. Peu de personnes .... (*être*, présent) au courant de sa décision.

2. On .... (*ne pas penser*, passé composé) à prévenir ses parents.

3. Treize garçons et six filles .... (*partir*, plus-que-parfait) en Angleterre.

4. Au fond du jardin .... (*se trouver*, imparfait) des rangées de pieds de tomates.

5. Ni la boisson ni le café .... (*n'être compris*, présent) dans le menu.

6 Accordez le déterminant ou l'adjectif avec le nom auquel il se rapporte.

1. Ils ont acheté un .... (*vieux*) appartement qu'ils vont rénover.

2. J'ai reçu un seau d'eau .... (*glacé*).

3. Une fois le salon et la salle à manger .... (*rangé*), nous préparerons le dîner.

4. .... (*Tout*) les livres scolaires doivent être recouverts de plastique.

5. Une fois .... (*étiqueté*) et .... (*compté*), les articles sont mis en rayon.

7 Écrivez en toutes lettres les nombres suivants.

1. 404 **2.** 3 090 **3.** 8 880 **4.** 10 500 **5.** 234 762.

8 Accordez ou non le participe passé.

1. Vous vous êtes .... (*disputer*).

2. Votre imprimante ne pourra pas être .... (*réparer*).

3. Au moment de faire la vaisselle, Claire et Henri se sont .... (*évanouir*) dans la nature.

4. La nouvelle s'est .... (*répandre*) à la vitesse de l'éclair.

9 Expliquez pourquoi certains participes passés sont accordés alors que d'autres ne le sont pas.

1. Elle s'est évanouie tout d'un coup.

2. Des messages se sont échangés entre les correspondants français et anglais.

3. Lise et Sophie se sont donné rendez-vous devant le collège.

4. En une semaine, la situation s'était arrangée.

5. Elle s'est fait couper les cheveux très court.

6. Ils se sont découvert une passion commune pour l'astronomie.

7. Les voleurs se sont constitués prisonniers dès l'arrivée de la police.

10 Conjuguez le verbe entre parenthèses au passé composé et faites, s'il y a lieu, l'accord du participe passé.

1. Nous .... (*se donner*) nos numéros de téléphone.
2. Véronique et Alain .... (*se rencontrer*) un vendredi soir.
3. À la fin de leurs vacances, elles .... (*se promettre*) de se téléphoner régulièrement.
4. Des semaines .... (*s'écouler*) sans aucune nouvelle.

11 Accordez ou non le participe passé.

1. Quelles recommandations leur as-tu .... (*donner*) ?
2. L'erreur qu'il a .... (*commettre*) montre son inexpérience.
3. Les plans de votre maison, les avez-vous .... (*réaliser*) vous-mêmes ou les avez-vous .... (*faire*) dessiner par un architecte ?
4. Nathalie Dessay, que j'ai .... (*entendre*) chanter deux fois en concert, donne un récital dans un mois.

Vers le brevet

12 Remplacez « Miraut » par « les deux chiens » et réécrivez ce passage en faisant les modifications nécessaires.

Miraut comprit que tout était fini, qu'il n'avait plus rien à attendre ni à espérer et, ne voulant malgré tout point déserter ce village qu'il connaissait, ces forêts qu'il aimait, ne pouvant se plier à d'autres habitudes, se faire à d'autres usages, il s'en alla, sombre, triste, honteux, la queue basse et l'œil sanglant, jusqu'à la corne du petit bois de la Côte où il s'arrêta.

Louis Pergaud, *Le Roman de Miraut*, © Mercure de France, 1913.

13 Réécrivez la phrase suivante en remplaçant « le spectateur » par « les spectateurs ».

Car le spectateur est toujours persuadé d'être lui-même meilleur que les hommes qu'il voit sur l'écran, persuadé qu'il évitera de commettre les actes de folie qu'on lui montre.

Axel W. du Prel, *Tahiti Pacifique*, 2001.

14 Réécrivez le texte suivant en mettant les verbes au passé composé.

Des jeunes garçons plongeaient et se poursuivaient avec des rires et des exclamations. [...] Il s'assit au pied d'un palmier pour mieux contempler ce tableau. L'un des adolescents, luisant comme un poisson, passa près de lui.

Michel Tournier, *La Goutte d'or*, © Gallimard, 1985.

15 Dictée

Mots donnés : *milles, aérostat.*

Un ballon, porté comme une boule au sommet d'une trombe et pris dans le mouvement giratoire de la colonne d'air, parcourait l'espace avec une vitesse de quatre-vingt-dix milles à l'heure, en tournant sur lui-même [...] Au-dessous de l'appendice inférieur de ce ballon oscillait une nacelle, qui contenait cinq passagers, à peine visibles au milieu de ces épaisses vapeurs, mêlées d'eau pulvérisée, qui traînaient jusqu'à la surface de l'Océan. D'où venait cet aérostat, véritable jouet de l'effroyable tempête ? De quel point du monde s'était-il élancé ? Il n'avait évidemment pas pu partir pendant l'ouragan. Or, l'ouragan durait depuis cinq jours déjà, et ses premiers symptômes s'étaient manifestés le 18 mars.

Jules Verne, *L'Île mystérieuse*, 1875.

Testez-vous !

p. 17

1. a. Le verbe s'accorde avec le mot noyau du groupe sujet, *aucune*, donc singulier.

2. b. Le verbe s'accorde avec le sujet *toi et moi*, donc 1re personne du pluriel.

3. a. Accord du verbe avec le sujet *il*.

p. 19

1. b. L'adjectif de couleur est suivi d'un autre adjectif, donc pas d'accord.

2. b. *Cent* est suivi d'un nombre, donc il est invariable.

3. a. L'adjectif *demi* est placé après le nom *baguette*, donc il s'accorde avec celui-ci.

p. 21

1. b. Le pronom réfléchi *se* est COI du verbe, donc pas d'accord.

2. b. Le verbe est essentiellement pronominal, donc accord avec le sujet.

3. a. Participe passé employé avec l'auxiliaire *être*, accord avec le sujet *ils*.

p. 23

1. b. Pas d'accord du participe passé avec le pronom *en*.

2. b. Le verbe *faire* est suivi d'un infinitif, donc le participe passé ne s'accorde pas.

3. a. Participe passé employé avec l'auxiliaire *avoir*, accord avec le COD *quelle chance* placé avant le verbe.

Vérification des connaissances (énoncés p. 26)

1

1. as → accord avec l'antécédent *toi*.

2. était → accord avec le nom noyau du groupe sujet, *le numéro*.

3. regarde → accord avec le sujet *je* (*les* est COD, mais le verbe est conjugué à un temps simple, donc pas d'accord).

4. allons → accord avec le sujet *les voisins et moi*, donc 1re personne du pluriel.

5. font → plusieurs sujets, donc accord au pluriel.

2 **1. Cet** → *air* est un nom masculin qui commence par une voyelle, donc *ce* se change en *cet*.

2. bleu → l'adjectif de couleur est suivi d'un autre adjectif, *marine*, donc pas d'accord.

3. Vingt mille → *vingt* est au singulier ; *mille* est invariable.

4. délocalisée → l'adjectif s'accorde avec *usine*.

5. demi → *demi* précède le nom, donc il est invariable.

3 **1. données** → accord avec le sujet *ces informations*, féminin pluriel.

2. regardés → accord avec *se*, COD du verbe.

3. arrivés → accord avec plusieurs sujets dont l'un est masculin, donc masculin pluriel.

4. fait → le verbe *faire* est suivi d'un infinitif, donc le participe passé ne s'accorde pas.

5. mordu → le pronom réfléchi *se* est COI du verbe, donc pas d'accord.

4 **1. donné** → pas d'accord car le COD est placé après le verbe.

2. plu → pas d'accord car pas de COD.

3. saisis → accord avec le COD *les* placé avant le verbe.

4. commencés → accord avec le COD *que* mis pour *les sports*.

5. suivi → pas d'accord du participe passé avec le pronom *en*.

Exercices d'entraînement (énoncés p. 27)

5 **1. sont** → *peu de* entraîne un accord du verbe au pluriel.

2. n'a pas pensé → *on* est suivi de la 3e personne du singulier.

3. étaient partis → plusieurs sujets, l'un d'entre eux au masculin, donc accord au masculin pluriel.

4. se trouvaient → *des rangées de pieds de tomates* est un sujet inversé, donc accord au pluriel.

5. ne sont compris ou **n'est compris** → le sujet est formé de deux noms reliés par *ni*, donc accord au singulier ou au pluriel.

6 **1.** vieil → *vieux* devant un nom masculin qui commence par une voyelle se change en *vieil*.

2. glacée → l'adjectif s'accorde avec *eau*, donc féminin singulier.

3. rangés → accord avec deux noms dont l'un est masculin, donc masculin pluriel.

4. tous → accord avec le nom *livres*, masculin pluriel.

5. étiquetés et comptés → accords avec le nom *articles*.

7 **1.** quatre cent quatre → pas de pluriel à *cent* car il est suivi d'un nombre.

2. trois mille quatre-vingt-dix → *mille* est toujours invariable ; pas de pluriel pour *vingt* car il est suivi d'un nombre.

3. huit mille huit cent quatre-vingts → pluriel à *vingt* car il n'est pas suivi d'un nombre.

4. dix mille cinq cents → *mille* est invariable ; pluriel à *cent* car il n'est pas suivi d'un nombre.

5. deux cent trente-quatre mille sept cent soixante-deux.

Rappel
Les traits d'union sont employés uniquement entre les dizaines et les unités.

8 **1.** disputés ou disputées → accord avec le pronom réfléchi *vous*, COD, donc pluriel masculin ou féminin.

2. réparée → accord avec le sujet *imprimante*.

3. évanouis → le verbe est essentiellement pronominal, donc accord avec le sujet.

4. répandue → verbe pronominal de sens passif, donc accord avec le sujet.

9 **1.** Verbe essentiellement pronominal, donc l'accord avec le sujet est systématique.

2. Verbe pronominal de sens passif. On pourrait dire : *Des messages ont été échangés…* L'accord se fait avec le sujet.

3. *Se* est COI du verbe, donc pas d'accord.

4. *Se* est COD, donc accord avec le sujet.

5. Quand le verbe *faire* est suivi d'un infinitif, le participe passé ne s'accorde jamais.

6. *Se* est COI du verbe, donc pas d'accord.

7. *Se* est COD du verbe, donc accord avec le sujet.

10 **1.** Nous nous sommes donné → le pronom réfléchi *nous* est COI du verbe, donc pas d'accord.

2. se sont rencontrés → le pronom réfléchi *se* est COD du verbe, donc accord.

3. se sont promis → le pronom réfléchi *se* est COI du verbe, donc pas d'accord.

4. se sont écoulées → accord avec le sujet.

11 **1.** données → accord avec le COD *les recommandations* placé avant le verbe.

2. commise → accord avec le COD *que* mis pour *l'erreur*.

3. réalisés → accord avec le COD *les* mis pour *les plans de votre maison*, placé avant le verbe ; fait : le verbe *faire* est suivi d'un infinitif, donc le participe passé ne s'accorde pas.

4. entendue → verbe de perception, accord du participe passé car le COD *que*, mis pour *Nathalie Dessay*, est sujet de l'infinitif qui suit.

Vers le brevet (énoncés p. 28)

12 **Les deux chiens comprirent** que tout était fini, qu'**ils n'avaient** plus rien à attendre ni à espérer et, ne voulant malgré tout point déserter ce village qu'**ils connaissaient**, ces forêts qu'**ils aimaient**, ne pouvant se plier à d'autres habitudes, se faire à d'autres usages, **ils** s'en **allèrent, sombres, tristes**, honteux, la queue basse et l'œil sanglant, jusqu'à la corne du petit bois de la Côte où **ils s'arrêtèrent**.

Remarque

Les temps des verbes, ici passé simple, plus-que-parfait et imparfait, ne changent pas.

13 Car **les spectateurs sont** toujours **persuadés** d'être **eux-mêmes meilleurs** que les hommes qu'**ils voient** sur l'écran, **persuadés** qu'**ils éviteront** de commettre les actes de folie qu'on **leur** montre.

14 Des jeunes garçons **ont plongé** et se **sont poursuivis** avec des rires et des exclamations. [...] **Il s'est assis** au pied d'un palmier pour mieux contempler ce tableau. L'un des adolescents, luisant comme un poisson, **est passé** près de lui.

L'astuce du prof

Veillez bien aux accords des participes passés quand vous réécrivez un texte au passé composé.

CHAPITRE

2 Les homophones grammaticaux

1 Les homophones du verbe *être*

1 Les homophones de *est*

Homophones	Nature grammaticale	Pour ne pas confondre, on peut remplacer par
est	Verbe *être*	*(il) était*
es	Verbe *être*	*(tu) étais*
et	Conjonction de coordination	*et puis*
hais, hait	Verbe *haïr* au présent de l'indicatif	*haïssais, haïssait*
ai	Verbe *avoir*	*(tu) as*
aie, aies, ait, aient	Verbe *avoir* au présent du subjonctif	*(nous) ayons*
Eh ! Hé !	Interjections	*Oh ! Ah !*

2 Les homophones de *m'est, t'est* et *l'est*

Homophones	Nature grammaticale	Pour ne pas confondre, on peut remplacer par
m'est, m'es	Pronom personnel + *être*	*(il) m'était, (tu) m'étais*
mes	Déterminant possessif	*tes*
mets, met	Verbe *mettre*	*(tu) mettais, (il) mettait*
mais	Conjonction de coordination	*cependant*
t'est, t'es	Pronom personnel + *être*	*(il) t'était, (tu) t'étais*
t'ai	Pronom personnel + *avoir*	*t'avais*
tais, tait	Verbe *taire*	*(tu) taisais, (il) taisait*
tes	Déterminant possessif	*mes*
l'est, l'es	Pronom personnel + *être*	*(il) l'était, (tu) l'étais*
l'ai	Pronom personnel + *avoir*	*l'avais*
les	Article défini	*la* ou *le*

3 Les homophones de *c'est*

Homophones	Nature grammaticale	Pour ne pas confondre, on peut remplacer par
c'est + nom ou pronom	Pronom démonstratif + *être*	*c'était* + nom ou pronom
s'est + participe passé	Pronom réfléchi + *être*	*m'était* + p. passé
ses	Déterminant possessif	*tes*
ces	Déterminant démonstratif	*ces …-là* ou *ces …-ci*
sais, sait	Verbe *savoir*	(tu) *savais,* (il) *savait*

4 Les homophones de *soit*

Homophones	Nature grammaticale	Pour ne pas confondre, on peut remplacer par
soit	Verbe *être* au présent du subjonctif	*(nous) soyons*
soit	Adverbe	*ou bien*
sois	Verbe *être* au présent du subjonctif	*(nous) soyons* ou *vous soyez*
soi	Pronom personnel	*moi*

Distinguer les homophones du verbe être

Testez-vous !

Cochez les phrases correctes.

1. **a.** ☐ Tu mets ton pull à l'envers.
b. ☐ Tu m'es ton pull à l'envers.

2. **a.** ☐ Tu t'es trompé.
b. ☐ Tu t'ai trompé.

3. **a.** ☐ Il aime beaucoup ces grands-parents
b. ☐ Il aime beaucoup ses grands-parents.

→ Corrigés p. 47

2 Les homophones du verbe *avoir*

1 Les homophones de *ai*

Les homophones de *ai* (1re personne du singulier du verbe *avoir*, au présent de l'indicatif) sont présentés page 34 (1. Les homophones de *est*).

2 Les homophones de *a* et *ont*

Homophones	Nature grammaticale	Pour ne pas confondre, on peut remplacer par
a	Verbe *avoir*	*(il) avait*
as	Verbe *avoir*	*(tu) avais*
à	Préposition	*pour, vers…*
Ah ! Ha !	Interjections	*Oh ! Hé !*
ont	Verbe *avoir*	*(ils) avaient*
on	Pronom indéfini	*il*

3 Les homophones de *m'a* et *m'ont*, *t'a* et *t'ont*

Homophones	Nature grammaticale	Pour ne pas confondre, on peut remplacer par
m'a, t'a	Pronom personnel + verbe *avoir*	*m'avait, t'avait*
ma, ta	Déterminant possessif	*ta, ton*
m'ont, t'ont	Pronom personnel + verbe *avoir*	*m'avaient, t'avaient*
mon, ton	Déterminant possessif	*ton, mon*

4 Les homophones de *l'a*

Homophones	Nature grammaticale	Pour ne pas confondre, on peut remplacer par
l'a	Pronom personnel + verbe *avoir*	*l'avait*
l'as	Pronom personnel + verbe *avoir*	*l'aviez*
la	Article défini ou pronom personnel	*les*
là	Adverbe de lieu	*ici*

5 Les homophones de *qui l'ai* et *qui l'a*

Homophones	Nature grammaticale	Pour ne pas confondre, on peut remplacer par
qui l'ai	Pronom relatif + pronom personnel + verbe *avoir*	*(nous) qui l'avons*
qui l'a	Pronom relatif + pronom personnel + verbe *avoir*	*(eux) qui l'ont*
qui la	Pronom relatif + pronom personnel	*qui les*
qui les	Pronom relatif + pronom personnel	*qui la*
qu'il est	Conjonction ou pronom relatif + pronom personnel + verbe *être*	*qu'ils sont*
qu'il ait	Conjonction ou pronom relatif + pronom personnel + verbe *avoir* au subjonctif	*que nous ayons*
qu'il a	Conjonction ou pronom relatif + pronom personnel + verbe *avoir*	*qu'ils ont*

Distinguer les homophones du verbe avoir

Testez-vous !

Cochez les phrases correctes.

1. a. ☐ Elle la battu aux cartes.
b. ☐ Elle l'a battu aux cartes.

2. a. ☐ Ils pensent à ceux qui les aiment.
b. ☐ Ils pensent à ceux qu'il les aime.

3. a. ☐ Je ne sais pas ce qu'il est dans cette entreprise.
b. ☐ Je ne sais pas ce qu'il ait dans cette entreprise.

→ Corrigés p. 47

3 Les terminaisons verbales homophones

1 Les terminaisons en *-er / -é / -ez*

Terminaisons	Mode ou temps verbal	Pour ne pas confondre, on peut remplacer par
-é, -és, -ées	Participe passé d'un verbe du 1er groupe	un participe passé d'un verbe du 3e groupe : *fait, pris,* etc.
-er	Infinitif d'un verbe du 1er groupe	un infinitif d'un verbe du 3e groupe : *faire, prendre,* etc.
-ez	2e personne du pluriel	la 1re personne du pluriel

Distinguer les terminaisons en -er, -é, -ez

2 Les terminaisons en *-ai / -ais*

Terminaisons	Mode ou temps verbal	Pour ne pas confondre, on peut remplacer par
-ai	1re personne du singulier du passé simple des verbes du 1er groupe	la 1re personne du pluriel : (*nous*) + *-âmes*
-ais	1re personne du singulier de l'imparfait	la 1re personne du pluriel : (*nous*) + *-ions*

3 Les terminaisons en *-rai / -rais*

Terminaisons	Mode ou temps verbal	Pour ne pas confondre, on peut remplacer par
-rai	1re personne du singulier du futur	la 1re personne du pluriel : (*nous*) infinitif + *-ons*
-rais	1re personne du singulier du présent du conditionnel	la 1re personne du pluriel : (*nous*) infinitif + *-ions*

Différencier les terminaisons en -rai et -rais

4 Les terminaisons en *-i / -ie(s) / -ie(nt) / -is / -it*

Terminaisons	Mode ou temps verbal	Pour ne pas confondre, on peut
-i	Participe passé de tous les verbes du 2e groupe et de certains verbes du 3e groupe	remplacer par un participe passé du 3e groupe en *-u* : *(voulu, pu*, etc.) et chercher le féminin du participe.
-is, -it	Participe passé de certains verbes du 3e groupe	chercher le féminin du participe.
-ie, -ies, -ient	Présent de l'indicatif des verbes en *-ier*	chercher l'infinitif du verbe.
-is, -it	Présent ou passé simple de tous les verbes du 2e groupe et de certains verbes du 3e groupe	mettre ces verbes au pluriel.

5 Les terminaisons en *-u / -ue(s) / -ue(nt) / -us / -ut*

Terminaisons	Mode ou temps verbal	Pour ne pas confondre, on peut
-u	Participe passé de certains verbes du 3e groupe	remplacer par un participe passé du 3e groupe en *-i* : *fini.*
-us, -ut	Présent des verbes *conclure, inclure et exclure* ou passé simple de certains verbes du 3e groupe	mettre ces verbes à l'imparfait.
-ue, -ues, -uent	Présent de l'indicatif des verbes en *-uer*	chercher l'infinitif du verbe.

Testez-vous !

Cochez les phrases correctes.

1. a. ☐ J'expédie ce colis.
b. ☐ J'expédis ce colis.

2. a. ☐ Je travaillerais demain.
b. ☐ Je travaillerai demain.

3. a. ☐ Soudain je pris peur et tremblais.
b. ☐ Soudain je pris peur et tremblai.

→ Corrigés p. 47

4 Autres homophones grammaticaux

1 Les homophones de *se / sa*

Homophones	Nature grammaticale	Pour ne pas confondre, on peut remplacer par
se	Pronom réfléchi	*nous*
ce	Déterminant démonstratif ou pronom démonstratif	*ces* ou *cela*
ceux	Pronom démonstratif	*les personnes*
sa	Déterminant possessif	*ses*
ça	Pronom démonstratif	*cela*

Distinguer les homophones se, ce, ceux

2 Les homophones qui contiennent [ã]

Homophones	Nature grammaticale	Pour ne pas confondre, on peut remplacer par
m'en **mens / ment**	Pronoms *me* + *en* Verbe *mentir*	*t'en* *(je) mentais, (il) mentait*
s'en **c'en** **sans** **sens / sent**	Pronoms *se* + *en* Pronoms *ce* + *en* Préposition Verbe *sentir*	*t'en* *cela en* son contraire : *avec* *(je) sentais, (il) sentait*
d'en + verbe **dans** **dent**	Préposition *de* + pronom *en* Préposition Nom commun	*de* + verbe + *de là* / *de cela* *à l'intérieur de* ou *avant* *molaire*
qu'en **quand** **quant à**	Conjonction *que* + *en* Conjonction de subordination Locution prépositionnelle	*que* + verbe + *de cela* *lorsque* *pour ce qui concerne*

Distinguer s'en, c'en, sans, sens, sent, cent et sang

3 Les homophones qui contiennent *que*

Homophones	Nature grammaticale	Pour ne pas confondre, on peut remplacer par
qu'elle(s) **quelle(s)**	*Que* + pronom *elle(s)* Déterminant interrogatif ou exclamatif, toujours suivi d'un nom féminin	*qu'il(s)*
parce que **par ce que**	Conjonction de subordination Préposition + pronom *ce* + pronom relatif *que*	*puisque* *par la chose que*
quoique **quoi que**	Conjonction de subordination Pronoms *quoi* + *que*	*bien que* *quelle que soit la chose que*
quelques **quelque**	Déterminant indéfini Adverbe	*plusieurs* *environ*
quel(le)(s) que	Pronom *quel(le)(s)* + *que*, toujours suivi de *soi(en)t*	

Testez-vous !

Cochez les phrases correctes.

1. **a.** ☐ Ceux qui ne sont pas d'accord…
b. ☐ Ce qui ne sont pas d'accord…

2. **a.** ☐ Qu'y faire ?
b. ☐ Qui faire ?

3. **a.** ☐ Sophie l'y met rédactions.
b. ☐ Sophie lit mes rédactions.

→ Corrigés p. 47

Bien repérer les homophones

LES RÉFLEXES À AVOIR

- Quand vous hésitez sur la terminaison d'un verbe, essayez de trouver son mode et son temps :
  – soit en changeant de personne.
  Je marchais. → Nous marchions. → imparfait
  – soit en changeant de verbe.
  Il voulait regarder. → Il voulait faire. → infinitif

- Pour distinguer le présent du conditionnel (*-rais)* du futur (*-rai*), cherchez si la phrase comporte une condition ou une forme de politesse.
  Si j'en avais le temps, j'apprendrais à danser la salsa. → condition : présent du conditionnel
  Pourrais-tu me donner ton adresse ? → forme de politesse : présent du conditionnel

LES PIÈGES À ÉVITER

- Certains homophones du verbe *être* sont des noms ou des adjectifs :
  – *mets* (aliment) et *mai* (mois de l'année) sont des homophones de *m'est ;*
  – *soie* (tissu) est un homophone de *soit.*

- Certains homophones du verbe *avoir* sont des noms ou des adjectifs :
  – *mont* (montagne) est un homophone de *m'ont ;*
  – *thon* (poisson) ou *ton* (couleur) sont des homophones de *t'ont ;*
  – *las* (fatigué) est un homophone de *l'a.*

LES ASTUCES DU PROF

- Pour distinguer, à la 1re personne du singulier, les formes verbales en *-ais* (imparfait) et *-ai* (passé simple), aidez-vous des valeurs de ces deux temps : le passé simple est employé pour une action soudaine, limitée dans le temps, l'imparfait pour une action qui dure et dont on ne connaît ni le début ni la fin.
  Je me promenais dans la forêt quand je rencontrai Paul.
  Action qui dure → imparfait   Action soudaine → passé simple

- Pour savoir si les formes en *-is* et *-it* des verbes du 2e groupe sont des présents ou des passés simples, regardez les temps des verbes qui précèdent ou suivent.
  Je finis et je partis. → passé simple   Je finis et je pars. → présent

EXEMPLES

Distinguer le participe passé et l'infinitif

La toiture s'était écroulée, et les rares statues encore là étaient décapitées – à l'exception d'une seule. J'ai regardé tout autour de moi. Par le passé, cet endroit avait dû abriter des hommes doués d'une forte personnalité, qui veillaient à ce que chaque pierre soit maintenue propre et que chaque banc soit occupé par l'un des puissants de l'époque.

Paulo Coelho, *Sur le bord de la rivière Piedra je me suis assise et j'ai pleuré*, © Flammarion, 1995.

Cet endroit : le déterminant démonstratif *ce* devient *cet* devant un nom masculin qui commence par une voyelle.

- **Écroulée, décapitées, regardé, doués, occupé**

  Vous ne pouvez pas remplacer dans le texte ces mots par des infinitifs de verbes du 3ᵉ groupe (*prendre, faire*, par exemple). Ce sont donc des participes passés.

Écroulée, décapitées, occupé s'accordent avec le sujet de l'auxiliaire *être*.

- **Abriter**

  Vous pouvez remplacer ce mot par un infinitif d'un verbe du 3ᵉ groupe (*contenir*, par exemple). C'est donc un infinitif.

Bien repérer les homophones les plus courants

Mais tout ce que je voyais maintenant n'était que ruines. Des ruines qui, au temps de notre enfance, se transformaient en châteaux où nous jouions ensemble et dans lesquels je cherchais mon prince charmant.

Paulo Coelho, *Sur le bord de la rivière Piedra je me suis assise et j'ai pleuré*, © Flammarion, 1995.

Le pronom relatif *lesquels* s'accorde avec son antécédent : *châteaux*.

- **Où, et**

  Vous ne pouvez pas remplacer *où* par *ou bien*, donc vous devez mettre un accent. Trouvez l'orthographe de *et* en le remplaçant par *et puis*.

- **Cherchais**

  Cherchais est à l'imparfait et non au passé simple. Pour retrouver facilement l'orthographe, mettez le verbe à la 3ᵉ personne du singulier.

  Je cherchais → Il cherchait → imparfait → -ais (au passé simple : *il chercha*).

- **Ce, se**

  Regardez le mot qui suit. *Se* est toujours suivi d'un verbe pronominal. Le pronom démonstratif *ce* peut être remplacé par *cela*.

Vérification des connaissances

1 Choisissez l'homophone du verbe *être* qui convient.

1. Le train et / est entré en gare et / est s'est / c'est arrêté.
2. Il met / m'est / mes arrivé une étrange histoire.
3. Son / sont chien et son / sont chat son / sont des ennemis mortels.
4. C'est / S'est la meilleure solution qui soit / soi / sois.
5. Tu t'ai / t'es énervé très vite.

2 Choisissez l'homophone du verbe *avoir* qui convient.

1. A / Ah ! quelle histoire !
2. C'est moi qui l'ai / qui l'est accompagné à son audition.
3. Qui la / l'a vue récemment ?
4. Mon / M'ont avenir se joue peut-être en ce moment.
5. Qui les / Qu'il est doux de ne rien faire quand tout s'agite autour de vous !

3 Choisissez la terminaison verbale qui convient.

1. Robin et ses amies sont allés / aller acheter / acheté des habits.
2. Quand je serais / serai grande, j'aurais / aurai une voiture de sport.
3. Il plie / plit soigneusement ses vêtements sur une chaise.
4. À six ans, je récitai / récitais tous les soirs mes tables de multiplication.
5. Tout à coup je regardais / regardai ma montre car je craignai / craignais d'arriver en retard.

4 Choisissez l'homophone qui convient.

1. Ce / Se problème ce / se pose tous les ans à la même époque.
2. Je lis / lit *Les Misérables* et essaie dit / d'y repérer la pensée politique de Victor Hugo.
3. Ou / Où vas-tu cet après-midi ? au stade ou / où à la piscine ?
4. La foule a été séduite parce que / par ce que le candidat a promis.
5. Il obéit toujours, quoi qu'/ quoiqu'il en pense.

Exercices d'entraînement

5 Recopiez les phrases en les complétant avec l'homophone du verbe *être* indiqué en italique.

1. *m'est* Tu ne .... pas de manteau .... tu prends un parapluie.

2. *est* Brahim doute que ses amis .... bien compris son message.

3. *s'est* .... incroyable ! Je ne .... que penser.

4. *l'ai* Têtu, il ...., sans aucun doute !

5. *soit* Que tu .... paresseux n'est pas nouveau.

6 Recopiez les phrases en les complétant avec l'homophone du verbe *avoir* indiqué en italique.

1. *qui l'a* Léo a gagné au Loto. .... de la chance !

2. *a* Je suis allée .... la bibliothèque qui .... reçu des nouveautés.

3. *qui l'ai* Il pense .... trop tard pour faire une demande.

4. *m'a* Mon père .... offert un CD, ainsi qu'à .... sœur.

5. *l'a* .... où il est, ... récolte des figues a commencé.

7 Recopiez les phrases en complétant les verbes avec la terminaison qui convient.

1. J'ir......... le voir et je lui dir......... ce que j'ai pens......... de son attitude.

2. Qui a écr......... : « Je le v........., je roug........., je pâl......... à sa vue » ?

3. Vous qui av... lu la convention de Genève, pouv.........-vous la comment......... en quelques mots ?

4. La situation évol......... rapidement : le cyclone a déjà perd......... de sa force.

5. Je lis......... tranquillement lorsque je remarqu......... un léger bruit.

8 Recopiez les phrases en les complétant avec l'homophone indiqué en italique.

1. *se* .... n'est pas à son tour de jouer ! Il .... croit tout permis à cause de sa taille élevée.

2. *ou* Jusqu'en 2003, on ne savait pas exactement .... l'avion de Saint-Exupéry s'était abîmé en mer : au large d'Hyères .... de Toulon ?

3. *s'en* .... le savoir, Sébastien l'a vexé. Il .... veut beaucoup.

4. *dans* Il m'arrive encore .... rêver la nuit.

5. *quand* Je te rejoindrai à 6 heures. .... penses-tu ?

Vers le brevet

9 **Remplacez « Élisabeth » par « je » et réécrivez ce passage en faisant les modifications nécessaires.**

Quand Élisabeth put enfin lui parler, ce fut pour s'entendre dire qu'elle avait tort de prêter attention aux moqueries de quelques petites sottes et qu'elle n'arriverait à rien dans la vie si elle ne montrait pas plus de courage dans l'adversité.

Henri Troyat, *Les Semailles et les moissons*, III « La Grive », © Plon, 1956.

10 **Réécrivez ce passage en mettant le verbe « sent » au passé simple et en faisant les modifications nécessaires. Attention ! tous les verbes ne seront pas au passé simple.**

Mr Mouse sent bientôt sous ses doigts gourds la poignée bringuebalante de la porte d'entrée. Une petite pluie fine de notes aigrelettes se déclenche aussitôt. Voilà ? On est dans l'antre de Mrs Hamper ; un incroyable fouillis qui fait le charme de cette caverne d'Ali Baba chichement éclairée.

Philippe Delerm, *Mister Mouse ou la Métaphysique du terrier, VII*, © Éditions du Rocher, 1999.

11 **Remplacez « je » par « il » et mettez le texte au passé. Le premier verbe, « je rêve », sera mis à l'imparfait et vous modifierez en conséquence le temps des autres verbes.**

À Paris, la nuit, je rêve souvent des petites routes autour de Trans[1]. Toutes ces routes que nous avons parcourues, nous les enfants, sillonnant notre royaume imaginaire. Dans mes rêves, c'est comme un labyrinthe, je marche sans répit, je me perds, je tourne en rond, j'hésite à chaque carrefour, je prends la mauvaise direction.

Alain Rémond, *Chaque jour est un adieu*, © Seuil, 2000.

12 **Dictée**

1. *Trans* est un village breton où le narrateur a passé son enfance.

Testez-vous !

p. 35

1. a. Verbe *mettre* (on peut remplacer par : Tu *mettais* ton pull à l'envers).

2. a. Verbe *être* (on peut remplacer par : Tu t'*étais* trompé).

3. b. *ses* est un déterminant possessif (on peut remplacer par : Il aime beaucoup *tes* grands-parents).

p. 37

1. b. On peut remplacer par : Elle *l'avait* battu aux cartes.

2. a. On peut remplacer par : Il pense à ceux *qui l'aiment*.

3. a. On peut remplacer par : Je ne sais pas *ce qu'il était* dans cette entreprise.

p. 39

1. a. L'infinitif du verbe est *expédier*, verbe du 1er groupe, donc *-ie*.

2. b. On peut remplacer par : *Tu travailleras* demain, forme du futur, donc *-rai*.

3. b. On peut remplacer par : Soudain *nous prîmes* peur et *nous tremblâmes*, formes du passé simple, donc *-ai*.

p. 41

1. a. On peut remplacer par : *Les personnes* qui ne sont pas d'accord…, donc *Ceux*, pronom démonstratif pluriel.

2. a. On peut remplacer par : Que faire *à cela*, donc *que* + *y*.

3. b. On peut remplacer par : Sophie *lisait tes* rédactions ; donc verbe *lire* et déterminant possessif *mes*.

Vérification des connaissances (énoncés p. 44)

Dans les corrigés, le signe ≈ veut dire « peut être remplacé par ».

1 **1.** est ≈ *était* → verbe *être* ; et ≈ et puis → conjonction de coordination ; s'est ≈ verbe pronominal, donc *s'* → pronom réfléchi.

2. m'est ≈ *m'était* → verbe *être*.

3. Son ≈ *mon* → déterminant possessif ; son ≈ mon → déterminant possessif ; sont ≈ étaient → verbe *être*.

4. C'est ≈ *cela était*, donc *c'* → pronom démonstratif ; soit → 3e personne du singulier du présent du subjonctif du verbe *être*.

5. t'es ≈ *t'était* → verbe *être*.

2 **1.** Ah ≈ *Oh !* → interjection.

2. l'ai ≈ *l'avais* → verbe *avoir*.

3. l'a ≈ *l'avait* → verbe *avoir*.

4. mon ≈ *ton* → déterminant possessif.

5. Qu'il est ≈ *qu'il était* → verbe *être*.

3 **1.** allés : participe passé employé avec l'auxiliaire *être* → accord avec le sujet masculin pluriel ; acheter ≈ *prendre* → infinitif.

2. serai ≈ *tu seras* → futur du verbe *être* ;
aurai ≈ *tu auras* → futur du verbe *avoir*.

3. plie : verbe *plier* → 1er groupe, donc *-ie* final.

4. récitais ≈ *tu récitais* → imparfait.

5. regardai ≈ *il regarda* → passé simple ;
craignais ≈ *il craignait* → imparfait.

> **Rappel**
> *Craindre* est un verbe du 3e groupe ; il ne peut donc pas avoir une terminaison en *-ai* au passé simple.

4 **1.** Ce problème ≈ *ce problème-là* → déterminant démonstratif ; se : verbe pronominal, donc *se* → pronom réfléchi.

2. lis ≈ *lisais* → verbe *lire* ; d'y ≈ de repérer *dans cette œuvre* → préposition *de* + *y*.

3. **Où** ≈ *À quel endroit* → indique le lieu ; **ou** ≈ *ou bien* → conjonction de coordination.

4. **Par ce que** ≈ *par les choses que,* donc en trois mots.

5. **Quoi qu'** ≈ *quelle que soit la chose que,* donc en deux mots.

Exercices d'entraînement (énoncés p. 45)

5 **1.** **Mets** ≈ *mettais* → verbe *mettre ;*
mais ≈ *cependant* → conjonction de coordination.

2. **aient** → 3e personne du pluriel du subjonctif du verbe *avoir.*

3. **c'est** ≈ *cela était ;*
sais ≈ *savais* → verbe *savoir.*

4. **l'est** ≈ *l'était* → verbe *être.*

5. **sois** → 2e personne du singulier du subjonctif présent du verbe *être.*

6 **1.** **Qu'il a** ≈ *qu'il avait* → verbe *avoir.*

2. **à** → préposition ;
a ≈ *avait* → verbe *avoir.*

3. **qu'il est :** *qu'il était* → verbe *être.*

4. **m'a** ≈ *m'avait* → verbe *avoir ;*
ma ≈ *ta* → déterminant possessif.

5. **Là** ≈ *à l'endroit* → adverbe de lieu ;
la ≈ *les* → article défini.

7 **1.** **J'irai** → futur du verbe *aller ;*
dirai → futur du verbe *dire ;* **pensé** ≈ *pris* → participe passé.

2. **écrit** ≈ *fait* → participe passé, au féminin *écrite,* donc *t* final ;
vis → verbe *voir* au passé simple ;
rougis → verbe *rougir* au passé simple ;
pâlis → verbe *pâlir* au passé simple.

3. avez ≈ *aviez* → verbe *avoir* ;
pouvez → verbe *pouvoir* au présent ;
commenter ≈ *faire* → infinitif.

4. évolue → verbe *évoluer*, 1er groupe, donc *-ue* ;
perdu ≈ pris → participe passé, féminin *perdue*, donc *-u* final.

5. lisais ≈ nous lisions → imparfait ;
remarquai ≈ *nous remarquâmes* → passé simple.

Rappel
L'accord se fait avec l'antécédent *vous*.

8 **1.** Ce ≈ *cela* → pronom démonstratif ;
se → verbe pronominal, donc *se* pronom réfléchi.

2. où ≈ *à quel endroit* ;
ou ≈ *ou bien* → conjonction de coordination.

3. sans → introduit un infinitif, préposition ;
s'en ≈ *tu t'en veux beaucoup* → pronoms *se* + *en*.

4. d'en ≈ *il m'arrive encore de rêver de cela* → préposition *de* + pronom *en*.

5. Qu'en ≈ *que penses-tu de cela ?* → conjonction *que* + pronom *en*.

Vers le brevet (énoncés p. 46)

9 Quand **je pus** enfin lui parler, ce fut pour **m'**entendre dire que **j'avais** tort de prêter attention aux moqueries de quelques petites sottes et que **je n'arriverais** à rien dans la vie si **je ne montrais pas** plus de courage dans l'adversité.

L'astuce du prof
Ne modifiez pas les temps des verbes, ici passé simple, imparfait et conditionnel présent.

10 Mr Mouse **sentit** bientôt sous ses doigts gourds la poignée bringuebalante de la porte d'entrée. Une petite pluie fine de notes aigrelettes **se déclencha** aussitôt. Voilà ? On **était** dans l'antre de Mrs Hamper ; un incroyable fouillis qui **faisait** le charme de cette caverne d'Ali Baba chichement éclairée.

Rappel
L'imparfait est utilisé dans les descriptions, le passé simple pour les actions de premier plan.

11 À Paris, la nuit, **il rêvait** souvent des petites routes autour de Trans. Toutes ces routes qu'**ils avaient parcourues, eux** les enfants, sillonnant **leur** royaume imaginaire. Dans **ses** rêves, **c'était** comme un labyrinthe, **il marchait** sans répit, **il se perdait, il tournait** en rond, **il hésitait** à chaque carrefour, **il prenait** la mauvaise direction.

> **Remarque**
> *Nous* se transforment en *ils*.

12 La toiture s'était écroulée, et les rares statues encore là étaient décapitées à l'exception d'une seule.
J'ai regardé tout autour de moi. Par le passé, cet endroit avait dû abriter des hommes doués d'une forte personnalité, qui veillaient à ce que chaque pierre soit maintenue propre et que chaque banc soit occupé par l'un des puissants de l'époque. Mais tout ce que je voyais maintenant n'était que ruines. Des ruines qui, au temps de mon enfance, se transformaient en châteaux où nous jouions ensemble et dans lesquels je cherchais mon prince charmant.

Paulo Coelho, *Sur le bord de la rivière Piedra, je me suis assise et j'ai pleuré*,
éditions A. Carrière, 1995

CHAPITRE

3 Autres règles d'orthographe

1 Masculin et féminin des noms et des adjectifs

1 Le genre des noms

• **Le féminin des noms qui désignent des êtres animés** se forme le plus souvent en ajoutant un *-e* au masculin.
un Anglais, une Anglaise ; un ami, une amie.

Certains noms ont des sens différents au masculin et au féminin. Le page du seigneur, la page du livre.

• **Les noms qui désignent des objets ou des idées** ne peuvent changer de genre.
la table (féminin), le bureau (masculin).

• **Les noms féminins** se terminent généralement par un *-e*. Il existe toutefois quelques cas particuliers.

Terminaisons	Exemples	Exceptions
-ée	*la poupée*	la clé (ou clef), l'acné
-oue	*la joue*	la toux
-ie	*la vie*	la souris, la fourmi, la brebis, la perdrix, la nuit
-ue	*la vue*	la tribu, la vertu, la bru, la glu
-aie	*la plaie*	la paix, la forêt
-oie	*la joie*	la foi, la loi, la paroi, la noix
-té **-tié**	*la liberté* *l'amitié*	• la dictée, la jetée, la montée, la butée, la portée, la pâtée • tous les noms qui expriment un contenu : une pelletée, etc.

• **Les noms qui se terminent en *-e*** ne sont pas tous féminins.
le spectacle, le lycée, un astérisque.

2 Le féminin des adjectifs

• Le féminin des adjectifs se forme généralement en ajoutant un *-e* au masculin petit, petite.

• **Les adjectifs dont le masculin se termine par un *-e*** ne changent pas de forme au féminin.
un homme maigre, une femme maigre.

- Certains adjectifs ont des **féminins irréguliers**.

Masculin	Féminin
blanc, franc, sec, frais	blanche, franche, sèche, fraîche
doux, jaloux, roux, faux	douce, jalouse, rousse, fausse
public, turc, grec	publique, turque, grecque
long	longue

3 Cas particuliers pour les noms et les adjectifs

Particularité du féminin	Terminaisons		Exemples	
	Masculin	**Féminin**	**Masculin**	**Féminin**
Doublement de la consonne finale	-on -en -ien -el -eil -et	-onne -enne -ienne -elle -eille -ette	*mignon* *citoyen* *parisien* *annuel* *pareil* *net*	*mignonne* *citoyenne* *parisienne* *annuelle* *pareille* *nette*
Changement de la consonne finale	-p -f -x	-ve -ve -se	*loup* *neuf* *jaloux*	*louve* *neuve* *jalouse*
Accent sur le *e*	-er	-ère	*couturier*	*couturière*
Changement du suffixe	-eur	-euse -trice -esse	*bricoleur* *instituteur* *enchanteur*	*bricoleuse* *institutrice* *enchanteresse*

Testez-vous !

Cochez les expressions correctes.

1. **a.** ☐ la beauté
b. ☐ la beautée

2. **a.** ☐ le nouvelle an
b. ☐ le nouvel an

3. **a.** ☐ une lettre vengeresse
b. ☐ une lettre vengeuse

→ Corrigés p. 61

2 Singulier et pluriel des noms et des adjectifs

1 Règle générale

• **Pour mettre un nom ou un adjectif au pluriel**, on ajoute un *-s* au singulier.

un ami fidèle, des amis fidèles.

• **Les noms en *-ou* et en *-ail*** suivent la règle générale.

un bisou, des bisous ; un portail, des portails.

Certains noms n'existent qu'au pluriel. Les alentours, les environs, les préparatifs, les mœurs, les représailles, les ténèbres.

Toutefois, quelques noms en *-ou* et en *-ail* font leurs pluriels en *-oux* et *-aux* :
– des bijoux, des cailloux, des choux, des genoux, des hiboux, des joujoux, des poux ;
– des coraux, des émaux, des soupiraux, des travaux, des vitraux.

• **Les noms ou les adjectifs qui se terminent en *-s*, *-x* ou *-z*** ont la même forme au singulier et au pluriel.

une souris, des souris ; un tissu épais, des tissus épais ; un gaz, des gaz.

2 Cas particuliers

• Trois noms sont masculins au singulier et féminins au pluriel :

un amour passionné, **des** amours passionné**es**.

un grand orgue, **les** grandes orgues.

un vrai délice, **de** vraies délices.

Maîtriser les accords de l'adjectif

• Certains noms et adjectifs ont un **pluriel en *-x***.

Singulier	Pluriel	Exemples	Exceptions
-al	-aux	*des journaux mondiaux*	des bals, des carnavals, des chacals, des festivals, des récitals, des régals, bancals, fatals, finals, natals, navals
-eau	-eaux	*des seaux beaux*	
-au	-aux	*des tuyaux*	des landaus des sarraus (sorte de tablier)
-eu	-eux	*des feux*	des pneus bleus

• **La marque du pluriel est présente deux fois** (à l'intérieur et à la fin) dans certains noms :

Singulier	Pluriel
Madame	**Mes**dame**s**
Mademoiselle	**Mes**demoiselle**s**
Monsieur	**Mes**sieur**s**
Bonhomme	Bon**s**homme**s**
Gentilhomme	Gentil**s**homme**s**

• **La formation du pluriel des noms composés** dépend de la nature des mots qui les composent :

– si le nom composé est formé de **deux noms** (*une porte-fenêtre*) ou d'un adjectif suivi d'un nom (*un grand-père*), les deux se mettent généralement au pluriel.

des portes-fenêtres, des grands-pères ;

– si le nom est formé d'un **adverbe suivi d'un nom** (*une avant-garde*) ou d'un **verbe suivi d'un nom** (*un protège-tibia*), seul le nom se met au pluriel.

des avant-gardes, des protège-tibias.

• Toutefois, il y a des exceptions : selon le sens du mot composé, le nom ne prend pas toujours la marque du pluriel.

des chasse-neige. → « neige » ne prend pas la marque du pluriel car c'est toujours la neige qui est chassée.

• **À noter, trois pluriels irréguliers :**

– *un œil, des yeux ;*

– *un ciel, des cieux* → sauf si l'on parle des ciels d'un tableau ;

– *un aïeul, des aïeux* → au sens d'ancêtres.

Testez-vous !

Cochez les expressions correctes.

1. a. ☐ des gazs
b. ☐ des gaz

2. a. ☐ des chantiers navals
b. ☐ des chantiers navaux

3. a. ☐ des porte-plumes
b. ☐ des portes-plumes

→ Corrigés p. 61

3 Mots variables et mots invariables

1 Les mots variables

Nature	Caractéristiques	Exemples
Noms	les noms communs	*table*
	les noms propres	*Lyon*
Déterminants	les articles définis	*le, la, les, l', aux, du, des*
	les articles indéfinis	*un, une, des, de*
	les articles partitifs	*du, de la, de l', des*
	les déterminants possessifs	*mon, sa, tes*
	les déterminants démonstratifs	*ce, cet, cette, ces*
	les déterminants indéfinis	*chaque, quelques*
	les déterminants numéraux	*cinq, centième*
	les déterminants interrogatifs et exclamatifs	*quel… !, quelle… ?*
Adjectifs qualificatifs	Ils s'accordent avec les noms qu'ils qualifient.	*joli*
Pronoms	les pronoms personnels	*je, vous, la, lui*
	les pronoms relatifs	*qui, que, quoi, dont, où, lequel, auquel*
	les pronoms possessifs	*le mien, la nôtre*
	les pronoms démonstratifs	*ce, ceci, cela, c', celle-ci, ceux-ci*
	les pronoms indéfinis	*chacun, plusieurs, on*
	les pronoms interrogatifs	*qui, que*
Verbes	Ils varient selon : • le temps • le mode • la personne	 *lit – lisait – lira* *tu lis – que tu lises – lis* *je lis – vous lisez*

2 Les mots invariables

Nature	Caractéristiques	Exemples
Prépositions	Elles introduisent un complément qui dépend d'un verbe, d'un nom ou d'un adjectif.	*à, de, pour, chez, avec, sans*
Adverbes	Ils complètent un verbe, un adjectif qualificatif ou un autre adverbe.	*calmement, très, peu*
Conjonctions de coordination	Elles relient des mots, des groupes de mots ou des phrases.	*mais, ou, et, donc, or, ni, car*
Conjonctions de subordination	Elles introduisent une proposition subordonnée.	• *que* (+ prop. complétive) • *si, comme, quand, parce que, pour que* (+ proposition circonstancielle)
Interjections	Elles expriment un sentiment ou une émotion.	*ah ! oh ! hélas !*
Onomatopées	Elles reproduisent des bruits.	*chut ! crac !*

Comprendre la nature et la fonction des mots

Testez-vous !

Cochez les propositions qui sont vraies.

1. a. ☐ *sifflement* est un mot variable.
b. ☐ *sifflement* est un mot invariable.

2. a. ☐ *chacun* est un déterminant indéfini.
b. ☐ *chacun* est un pronom indéfini.

3. a. ☐ *peu* est un mot variable.
b. ☐ *peu* est un mot invariable.

→ Corrigés p. 61

Vérification des connaissances

1 Trouvez le féminin de l'adjectif en choisissant la bonne réponse.

1. Une chanson siciliene / sicilienne.
2. Une nouvelle / nouvele année.
3. Une réaction brutale / brutalle.
4. Une auberge greque / grecque.
5. Une école publicque / publique.

2 Mettez les groupes suivants au pluriel en choisissant la bonne réponse.

1. Des récits banals / banaux.
2. Des caillous / cailloux bleux / bleus.
3. Des monsieurs / messieurs jovials / joviaux.
4. Des évantaux / évantails blancs.
5. Des animaux / animals foux / fous.

3 Trouvez la classe grammaticale des mots en choisissant la bonne réponse.

1. vaguement	☐ nom	☐ adverbe
2. agrandissement	☐ nom	☐ adverbe
3. avenir	☐ nom	☐ verbe
4. saisir	☐ nom	☐ verbe
5. berger	☐ nom	☐ verbe

Exercices d'entraînement

4 Mettez les groupes nominaux suivants au féminin.

1. un acteur turc
2. un prince saoudien
3. un vieux magicien
4. un vendeur occasionnel
5. un menteur têtu

5 Mettez ces noms composés au pluriel.

1. un rouge-gorge

2. un tire-bouchon

3. une grand-tante

4. un wagon-citerne

5. un abat-jour

6 Trouvez l'intrus dans chacune des listes suivantes et justifiez votre réponse.

1. amical – spatial – vocal – amiral – bancal.

2. abaissement – solidement – invariablement – cruellement – vaguement.

3. nous – lui – mes – nôtre – ils.

4. à – quand – pour – avant – sur.

5. amuser – copier – verger – barrer – cirer.

7 Ajoutez, s'il le faut, un *e* à la fin des mots.

1. À la tombé... de la nuit, la vu... diminue.

2. Quelle qualité... demande la dicté... ?

3. La loi... est la même pour tout le monde.

4. Veux-tu une autre assietté... de puré... ?

5. « Charité... bien ordonné... commence par soi-même. »

8 Classez les mots en gras dans un tableau selon qu'ils sont variables ou invariables.

Lullaby jetait **les** feuilles **de papier dans** le vent. **Elles** partaient **vite** avec **un** bruit de déchirure, elles **volaient** un instant **au-dessus** de la mer, en titubant **comme des** papillons dans la bourrasque. C'étaient des feuilles de papier-avion **un peu bleues, puis** elles disparaissaient d'un seul coup dans la **mer**.

J.-M. G Le Clézio, *Lullaby*, © Gallimard, 1978.

Vers le brevet

9 Donnez la classe grammaticale des mots en gras.

1. Les comptes sont **justes.**

2. Sonia et Armelle chantent **juste.**

3. Le **déjeuner** est servi à 12 h 30.

4. Il va souvent **déjeuner** avec sa grand-mère.

5. Le **bleu** est ma couleur préférée.

6. Mets ton écharpe **bleue**.

10 Réécrivez ce passage en remplaçant « un beau petit garçon » par « deux frères ». Effectuez les modifications nécessaires.

Un jour, un beau petit garçon, qui s'appelait Fiori ou Cacciabua, et dont le père était marbrier, ne vint pas en classe pendant toute une semaine. Quand il revint, mon père lui demanda la cause de son absence. Il répondit que son père l'avait emmené en Italie, pour y voir sa grand-mère, qui était très vieille et qui ne le connaissait pas.

Marcel Pagnol, *Le Temps des amours,* © Julliard, 1977.

11 Réécrivez ce passage en opérant simultanément les transformations suivantes :

– le récit sera fait par une narratrice et à la 1re personne du singulier ;

– « visage » sera remplacé par « traits » ;

– « dans le verre » sera remplacé par « sur la surface ».

Et un singulier besoin le prit tout à coup de se relever pour se regarder dans sa glace. Il ralluma sa bougie. Quand il aperçut son visage reflété dans le verre poli, il se reconnut à peine, et il lui sembla qu'il ne s'était jamais vu.

Guy de Maupassant, *Bel-Ami,* 1885.

Testez-vous !

p. 53

1. a. Les noms féminins en *-té* se terminent par *é*, sauf *dictée, jetée, montée, butée, portée, pâtée* et les noms qui expriment un contenu.

2. b. L'adjectif *nouveau* se change en *nouvel* devant un nom masculin qui commence par une voyelle ou un h non aspiré.

3. a. Le féminin de *vengeur* est *vengeresse.*

p. 55

1. a. Les mots qui se terminent en *z* ne prennent jamais de *s* au pluriel.

2. a. *Naval* fait partie des adjectifs en *-al* qui ne font pas leur pluriel en *-aux* mais en *-als.*

3. a. Ce nom composé est formé d'un verbe et d'un nom. Le verbe est invariable, le nom prend la marque du pluriel.

> **Remarque**
> *Portefeuille* s'écrit en un seul mot.

p. 57

1. a. *Sifflement* est un nom commun.

2. b. Le déterminant indéfini est *chaque.*

3. b. *Peu* est un adverbe.

> **Piège à éviter**
> Ne confondez pas les noms qui se terminent en *– ment* et les adverbes de manière.

Vérification des connaissances (énoncés p. 58)

1

1. une chanson sicilienne → les adjectifs en *-ien* doublent la consonne finale.

2. une nouvelle année → les adjectifs en *-el* doublent la consonne finale.

3. une réaction brutale → les adjectifs en *-al* ne doublent pas la consonne finale.

4. une auberge grecque → féminin irrégulier.

5. une école publique → féminin irrégulier.

2

1. des récits banals → *banals* est une exception.

2. des cailloux bleus → *cailloux* est une exception.

3. des messieurs joviaux → le pluriel du nom est irrégulier, celui de l'adjectif est régulier.

4. des évantails blancs → le pluriel du nom est régulier.

5. des animaux fous → le nom et l'adjectif ont des pluriels réguliers.

3 1. vaguement : adverbe

2. agrandissement : nom

3. avenir : nom → ne confondez pas avec le verbe *venir*.

4. saisir : verbe

5. berger : nom

> **L'astuce du prof**
> Pour être sûr qu'il s'agit d'un nom, essayez de placer un article indéfini (*un/une*) avant le mot.

Exercices d'entraînement (énoncés p. 58)

4 1. une actrice turque.

2. une princesse saoudienne.

3. une vieille magicienne.

4. une vendeuse occasionnelle.

5. une menteuse têtue.

> **Rappel**
> Attention à l'orthographe de *vieille* ! Il faut deux *i*.

5 1. des rouges-gorges → nom composé formé d'un adjectif et d'un nom : accords des deux parties.

2. des tire-bouchons → nom composé formé d'un verbe et d'un nom, qui seul prend la marque du pluriel car des tire-bouchons servent à retirer des bouchons.

3. des grands-tantes → nom composé formé d'un adjectif et d'un nom : accord des deux parties.

4. des wagons-citernes → nom composé formé de deux noms : accord des deux parties.

5. des abat-jour → pas de pluriel pour le nom *jour* car un abat-jour est un objet qui rabat le jour, la lumière.

6 **1. amiral :** nom commun → les autres mots sont des adjectifs qualificatifs.

2. abaissement : nom commun → les autres mots sont des adverbes de manière en *-ment.*

3. mes : déterminant possessif → les autres mots sont des pronoms personnels (*lui*, *nous*, *ils*) ou possessif (*nôtre*).

4. quand : conjonction de subordination → les autres mots sont des prépositions.

5. verger : nom commun → les autres mots sont des verbes du 1er groupe à l'infinitif.

> **Piège à éviter**
> *Nôtre* est un pronom possessif et s'écrit donc avec un accent circonflexe, à la différence du déterminant possessif *notre*.

7 **1.** À la **tombée** de la nuit, la **vue** diminue.

2. Quelle **qualité** demande la **dictée** ?

3. La **loi** est la même pour tout le monde.

4. Veux-tu une autre **assiettée** de **purée** ?

5. « **Charité** bien **ordonnée** commence par soi-même. »

> **Gagnez des points !**
> Les noms féminins qui se terminent par le son [y] s'écrivent *-ue* sauf *bru, glu, tribu* et *vertu*.

8

Mots variables		Mots invariables	
les	article défini	de	préposition
papier	nom commun	dans	préposition
elles	pronom personnel	vite	adverbe
un	article indéfini	au-dessus comme	préposition
volaient	verbe	un peu	préposition
des	article indéfini	puis	adverbe
bleues	adjectif		adverbe
mer	nom commun		

Vers le brevet (énoncés p. 60)

9 **1.** **justes :** adjectif qualificatif → accord.

2. **juste :** adverbe, signifie *d'une façon juste* → invariable.

3. **déjeuner :** nom commun.

4. **déjeuner :** verbe.

5. **bleu :** nom commun.

6. **bleue :** adjectif qualificatif → accord.

> **L'astuce du prof**
> Dans cette phrase, vous pouvez remplacer *juste* par *justement* ou *d'une façon juste*.

10 Un jour, **deux frères**, qui **s'appelaient** Fiori **et** Cacciabua, et dont le père était marbrier, ne **vinrent** pas en classe pendant toute une semaine. Quand **ils revinrent**, mon père **leur** demanda la cause de **leur** absence. **Ils répondirent** que **leur** père **les** avait **emmenés** en Italie, pour y voir **leur** grand-mère, qui était très vieille et qui ne **les** connaissait pas.

11 Et un singulier besoin **me** prit tout à coup de **me** relever pour **me** regarder dans **ma** glace. **Je rallumai ma** bougie. Quand **j'aperçus mes traits reflétés sur la surface polie, je me reconnus** à peine, et il **me** sembla **que je ne m'étais** jamais **vue**.

> **Gagnez des points !**
> *Rallumai, aperçus, reconnus, étais :* nouvel accord des verbes à la 1re personne du singulier.

PARTIE 2 Conjugaison

CHAPITRE 4

Indicatif, conditionnel et impératif : temps et valeurs

1 Le présent et le passé composé

1 Le présent de l'indicatif

• **Les terminaisons**

	1er groupe	2e groupe	3e groupe	
	Verbes en *-er* (sauf *aller*)	Verbes en *-ir* participe présent en *-issant*	La plupart des autres verbes	Verbes en *-dre* (sauf les verbes en *-indre* et *-soudre*)
je	-e	-is	-s	-ds
tu	-es	-is	-s	-ds
il / elle / on	-e	-it	-t	-d
nous	-ons	-issons	-ons	-dons
vous	-ez	-issez	-ez	-dez
ils / elles	-ent	-issent	-ent	-dent

• **Cas particuliers pour le 1er groupe**

– Les verbes en ***-ger*** conservent un *e* devant *-ons*. nous mangeons

– Les verbes en ***-cer*** prennent un *ç* devant *-ons*. nous lançons

– Les verbes en ***-eler*** et ***-eter*** doublent le *l* ou le *t* lorsque l'on entend le son « è » avant la consonne. j'appelle ; je jette

Quelques verbes en ***-eler*** et ***-eter*** ne redoublent pas le *l* et le *t* : *geler, peler, déceler, acheter, haleter* : ils prennent un *è* : il gèle, j'achète.

• Si l'on entend le son « eu », on ne met qu'un seul *l* ou un seul *t*. nous appelons ; nous jetons

– Pour les verbes en ***-oyer*** et ***-uyer***, aux personnes du singulier et à la 3e du pluriel, le *y* du radical est remplacé par *i*. tu nettoies ; ils essuient

• **Cas particuliers pour le 3e groupe**

– Les verbes ***battre***, ***vêtir***, ***mettre*** et leurs composés se terminent en *-ts*, *-ts*, *-t*, *-tons*, *-tez*, *-tent*. je mets, nous mettons ; ils mettent

Les verbes en ***-aître*** ou ***-oître*** prennent un accent circonflexe sur le *i* quand la lettre qui suit est un *t* : il paraît (mais je parais).

– Les verbes ***pouvoir***, ***vouloir*** et ***valoir*** se terminent en *-x*, *-x*, *-t* au singulier. je peux ; tu veux ; il vaut

– Les verbes ***dire*** et ***faire*** sont irréguliers à la 2e personne du pluriel. vous dites ; vous faites

2 Le passé composé

• Le passé composé se forme avec le présent de l'indicatif de l'auxiliaire *être* ou de l'auxiliaire *avoir*, suivi du participe passé du verbe. (chapitre 1, p. 20 à 23).
je suis parti(e), j'ai compris ; nous avons compris, nous sommes parti(e) s

3 Les valeurs du présent et du passé composé

• Suivant son emploi, **le présent** de l'indicatif a des valeurs distinctes :

– présent d'actualité pour un fait qui se déroule juste au moment où on en parle ; c'est le présent des paroles rapportées directement.
En ce moment, j'étudie le présent de l'indicatif.

– présent d'habitude pour rapporter un fait qui se répète.
Tous les matins, je prends des céréales avec du lait.

– présent de vérité générale ; c'est celui des proverbes.
Qui dort dîne.

Connaître les valeurs du présent

– présent de narration, employé dans un récit au passé pour rendre l'événement plus actuel aux yeux du lecteur. « Il respira à pleins poumons, comme s'il se retrouvait enfin à l'air libre après un long tunnel asphyxiant. Soudain il s'arrête. »

M. Tournier, « L'aire du Muguet », in *Le Coq de bruyère*, © Gallimard, 1978.

– présent à valeur de passé ou de futur proche.
Je reviens de vacances ; je pars dans cinq minutes.

• **Le passé composé** marque l'antériorité d'un fait par rapport au présent.
Quand il a travaillé, il joue de la guitare. → L'action de travailler est antérieure à celle de jouer de la guitare.

Testez-vous !

Cochez les phrases correctes au présent de l'indicatif.

1. a. ☐ Il peint.
b. ☐ Il peind.

2. a. ☐ Nous le rejettons.
b. ☐ Nous le rejetons.

3. a. ☐ Je le vaux bien.
b. ☐ Je le vauts bien.

→ Corrigés p. 82

2 Le futur simple et le futur antérieur

1 Le futur simple

• Les terminaisons

	Construction du futur pour les trois groupes
je	infinitif + -ai
tu	infinitif + -as
il / elle / on	infinitif + -a
nous	infinitif + -ons
vous	infinitif + -ez
ils / elles	infinitif + -ont

• Cas particuliers pour le 1er groupe

Pour les verbes en ***-er***, ***-uer*** et en ***-ouer***, le *e* de l'infinitif ne s'entend pas, mais il est toujours là.
elle s'écriera ; je jouerai

1. Les verbes en ***-eler*** et ***-eter*** s'écrivent avec deux *l* ou deux *t* aux personnes du futur simple.
j'appellerai ; nous jetterons

2. Les verbes en -***oyer*** et en -***uyer*** se conjuguent avec un *i*.
nous emploierons ; j'essuierai

Exception :
envoyer (j'enverrai)

3. Les verbes en -***ayer*** se conjuguent soit avec *i* soit avec *y*.
je paierai *ou* je payerai

• Cas particuliers pour le 3e groupe

1. Les verbes ***tenir***, ***venir*** et leurs composés ont un futur en *-iendrai*, *-iendras*, *-iendra*, *-iendrons*, *-iendrez*, *-iendront*.
je viendrai ; nous tiendrons

2. La plupart des verbes en -***oir*** sont irréguliers :
– savoir : je saurai
– voir : je verrai (sauf *prévoir :* je prévoirai)
– vouloir : je voudrai
– pouvoir : je pourrai
– devoir : je devrai
– recevoir : je recevrai

3. Les verbes ***courir***, ***mourir*** et leurs composés prennent deux *r*.
je mourrai ; il courra

4. Les verbes ***faire***, ***aller*** et leurs composés sont irréguliers.
je ferai, nous ferons ; j'irai, nous irons

Conjuguer le futur (simple et antérieur)

2 Le futur antérieur

- Le **futur antérieur** se forme avec le futur simple de l'auxiliaire *être* ou de l'auxiliaire *avoir*, suivi du participe passé du verbe.

	Partir	
je serai parti(e)	tu seras parti(e)	il / elle / on sera parti(e)
nous serons parti(e) s	vous serez parti(e) s	ils / elles seront parti(e) s
	Comprendre	
j'aurai compris	tu auras compris	il / elle / on aura compris
nous aurons compris	vous aurez compris	ils / elles auront compris

3 Les valeurs du futur simple et du futur antérieur

- **Le futur simple** évoque des faits qui ne sont pas encore arrivés.
  Il ira à la bibliothèque demain.
- Il permet aussi d'exprimer un ordre d'une façon atténuée.
  « Tu iras à la bibliothèque demain pour rendre ces livres. »
- **Le futur antérieur** marque l'antériorité d'un fait par rapport au futur.
  « Quand tu auras fini tes devoirs, tu m'aideras à déplacer ce meuble. » → L'action de finir les devoirs est antérieure à celle de déplacer un meuble.

Testez-vous !

Cochez les phrases correctes.

1. a. ☐ Je multiplierai les démarches.
b. ☐ Je multiplirai les démarches.

2. a. ☐ Vous envoierez la lettre.
b. ☐ Vous enverrez la lettre.

3. a. ☐ Il promettra de venir.
b. ☐ Il prometra de venir.

→ Corrigés p. 82

3 L'imparfait et le plus-que-parfait

1 L'imparfait de l'indicatif

Conjuguer à l'imparfait et au plus-que-parfait

• Les terminaisons

	1er et 3e groupes	2e groupe
je	-ais	-issais
tu	-ais	-issais
il / elle / on	-ait	-issait
nous	-ions	-issions
vous	-iez	-issiez
ils / elles	-aient	-issaient

• Cas particuliers pour le 1er groupe

– Les verbes en ***-cer*** prennent un *ç* devant *-a* pour conserver le son « se ».
je lançais, ils lançaient (*mais* nous lancions)

– Aux 1re et 2e personnes du pluriel des verbes en *-yer, -ier, -iller, -igner*, les terminaisons sont *-ions* et *-iez*.
nous criions ; vous dédaigniez

– Les verbes en ***-ger*** prennent un *e* devant *-a* pour conserver le son « je ».
je mangeais, ils mangeaient (*mais* nous mangions)

• Cas particuliers pour le 3e groupe

Les principaux verbes irréguliers sont :

– faire : je faisais, vous faisiez
– dire : je disais, vous disiez
– paraître : je paraissais, vous paraissiez
– écrire : j'écrivais, vous écriviez
– boire : je buvais, vous buviez
– peindre : je peignais, vous peigniez

2 Le plus-que-parfait de l'indicatif

• Il se forme avec l'imparfait de l'indicatif de l'auxiliaire *être* ou de l'auxiliaire *avoir*, suivi du participe passé du verbe.

Partir		
j'étais parti(e)	tu étais parti(e)	il / elle / on était parti(e)
nous étions parti(e) s	vous étiez parti(e) s	ils / elles étaient parti(e) s

Comprendre		
j'avais compris	tu avais compris	il / elle / on avait compris
nous avions compris	vous aviez compris	ils / elles avaient compris

3 Les valeurs de l'imparfait et du plus-que-parfait

- **L'imparfait a une valeur temporelle** lorsqu'il évoque un fait en cours de réalisation dans le passé. Le début et la fin de l'action ne sont pas indiqués. Dans un récit, il sert à décrire l'arrière-plan, les décors ou les réflexions du narrateur.

  « Éric finit d'avaler son café au lait, regarda sa montre. Encore un quart d'heure avant le prochain bus pour le lycée. Il hésita, tendit l'oreille. Sa mère **dormait** encore. Il **entendait** sa respiration régulière. »

  Christian Lehmann, *No pasarán, le jeu*, © École des loisirs, 1996.

  → Les verbes à l'imparfait (en gras) servent à évoquer des actions dont on ne connaît ni le début ni la fin. Ils s'opposent aux actions de premier plan, racontées au passé simple (verbes soulignés).

- **L'imparfait a une valeur modale** lorsqu'il est employé dans une proposition subordonnée de condition. Si j'étais riche, je…

- Avec un complément qui marque la répétition, l'imparfait exprime **l'habitude**.

  Il revenait à six heures tous les soirs. → On utilise ici l'imparfait puisque c'est une action qui se répète tous les jours. Mais dans : « Il revint à six heures », le passé simple est employé pour une action exceptionnelle.

- **Le plus-que-parfait** marque l'antériorité d'un fait par rapport à l'imparfait.

  Il avait déjà pris un café lorsqu'il arrivait à son travail. → L'action de prendre un café est antérieure à celle d'arriver au travail.

Testez-vous !

Cochez les phrases correctes.

1. a. ☐ Ils endommagaient les locaux.
b. ☐ Ils endommageaient les locaux.

2. a. ☐ Je buvais de l'eau.
b. ☐ Je boivais de l'eau.

3. a. ☐ Nous souriions.
b. ☐ Nous sourissions.

→ Corrigés p. 82

4 Le passé simple et le passé antérieur

1 Le passé simple

- **Les terminaisons**

	1er groupe et *aller*	**2e et 3e groupes**	
		• Verbes en *-ir* • La plupart des verbes en *-re* • *Asseoir* et *voir*	**• La plupart des verbes en *-oir, -oire, -aître, -oudre* • *Lire, taire, plaire, conclure, vivre***
je	-ai	-is	-us
tu	-as	-is	-us
il / elle / on	-a	-it	-ut
nous	-âmes	-îmes	-ûmes
vous	-âtes	-îtes	-ûtes
ils / elles	-èrent	-irent	-urent

- **Cas particuliers pour le 1er groupe**

1. Les verbes en ***-cer*** s'écrivent avec un ç devant *-a*.

je lançai, il lança (mais ils lancèrent)

2. Les verbes en ***-ger*** prennent un *e* devant *-a*.

je mangeai, il mangea (mais ils mangèrent)

Conjuguer au passé simple et passé antérieur

- **Cas particulier pour le 3e groupe**

Tenir, *venir* et leurs composés, comme *obtenir* ou *revenir*, ont un passé simple en *-ins*, *-ins*, *-int*, *-înmes*, *-întes*, *-inrent*.

- **À la 1re personne du singulier,** les **verbes du 1er groupe** ont des formes proches à l'imparfait et au passé simple. je chantais (imparfait) mais je chantai (passé simple).

Lors des dictées, la prononciation peut vous guider. **L'imparfait** se prononce « **è** », le passé simple « **é** ». Pour être sûr de l'orthographe, mettez le verbe à la 3e personne du singulier.

Je chantais pendant des heures. → Il chantait pendant des heures.

Je chantai pour me rassurer. → Il chanta pour se rassurer.

2 Le passé antérieur

- Il se forme avec le passé simple de l'auxiliaire *être* ou de l'auxiliaire *avoir*, suivi du participe passé du verbe.

Partir		
je fus parti(e)	tu fus parti(e)	il / elle / on fut parti(e)
nous fûmes parti(e) s	vous fûtes parti(e)s	ils / elles furent parti(e)s
Comprendre		
j'eus compris	tu eus compris	il / elle / on eut compris
nous eûmes compris	vous eûtes compris	ils / elles eurent compris

3 Les valeurs du passé simple et du passé antérieur

- **Le passé simple** est utilisé pour évoquer des faits dans le passé, de leur début à leur fin. Dans le récit, ce sont des actions de premier plan, limitées dans le temps. Elles sont parfois soudaines.

« C'<u>était</u> une auberge. **J'entrai**. Personne ne s'y <u>trouvait</u>. Seule l'odeur du temps <u>pourrissait</u> là, tenace et pernicieuse. **J'appelai** et **tapai** du poing sur une table bancale qui **faillit** s'effondrer sous mes coups. »

Claude Seignolle, *L'Auberge du Larzac*, © Phébus, 1967.

→ Les verbes au passé simple (en gras) racontent les actions du héros qui sont limitées dans le temps. L'imparfait (verbes soulignés) est employé pour évoquer le cadre de ces actions.

- **Le passé antérieur** est employé pour marquer l'antériorité d'un fait par rapport au passé simple.

À peine eut-il fini son déjeuner qu'il sortit. → L'action de finir son déjeuner est antérieure à celle de sortir.

Testez-vous !

Cochez les phrases correctes au passé simple.

1. a. ☐ Je marcha dans la nuit.
b. ☐ Je marchai dans la nuit.

2. a. ☐ Je le vus soudain.
b. ☐ Je le vis soudain.

3. a. ☐ Il eut compté.
b. ☐ Il eût compté.

→ Corrigés p. 82

5 Le présent et le passé du conditionnel

1 Le présent du conditionnel

Conjuguer au conditionnel présent

Les terminaisons

Le présent du conditionnel se forme comme le futur. Les terminaisons sont celles de l'imparfait.

	Construction du présent du conditionnel aux trois groupes
je	infinitif + -ais
tu	infinitif + -ais
il / elle / on	infinitif + -ait
nous	infinitif + -ions
vous	infinitif + -iez
ils / elles	infinitif + -aient

Cas particuliers pour le 1er groupe

- Les verbes en ***-eler*** et ***-eter*** s'écrivent avec deux *l* ou deux *t* à toutes les personnes du présent du conditionnel. elle appellerait ; nous jetterions
- Les verbes en ***-oyer*** et en ***-uyer*** se conjuguent avec un *i*. j'emploierais ; nous ennuierions

Exception : envoyer (j'enverrais)

Cas particuliers pour le 3e groupe

- Les verbes ***tenir***, ***venir*** et leurs composés ont un présent du conditionnel en *-iendrais*, *-iendrais*, *-iendrait*, *-iendrions*, *-iendriez*, *-iendraient*.
- La plupart des verbes en ***-oir*** sont irréguliers : savoir, je saurais ; voir, je verrais (sauf prévoir : je prévoirais) ; vouloir, je voudrais ; pouvoir, je pourrais ; devoir, je devrais ; recevoir, je recevrais.
- Les verbes ***courir***, ***mourir*** et leurs composés prennent deux *r*. je mourrais ; il courrait
- Les verbes ***faire***, ***aller*** et leurs composés sont irréguliers. je ferais, nous ferions ; j'irais, nous irions

2 Le passé du conditionnel

- Il se forme avec le présent du conditionnel de l'auxiliaire *être* ou de l'auxiliaire *avoir*, suivi du participe passé du verbe.

Partir		
je serais parti(e)	tu serais parti(e)	il / elle / on serait parti(e)
nous serions parti(e) s	vous seriez parti(e) s	ils / elles seraient parti(e) s
Comprendre		
j'aurais compris	tu aurais compris	il / elle / on aurait compris
nous aurions compris	vous auriez compris	ils / elles auraient compris

3 Les valeurs du présent et du passé du conditionnel

- Selon ses emplois, **le présent du conditionnel** a une valeur temporelle ou modale :
  - il exprime parfois **une valeur temporelle** de futur dans le passé ; au discours indirect, il situe un fait après un autre événement passé.
    Il a dit qu'il **viendrait** le lendemain. → Discours indirect ; futur par rapport au verbe *dire* situé dans le passé.
  - il exprime **une valeur modale d'hypothèse** après une proposition subordonnée de condition (*si* + imparfait) ou un complément circonstanciel qui pose une condition. Si tu venais demain, nous **serions** contents. Le présent du conditionnel est utilisé aussi pour **une demande polie.** Je **voudrais** une baguette, s'il vous plaît.

La 1re personne du singulier du futur simple et du conditionnel présent sont proches. j'irai (futur) ; j'irais (conditionnel)
Pour ne pas confondre, pensez à la 3e personne du singulier.
j'irai → il ira ; j'irais → il irait

- **Le passé du conditionnel a une valeur temporelle.** Il exprime l'antériorité par rapport à un présent du conditionnel.
  Il a assuré qu'il téléphonerait dès qu'il serait arrivé. → Le fait d'arriver est antérieur à l'action de téléphoner.

- **Il a aussi une valeur modale d'irréel du passé** après une proposition subordonnée de condition (*si* + plus-que-parfait).
  Si Claire avait mis un gros pull, elle ne se **serait** pas **enrhumée**.

Testez-vous !

Cochez les phrases correctes au présent du conditionnel.

1. a. ☐ Vous criiez.
b. ☐ Vous crieriez.

2. a. ☐ Tu courrais.
b. ☐ Tu courais

3. a. ☐ Ils épelleraient.
b. ☐ Ils épeleraient.

→ Corrigés p. 82

6 Le présent et le passé de l'impératif

1 Le présent de l'impératif

- **Les terminaisons**

	1er groupe	2e groupe	3e groupe
2e personne du singulier	-e	-is	-s
1re personne du pluriel	-ons	-issons	-ons
2e personne du pluriel	-ez	-issez	-ez

- **À la 2e personne du singulier**, le présent de l'impératif est le seul mode où il n'y a pas de *-s* final pour les verbes du 1er groupe. marche ; avoue

- **Cas particuliers pour le 3e groupe**

1. Les verbes ***couvrir***, ***cueillir***, ***ouvrir***, ***offrir*** et ***souffrir*** se conjuguent comme ceux du 1er groupe. ouvre ; cueillons ; offrez

2. Le présent de l'impératif du verbe ***aller*** est : va, allons, allez.

3. Quatre verbes sont irréguliers :
- être : sois, soyons, soyez
- avoir : aie, ayons, ayez
- savoir : sache, sachons, sachez
- vouloir : veuille, veuillons, veuillez

- **Impératifs suivis des pronoms *en* ou *y***

1. À la 2e personne du singulier, le verbe *aller* (*va*) et les verbes qui se terminent par un *-e* prennent exceptionnellement un *-s* lorsqu'ils sont suivis par les pronoms *en* et *y*. Ce *-s* sert à faciliter la prononciation.

Offres-en (pour : Offre des fleurs) ; Vas-y (pour : Va au stade).

2. À la forme affirmative :
- les pronoms compléments se placent après le verbe à l'impératif. Ils sont reliés à lui par des traits d'union. Fais-le. Rends-le-lui.
- les verbes pronominaux sont toujours suivis d'un pronom complément. Souviens-toi. Éloignons-nous.

3. À la forme négative, les pronoms compléments se placent entre la particule négative *ne* et le verbe à l'impératif.

Ne le fais pas. Ne le lui rends pas. Ne nous éloignons pas.

2 Le passé de l'impératif

• Il se forme avec le présent de l'impératif de l'auxiliaire *être* ou de l'auxiliaire *avoir*, suivi du participe passé du verbe.

	Partir	Comprendre
2e personne du singulier	sois parti(e)	aie compris
1re personne du pluriel	soyons parti(e) s	ayons compris
2e personne du pluriel	soyez parti(e) s	ayez compris

3 Les valeurs du présent et du passé de l'impératif

• **Le présent de l'impératif** est un mode qui exprime :

– l'ordre — Ferme la fenêtre.
– la défense — Ne touchez pas aux plantes vertes !
– le conseil — Assurez-vous de n'avoir rien oublié !
– une demande — Soyez patients.

• **Le passé de l'impératif** s'emploie pour une action qui doit être terminée à un moment donné.

Soyez partis avant sept heures pour éviter les embouteillages.

Conjuguer à l'impératif (présent et passé)

Testez-vous !

Cochez les phrases correctes.

1. a. ☐ Avances !
b. ☐ Avance !

2. a. ☐ Veuillez vous taire !
b. ☐ Veuillez vous taire !

3. a. ☐ Aie confiance en toi.
b. ☐ Ait confiance en toi.

→ Corrigés p. 82

Vérification des connaissances

1 Conjuguez les verbes au présent de l'indicatif en choisissant la bonne réponse.

1. Nous voyageons / voyagons rarement en train.
2. J'avous / avoue mon erreur et vous pries / prie de m'en excuser.
3. Tous les élèves de la classe appuyent / appuient la demande de Camille.
4. La municipalité projette / projète de construire un rond-point ici.
5. Il gelle / gèle à pierre fendre.

2 Conjuguez les verbes au futur simple en choisissant la bonne réponse.

1. Nous t'achèterons / achetterons un jean demain.
2. Vous pourrez / pourez sortir dès que la sonnerie retentira / retentirera.
3. Tu buvras / boiras quand tu reviendra / reviendras.
4. Ils payeront / paieront leurs dettes à la fin du mois.
5. Jourez / Jouerez-vous avec nous ?

3 Dans les séries suivantes, choisissez les verbes qui sont à l'imparfait.

1. vous criez – vous achetiez – vous preniez.
2. j'écrirais – je lirais – je réfléchissais.
3. elle finissait – elle créerait – elle prenait.
4. nous voudrions – nous espérions – nous copiions.
5. ils comprendraient – ils écoutaient – ils regarderaient.

4 Dans les séries suivantes, choisissez les verbes qui sont au passé simple et indiquez leurs infinitifs.

1. je bus – je sus – je remue.
2. ils espèrent – ils achetèrent – ils considèrent.
3. je marchai – je souhaitai – je jouerai.
4. je finis – je grandis – je fis.
5. il ajoutera – il soupira – il entendra.

5 Conjuguez les verbes au conditionnel présent en choisissant la bonne réponse.

1. Je pensais qu'il se souviendra / souviendrait de sa promesse.
2. Si le temps ne s'améliorait pas, il faudrait / fallait revenir plus tôt.
3. Qui saurez / saurait où je pourrai / pourrais trouver une casquette vert pomme ?
4. Je courais / courrais volontiers avec toi si j'étais entraînée.
5. Au cas où tu l'appellerais / appelerais, sache qu'elle est de mauvaise humeur.

6 Conjuguez les verbes au présent de l'indicatif en choisissant la bonne réponse.

1. Vas / va au lit et éteint / éteins immédiatement.
2. Ne regarde / regardes pas ce film.
3. Prend / prends tes responsabilités.
4. Ne faisez / faites pas de bêtises.

Exercices d'entraînement

7 Conjuguez le verbes entre parenthèses au présent de l'indicatif.

1. Tu *(pouvoir)* .... réussir si tu le *(vouloir)*.
2. Il *(paraître)* .... que tu *(résoudre)* .... tous les problèmes !
3. Ce que vous *(dire)* .... me *(déplaire)*.
4. Les enfants *(tressaillir)* .... de froid.
5. Cet artiste *(peindre)* .... huit heures par jour.

8 Conjuguez les verbes entre parenthèses au temps qui convient : futur simple ou conditionnel présent.

1. « Jouons. Tu *(être)* .... la maîtresse et moi, je *(faire)* .... l'élève désobéissante. »
2. Quand *(venir)* .... les beaux jours ?
3. Il *(valoir)* .... sans doute mieux que vous arriviez avant la nuit.
4. Si je m'écoutais, je *(manger)* .... toute la tablette de chocolat.
5. Je vous *(quitter)* en fin de matinée et je *(revenir)* .... chez moi en bus.

9 **Conjuguez les verbes entre parenthèses au temps qui convient : imparfait, plus-que-parfait ou passé simple.**

Elle se précipita dans le courant et *(sentir)* .... rouler sous ses pieds le sable et les galets tapissant le fond qui s'*(incliner)* .... rapidement. Elle *(plonger)* .... dans l'eau fraîche, *(émerger)* .... en soufflant, et *(nager)* d'une brasse vigoureuse vers la rive opposée. Elle *(apprendre)* .... à nager avant même de savoir marcher et, à cinq ans, elle se *(trouver)* .... parfaitement à l'aise dans l'eau.

Jean M. Auel, *Le Clan de l'ours des cavernes*, © Presses de la Cité, 2002.

10 **Remplacez les groupes soulignés par des pronoms personnels compléments et mettez le verbe au présent de l'impératif.**

1. Tu iras à Paris la semaine prochaine.

2. Tu offriras ces fleurs à ta cousine.

3. Tu mangeras des mirabelles. C'est très bon !

4. Tu me donneras ton numéro de téléphone.

Vers le brevet

11 **Quelles sont les valeurs des présents dans cette phrase ?**

Le narrateur raconte son enfance.

Je nous vois assis sur le trottoir, le dimanche soir, en train de lire nos romans d'aventures ou nos illustrés, pendant que ma mère discute avec Mme Boucher, de l'autre côté de la rue.

Alain Rémond, *Chaque jour est un adieu*, © Seuil, 2000.

12 **Mettez les verbes entre parenthèses au présent. Donnez leur valeur ainsi que celle du verbe souligné.**

Un lundi matin, à l'école, mon père, qui *(être)* .... aussi mon instituteur (dans la classe, je l'*(appeler)* .... Monsieur), nous *(demander)* .... de raconter notre dimanche. [...] J'*(écrire)* .... parce que mon père, un jour, a demandé de raconter un dimanche et qu'aussitôt, je me suis senti deux fois vivant.

Daniel Rondeau, « Pourquoi écrivez-vous ? », *Libération*, 2002.

13 Réécrivez ce texte en mettant les verbes au futur simple.

C'était par une nuit sans lune, sans air, brûlante. On ne voyait point d'étoiles, et le souffle du train lancé nous jetait quelque chose de chaud, de mou, d'accablant, d'irrespirable. Partis de Paris depuis trois heures, nous allions vers le centre de la France sans rien voir des pays traversés. »

Guy de Maupassant, *Contes et nouvelles*, 1884.

14 Réécrivez ce passage en remplaçant « Pierre » par « ils » et en mettant les verbes à l'imparfait.

Pierre ne dit rien. Pierre n'est pas là. Il est resté accroché au grillage qui limite l'aire du Muguet. Il est heureux. Il sourit aux anges qui planent invisibles et présents dans le ciel pur.

Michel Tournier, « L'aire du Muguet » in *Le Coq de bruyère*, © Gallimard, 1978.

15 Relevez les verbes conjugués à l'indicatif et indiquez les temps auxquels ils sont conjugués. Pourquoi le troisième verbe est-il conjugué au passé simple ?

Henckel qui criait au bord de la piste… Les joueurs rassemblés autour de lui… La ligne d'arrivée… Tout cela si près, et qu'il avait tant de peine à atteindre… Il aspira une dernière fois, la bouche grande ouverte, défiguré.

Yves Gibeau, *La Ligne droite*, © Calmann-Lévy, 1962.

Testez-vous !

p. 67

1. a. Verbe en *-indre*, donc terminaison en *-t*.

2. b. Un seul *t* devant *-ons*.

3. a. Le verbe *valoir* se termine par un *-x* à la 1re personne du singulier du présent

p. 69

1. a. Les verbes en *-ier* gardent le *e* de l'infinitif au futur simple, même s'il ne s'entend pas.

2. b. Futur irrégulier du verbe *envoyer*.

3. a. Composé de *mettre*, donc deux *t*.

p. 71

1. b. Les verbes en *-ger* s'écrivent avec un *e* avant *aient*, pour obtenir le son souhaité.

2. a. Imparfait du verbe *boire*, irrégulier.

3. a. Deux *i*, un du radical, l'autre de la terminaison.

p. 73

1. b. Verbe du 1er groupe, terminaison en *-ai*, à la 1re personne du singulier.

2. b. Passé simple du verbe *voir*.

3. a. Passé antérieur du verbe *compter*.

> **Remarque**
> *Il eût compté* est un plus-que-parfait du subjonctif.

p. 75

1. b. Conditionnel présent du verbe *crier*.

2. a. Deux *r* à toutes les personnes du conditionnel présent du verbe *courir*.

3. a. Verbe en *-eler* ; deux *l* à toutes les personnes du conditionnel présent.

> **Rappel**
> *Vous criiez* est un imparfait.

p. 77

1. b. Verbe du 1er groupe ; pas de *s*.

2. b. Impératif du verbe *vouloir*.

3. a. Impératif du verbe *avoir*.

> **Remarque**
> Cet impératif est souvent employé en formule finale dans les lettres : *Veuillez agréer, Madame, Monsieur, l'expression*...

Vérification des connaissances (énoncés p. 78)

1 **1.** voyageons → verbe en *-ger*, *e* devant *-ons*.

2. avoue, prie → verbes en *-ouer* et *-ier*, 1er groupe, donc se terminent par *e*.

3. appuient → verbe en *-uyer*, le *y* se change en *i*, devant un e.

4. projette → verbe en *-eter*, deux *t* à la 3e personne du singulier.

5. gèle → accent grave, le verbe *geler* est irrégulier. Il ne prend jamais deux *l*.

2 **1.** achèterons → accent grave.

2. pourrez, retentira.

3. boiras, reviendras.

4. payeront ou paieront.

5. jouerez → verbe en *-ouer*, le *e* de l'infinitif est maintenu au futur.

> **Piège à éviter**
> Les deux formes sont correctes pour les verbes en *-ayer*.

3 **1.** vous criez → présent de l'indicatif ; les autres verbes sont à l'imparfait.

2. je réfléchissais → imparfait ; les autres verbes sont au conditionnel présent.

3. elle créerait → conditionnel présent ; les autres verbes sont à l'imparfait.

4. nous voudrions → conditionnel présent ; les autres verbes sont à l'imparfait.

5. ils écoutaient → imparfait ; les autres verbes sont au conditionnel présent.

4 **1.** je bus, je sus → passé simple des verbes *boire* et *savoir*.
je remue → présent du verbe *remuer*.

2. ils espèrent, ils considèrent → présent des verbes *espérer* et *considérer*.
ils achetèrent → passé simple du verbe *acheter*.

3. je marchai, je souhaitai → passé simple des verbes *marcher* et *souhaiter*.
je jouerai → futur simple du verbe *jouer*.

4. je finis, je grandis, je fis → passé simple des verbes *finir*, *grandir* et *faire*.

5. il soupira → passé simple du verbe *soupirer*.

5 **1.** souviendrait → composé du verbe *venir*. **2.** faudrait. **3.** saurait, pourrais.

4. courrais → deux *r* à toutes les personnes du conditionnel présent.

5. appellerais → deux *l* à toutes les personnes du conditionnel présent.

> **Piège à éviter**
> Jamais de *-s* à la fin de la 1re personne de l'impératif des verbes du 1er groupe.

6 **1.** va, éteins **2.** regarde **3.** prends **4.** faites

Exercices d'entraînement (énoncés p. 79)

7 **1.** **peux, veux** → les verbes *pouvoir* et *vouloir* se terminent par un *x* à la 2e personne du singulier du présent.

2. **paraît** → accent circonflexe devant le *t*.
résous → verbe en *-oudre*, donc terminaison en *-s*, à la 2e personne du singulier.

3. **dites** → 2e personne du pluriel du verbe *dire*.
déplaît → accent circonflexe devant le *t*.

4. **tressaillent** → le verbe *tressaillir* se conjugue comme un verbe du 1er groupe.

5. **peint** → verbe en *-indre*, donc terminaison en *-t*, à la 3e personne du singulier.

8 **1.** **tu serais, je ferais** → conditionnel présent car il s'agit d'une scène que les enfants imaginent. **2.** **viendront** → futur simple pour une action à venir. **3.** **vaudrait** conditionnel de politesse. **4.** **mangerait** → conditionnel car employé dans une phrase qui comprend une proposition subordonnée de condition à l'imparfait. **5.** **quitterai, reviendrai** → futur car l'action n'est pas encore réalisée.

9 Elle se précipita dans le courant et **sentit** rouler sous ses pieds le sable et les galets tapissant le fond qui **s'inclinait** rapidement. Elle **plongea** dans l'eau fraîche, **émergea** en soufflant, et **nagea** d'une brasse vigoureuse vers la rive opposée. Elle **avait appris** à nager avant même de savoir marcher et, à cinq ans, elle se **trouvait** parfaitement à l'aise dans l'eau.

> **Rappel**
> *avait appris* : le plus-que-parfait marque l'antériorité par rapport aux autres actions évoquées.

– **s'inclinait, se trouvait** → verbes à l'imparfait de l'indicatif, employé pour évoquer des actions dans le passé, de second plan, non limitées dans le temps. Ces verbes évoquent ici le décor de l'action.

– **sentit, plongea, émergea, nagea** → verbes au passé simple, utilisé pour raconter une action dans le passé, limitée dans le temps, de premier plan.

10 **1.** **Vas-y** → Il faut ajouter un *s* lorsque l'impératif est suivi du pronom *y*.

2. **Offre-les-lui** → traits d'union entre les deux pronoms compléments.

3. **Manges-en** → il faut ajouter un *s* lorsque l'impératif est suivi du pronom *en*.

4. **Donne-le-moi** → le pronom *me* devient *moi* lorsqu'il est placé après le verbe.

> **Remarque**
> Dans le cas où le COD et le COS sont des pronoms, le pronom COS est toujours placé après le pronom COD.

Vers le brevet (énoncés p. 80)

11 vois → présent d'actualité qui évoque les pensées du narrateur au moment où il écrit.

discute → présent de narration. Il renvoie au passé, au temps de l'enfance. On peut le remplacer par un imparfait.

> **L'astuce du prof**
> Les valeurs du présent sont souvent demandées dans les sujets de brevet. Apprenez-les !

12 Un lundi matin, à l'école, mon père, qui **est** aussi mon instituteur (dans la classe, je l'**appelle** Monsieur), nous **demande** de raconter notre dimanche. […] J'**écris** parce que mon père, un jour, a demandé de raconter un dimanche et qu'aussitôt, je me suis senti deux fois vivant.

- est, appelle → présent de narration, peut être remplacé par un imparfait, renvoie à l'enfance du narrateur.
- demande → présent de narration, peut être remplacé par un passé simple, renvoie à l'enfance du narrateur.
- écris → présent d'actualité, renvoie au moment de l'écriture.
- a demandé → passé composé, marque l'antériorité par rapport au présent du verbe *écrire*.

13 Ce **sera** par une nuit sans lune, sans air, brûlante. On ne **verra** point d'étoiles, et le souffle du train lancé nous **jettera** quelque chose de chaud, de mou, d'accablant, d'irrespirable. Partis de Paris depuis trois heures, nous **irons** vers le centre de la France sans rien voir des pays traversés.

14 **Ils ne disaient rien. Ils n'étaient** pas là. **Ils étaient restés accrochés** au grillage qui **limitait** l'aire du Muguet. **Ils étaient** heureux. **Ils souriaient** aux anges qui **planaient** invisibles et présents dans le ciel pur.

> **L'astuce du prof**
> Pensez à faire les accords des participes passés.

15 criait, avait → imparfait de l'indicatif, employé pour évoquer des actions dans le passé, de second plan, non limitées dans le temps. Ces verbes évoquent ici le décor de l'action.

aspira → passé simple, utilisé pour raconter une action dans le passé, limitée dans le temps, de premier plan.

CHAPITRE 5

Les temps du subjonctif

1 Le présent et le passé

1 Le présent du subjonctif

• **Les terminaisons**

	1er, 2e et 3e groupes		
je	-e	**nous**	-ions
tu	-es	**vous**	-iez
il / elle / on	-e	**ils / elles**	-ent

• **La formation du présent du subjonctif** est différente selon les groupes :
- pour les verbes du 1er groupe, le présent du subjonctif se forme à partir du radical de l'infinitif ;

  crier, présent du subjonctif : que nous criions (cri + ions).
- pour les autres verbes, on pense à la 3e personne du pluriel du présent de l'indicatif.

  prendre, 3e personne du pluriel du présent de l'indicatif : ils prennent ; subjonctif : que je prenne.

• **Les principaux verbes irréguliers**
- aller : que j'aille, que nous allions
- faire : que je fasse, que nous fassions
- savoir : que je sache, que nous sachions
- pouvoir : que je puisse, que nous puissions
- vouloir : que je veuille, que nous voulions
- valoir : que je vaille, que nous valions

Conjuguer au subjonctif (présent et passé)

2 Le passé du subjonctif

• Le passé du subjonctif se forme avec le présent du subjonctif de l'auxiliaire *être* ou de l'auxiliaire *avoir*, suivi du participe passé du verbe.

Partir		
que je sois parti(e)	que tu sois parti(e)	qu'il / elle / on soit parti(e)
que nous soyons parti(e) s	que vous soyez parti(e) s	qu'ils / elles soient parti(e) s

Comprendre		
que j'aie compris	que tu aies compris	qu'il / elle / on ait compris
que nous ayons compris	que vous ayez compris	qu'ils / elles aient compris

- Le passé du subjonctif marque l'aspect accompli de l'action.

  Il a souri, bien qu'il ait été fort triste. → Le fait d'être triste précède l'action de sourire.

3 Les emplois du subjonctif

- **Dans les propositions subordonnées conjonctives**, le subjonctif est utilisé en particulier :
  - lorsque les subordonnées sont COD et que le verbe de la proposition principale exprime la volonté, le souhait, la crainte, le regret, la joie.

    Je crains qu'il ne soit trop tard. Je souhaite qu'il vienne immédiatement.
  - lorsque les subordonnées sont compléments circonstanciels, après certaines locutions ou conjonctions de subordination : *pour que, afin que, avant que, bien que, quoique, pourvu que, à condition que, de crainte que…*

    Je t'appelle pour que tu viennes immédiatement.

- **Dans les propositions subordonnées relatives**, le subjonctif est employé :
  - quand la proposition principale exprime une idée de but non réalisé.

    Je suis à la recherche d'un sac qui ne soit ni trop grand ni trop petit.
  - après un adjectif au superlatif ou *le premier, le dernier, le seul.*

    C'est le plus grand avion que j'aie jamais vu.

- **Dans les propositions indépendantes,** le subjonctif s'emploie pour exprimer la défense, l'ordre, le souhait ou la supposition.

  Qu'il vienne immédiatement. → ordre

Testez-vous !

Cochez les phrases correctes.

1. a. ☐ Il faut que je réfléchie.
b. ☐ Il faut que je réfléchisse.

2. a. ☐ Il faut qu'il ait compris.
b. ☐ Il faut qu'il aie compris.

3. a. ☐ Avant qu'il soit trop tard…
b. ☐ Avant qu'il est trop tard…

→ Corrigés p. 94

2 L'imparfait et le plus-que-parfait

1 L'imparfait du subjonctif

- **Les terminaisons**

	1er, 2e et 3e groupes
je	-sse
il / elle / on	-^t
ils / elles	– ssent

- **La formation de l'imparfait du subjonctif** est différente selon les groupes :
  - pour les verbes du 1er groupe, l'imparfait du subjonctif se forme à partir de la 3e personne du singulier du passé simple.
    crier, 3e personne du singulier du passé simple : il cria
    → imparfait du subjonctif : que je criasse, qu'il criât.
  - pour les verbes des deux autres groupes, l'imparfait du subjonctif se forme à partir de la 1re personne du singulier du passé simple.

infinitif	1re pers. du sing. du passé simple	imparfait du subjonctif
faire	je fis	qu'il fît
savoir	je sus	qu'il sût
venir	je vins	qu'il vînt

2 Le plus-que-parfait du subjonctif

- Le plus-que-parfait du subjonctif se forme avec l'imparfait du subjonctif de l'auxiliaire *être* ou de l'auxiliaire *avoir*, suivi du participe passé du verbe.

Partir	
que je fusse parti(e)	qu'il / elle / on fût parti(e)
	qu'ils / elles fussent parti(e)s
Comprendre	
que j'eusse compris	qu'il / elle / on eût compris
	qu'ils / elles eussent compris

- Le plus-que-parfait du subjonctif marque l'aspect accompli de l'action.

  Il avait souri, bien qu'il eût été fort triste. → Le fait d'être triste précède l'action de sourire.

3 Les emplois

- L'imparfait et le plus-que-parfait du subjonctif ne s'emploient absolument plus dans la langue parlée. Ils sont utilisés dans la langue écrite soutenue, presque uniquement à la 3e personne du singulier.

  Je voudrais qu'il vînt immédiatement.

On dirait en langage courant : Je voudrais qu'il vienne immédiatement.

- Les emplois de l'imparfait du subjonctif sont les mêmes que ceux du présent du subjonctif (voir p. 86).
- Le plus-que-parfait du subjonctif remplace le passé du subjonctif.
- **Dans les propositions subordonnées de condition**, l'irréel du passé se marque par les constructions suivantes :
  - *si* + plus-que-parfait de l'indicatif ; on utilise le conditionnel passé dans la principale. S'il avait réservé, il aurait pu avoir une place. → Il n'a pas réservé, donc il n'a pas eu de place : irréel du passé.
  - *si* + plus-que-parfait de l'indicatif ; on utilise le plus-que-parfait du subjonctif dans la principale. S'il eût réservé, il eût pu trouver une place. → Même valeur d'irréel du passé que dans la construction précédente.

Testez-vous !

Cochez les propositions correctes.

1. a. ☐ Je voudrais qu'il fût d'accord.
b. ☐ Je voudrais qu'il fut d'accord.

2. a. ☐ … bien qu'il sourisse.
b. ☐ … bien qu'il sourît.

3. a. ☐ Après qu'il eut réfléchi…
b. ☐ Après qu'il eût réfléchi

→ Corrigés p. 94

Distinguer l'indicatif et le subjonctif

LES RÉFLEXES À AVOIR

▶ Si vous hésitez entre indicatif et subjonctif après des verbes comme *penser que, croire que*, pensez au sens que vous voulez donner à la phrase :

- si vous utilisez l'indicatif, le fait est présenté comme très probable.
  Je ne pense pas que Pierre viendra. → Indicatif : le locuteur est presque sûr que Pierre ne viendra pas.
- si vous utilisez le subjonctif, le fait est très incertain, voire impossible. Je ne pense pas que Pierre vienne. → Subjonctif : le locuteur ne sait vraiment pas si Pierre viendra ou non.

▶ À la **3e personne du singulier**, pour distinguer le passé simple (*-a, -it, -ut, -int*) du subjonctif imparfait (*-ât, -ît, -ût, -înt*), analysez le type de proposition dans lequel se trouve la forme verbale :

- si la proposition est indépendante, coordonnée ou juxtaposée, le temps employé est le passé simple.
  Le chat miaula puis s'étira. → Propositions coordonnées, donc passés simples.
- si la proposition est une subordonnée, mettez le verbe au pluriel pour trouver le temps.

Singulier : Lorsque le chat miaula et s'étira…
Pluriel : Lorsque les chats miaulèrent et s'étirèrent…. → Ce sont des passés simples.

LES PIÈGES À ÉVITER

▶ Ne confondez pas le présent du subjonctif et le présent de l'indicatif :

- au singulier, les deux temps ne diffèrent parfois que par l'orthographe. *croire :* je crois → indicatif ; il faut que je croie → subjonctif.
- à la 1re et à la 2e personne du pluriel, la prononciation des verbes en *-ier, -yer, -iller* et *-gner* est presque identique aux deux temps. La terminaison du subjonctif contient toutefois un *-i*.

Infinitif : briller → présent de l'indicatif : nous brillons, vous brillez.

Présent du subjonctif : il faut que nous brillions / que vous brilliez.

▶ Pour être sûr qu'il s'agit d'un subjonctif, remplacez par le verbe *faire*.

Pour que je croie → pour que je fasse → subjonctif

Parce que je crois → parce que je fais → indicatif

LES ASTUCES DU PROF

▶ Lorsque vous hésitez pour trouver le présent du subjonctif d'un verbe, vous pouvez commencer la phrase par : *Il faut que…* suivi du verbe que vous cherchez.

Éteindre → Il faut que j'éteigne / que nous éteignions.

EXEMPLES

Repérer le subjonctif présent

Il aimait la pluie. Il aimait le contact de l'eau, son odeur surtout, soit qu'elle pleuve chaude des nuages, soit qu'on la surprenne au détour d'une pièce de terre à l'heure où le soleil l'a portée à ébullition…

Maryse Condé, *Traversée de la mangrove* © Mercure de France, 1989.

Le participe passé *portée* s'accorde avec le COD placé avant le verbe, *l'*, qui remplace *la pluie*.

- **Elle pleuve, on la surprenne**

  Si vous remplacez par le verbe *faire*, vous obtenez : *soit qu'elle fasse ou soit qu'on la fasse*. Ces deux verbes sont bien au présent du subjonctif.

Repérer le subjonctif imparfait

Je croyais Weber chargé de veiller sur moi et je n'avais qu'un désir, c'est qu'il restât dans l'antichambre et me laissât seule dans l'appartement.

George Sand, *Histoire de ma vie*, 1855.

Le feminin de l'adjectif *seule*, attribut du COD *me*, indique que celle qui raconte est une femme, malgré le prénom masculin qu'elle avait pris comme pseudonyme.

- **Qu'il restât, me laissât**

  Ces deux verbes sont à l'imparfait du subjonctif.
  Ce mode est employé dans une proposition subordonnée qui marque la volonté.

  Le temps choisi s'explique par le style très soutenu de George Sand. En langage courant, le présent du subjonctif serait utilisé.

  Réécriture en langage courant : « *Je n'avais qu'un désir, c'est qu'il reste dans l'antichambre et me laisse…* »

Vérification des connaissances

1 Cochez le mode du verbe qui correspond.

1. Regardez les horaires avant que nous partions à la gare.
☐ indicatif ☐ subjonctif
2. Pendant les vacances nous prenions notre petit-déjeuner à 11 h.
☐ indicatif ☐ subjonctif
3. Il faudrait que tu finisses ce travail rapidement.
☐ indicatif ☐ subjonctif
4. Quand je vois ce qui reste à faire, je suis découragé
☐ indicatif ☐ subjonctif
5. Je ne pense pas que je voie très bien.
☐ indicatif ☐ subjonctif

2 Choisissez entre le passé simple et l'imparfait du subjonctif dans les phrases suivantes.

1. J'aurais aimé que ce film *dura / durât* plus longtemps.
2. À quelle date *fut signé / fût signé* l'armistice qui *mit / mît* fin à la Première Guerre mondiale ?
3. Avant que quiconque *put / pût* réagir, il se *produisit / produisît* un fait étrange.
4. *Plut / plût* au ciel qu'ils se réconcilient !
5. Qu'il *réussit / réussît* ou non, ses parents l'encourageaient.

Exercices d'entraînement

3 Conjuguez le verbe entre parenthèses au présent de l'indicatif ou du subjonctif selon le cas.

1. J'aimerais bien qu'il *(prévenir)* .... avant de s'inviter pour le dîner.
2. L'arbitre est sûr que le joueur *(se trouver)* .... hors-jeu.
3. Qu'il *(pleuvoir)* .... ou qu'il *(venter)* ...., nous irons nous promener.
4. Il faudra deux jours avant que les résultats des élections *(être connu)* ....
5. Après qu'ils *(voter)* ...., ils vont au cinéma.

4 Justifiez l'emploi du subjonctif dans les phrases suivantes.

1. L'entraîneur exige que les joueurs soient à l'heure.
2. Tu es bien l'être le plus menteur que j'aie jamais rencontré !
3. Je me suis assis en attendant que tu arrives.

4. Le professeur s'étonne que tant d'élèves soient absents.

5. J'aime beaucoup ce jean. Pourvu qu'il en reste un à ma taille !

5 Expliquez les différences de sens entre les phrases suivantes.

1. a) Je comprends que tu es très fatigué.
b) Je comprends que tu sois très fatigué.

2. a) Il semble que le navigateur a abandonné la course.
b) Il semble que le navigateur ait abandonné la course.

3. a) L'enfant pleure très fort de sorte que sa mère l'entend.
b) L'enfant pleure très fort de sorte que sa mère l'entende.

Vers le brevet

6 Relevez tous les subjonctifs dans le texte suivant et précisez leur temps. Justifiez leur emploi.

En ce temps-là j'étais fort jeune, ce qui ne veut pas dire que je sois très vieux aujourd'hui ; mais je venais de sortir du collège, et je restais chez mon oncle en attendant que j'eusse fait choix d'une profession. Si le bonhomme avait pu prévoir que j'embrasserais celle de conteur fantastique, nul doute qu'il m'eût mis à la porte et déshérité irrévocablement ; car il professait pour la littérature en général, et pour les auteurs en particulier, le dédain le plus aristocratique. […] Dieu fasse paix à mon oncle !

Théophile Gauthier, *Omphale*, 1834.

7 a) Relevez les verbes au passé simple et donnez leurs infinitifs.
b) Quels sont les autres temps du passé qui sont utilisés dans cet extrait ? Donnez un exemple de chaque.
c) Relevez les verbes à l'imparfait du subjonctif et donnez leurs infinitifs.

Lorsqu'il vit que l'on s'arrêtait devant son cachot, lorsqu'il comprit qu'on allait ouvrir la porte, il lui apparut brusquement que les miracles n'existaient point, qu'il ne fallait pas qu'il les attendît, que sa dernière heure était venue.
La clé tourna dans la serrure.
Lentement les rouages fonctionnaient.
Il fallait peut-être une seconde pour que la porte s'ouvrît, cette seconde devait durer un siècle pour l'agonisant qu'était M. Havard.
Enfin, très lentement, le battant de la porte s'écartait. M. Havard eut alors l'impression qu'une vive clarté illuminait la pièce.
Depuis qu'il était dans le noir, ses yeux s'étaient dilatés. Il fut ébloui par la lumière, il ne vit pas, il crut qu'il ne voyait pas celui qui entrait…

Pierre Souvestre et Marcel Allain, *Fantômas. La Série rouge*, © Robert Laffont, 1913.

Testez-vous !

p. 87

1. b. Il faut que je réfléchisse. → Verbe *réfléchir*, 2e groupe, au subjonctif présent.

2. a. Il faut qu'il ait compris. Verbe *comprendre* au passé du subjonctif.

3. a. Avant qu'il soit trop tard… → La locution conjonctive *avant que* est toujours suivie du subjonctif.

> **Piège à éviter**
> Ne pas oublier qu'*avant que* est suivi du subjonctif alors qu'*après que* est suivi de l'indicatif.

p. 89

1. a. Je voudrais qu'il fût d'accord. → Verbe de volonté, suivi d'une conjonctive COD au subjonctif imparfait. *Fut* est le passé simple.

2. b. …bien qu'il sourît. → La locution conjonctive *bien que* est toujours suivie du subjonctif.

3. a. Après qu'il eut réfléchi. → La locution conjonctive *après que* est toujours suivie de l'indicatif. Le verbe est ici conjugué au passé antérieur.

> **L'astuce du prof**
> Pour être certain du mode du verbe, remplacez-le par le verbe *faire : Je voudrais qu'il fasse/Bien qu'il fasse* → subjonctif.

Vérification des connaissances (énoncés p. 92)

1

1. subjonctif.

2. indicatif.

3. subjonctif.

4. indicatif.

5. subjonctif.

> **Remarque**
> Aux 1re et 2e personnes du pluriel, certains verbes (comme *prendre*) ont la même forme à l'imparfait de l'indicatif et au présent du subjonctif.

> **Piège à éviter**
> Certains verbes (comme *voir*) se prononcent de la même manière au présent de l'indicatif et du subjonctif.

2 **1.** J'aurais aimé que ce film **durât** plus longtemps.

2. À quelle date **fut** signé l'armistice qui **mit** fin à la Première Guerre mondiale ?

3. Avant que quiconque **pût** réagir, il se **produisit** un fait étrange.

4. **Plût** au ciel qu'ils se réconcilient !

5. Qu'il **réussît** ou non, ses parents l'encourageaient.

Exercices d'entraînement (énoncés p. 92)

3 **1.** **prévienne** → subjonctif dans une subordonnée COD après un verbe de volonté.

2. **se trouvait** → indicatif après une expression exprimant la certitude.

3. **Qu'il pleuve, qu'il vente** → subjonctifs en propositions indépendantes pour exprimer une hypothèse.

4. **soient connus** → subjonctif après la locution conjonctive *pour que*.

5. **ont voté** → indicatif après la locution conjonctive *après que*.

4 **1.** Subordonnée COD après un verbe qui exprime une volonté.

2. Subjonctif après un superlatif.

3. Subjonctif après la locution conjonctive *en attendant que*.

4. Subjonctif après un verbe exprimant un sentiment.

5. Subjonctif après la locution conjonctive *pourvu que*.

5 **1.** **a)** Certitude de la fatigue.
b) L'insistance est mise sur l'opinion de celui qui parle.

2. **a)** L'abandon est presque une certitude.
b) L'abandon est envisagé comme une possibilité encore incertaine.

3. **a)** La subordonnée introduit une conséquence.
b) La subordonnée introduit un but.

Rappel

De sorte que est suivi de l'indicatif quand il exprime une conséquence, donc une action certaine, et du subjonctif quand c'est un but à atteindre, c'est-à-dire une action non réalisée.

Vers le brevet (énoncés p. 93)

6 **sois** → présent du subjonctif, dans une subordonnée COD après un verbe d'opinion.

j'eusse fait → plus-que-parfait du subjonctif, après la locution conjonctive *en attendant que*.

m'eût mis → plus-que-parfait du subjonctif, utilisé comme conditionnel passé, équivaut à *m'aurait mis*.

fasse → présent du subjonctif, dans une proposition indépendante pour exprimer un souhait.

Gagnez des points !

Le texte de Théophile Gautier est daté de 1834 ; les auteurs employaient alors couramment l'imparfait et le plus-que-parfait du subjonctif.

7 **a)** **vit** → voir ; **comprit** → comprendre ; **apparut** → apparaître ; **tourna** → tourner ; **eut** → avoir ; **fut ébloui** → éblouir ; **vit** → voir ; **crut** → croire.

b) Imparfait de l'indicatif : *s'arrêtait*, par exemple.
Plus-que-parfait : *s'étaient dilatés*.

c) **attendît** → attendre ; **s'ouvrît** → s'ouvrir.

Piège à éviter

Fut ébloui est une forme passive. Ne confondez pas ce passé simple avec le passé antérieur du verbe *éblouir : il eut ébloui*.

PARTIE 3 Grammaire

CHAPITRE 6

La phrase

1 Les types de phrases

1 La phrase déclarative

- Elle présente des faits, transmet une information ou une opinion.

  Je suis content de toi.

- **À l'écrit**, elle se termine par un point.

À l'oral, la voix descend à la fin de la phrase.

- Elle peut être affirmative ou négative.

  Il est invité ce soir. → phrase déclarative affirmative

  Il n'est pas invité ce soir. → phrase déclarative négative

2 La phrase interrogative

- Elle sert à poser des questions.

  Veux-tu venir avec nous ?

- **À l'écrit**, elle se termine par un point d'interrogation.

À l'oral, la voix monte à la fin de la phrase.

- **L'interrogation totale**, qui porte sur toute la phrase, appelle une réponse simple qui est « oui » ou « non ».

  Es-tu d'accord avec nous ? → interrogation totale

Elle peut se construire de trois façons différentes :

– par la seule intonation, à l'oral ;

  Elle viendra ?

– par la tournure *est-ce que* ;

  Est-ce qu'elle viendra ?

– par l'inversion du sujet.

Viendra-t-elle ?

> Attention : Pour faire l'inversion lorsque le sujet est un nom ou un groupe nominal, il faut placer après le verbe un pronom de rappel.
> Le nom ou le groupe nominal reste placé avant le verbe.
> Sophie viendra-t-elle ? « elle » est un pronom de rappel.

- **L'interrogation partielle** porte sur un élément de la phrase. Elle commence par un mot interrogatif :
  – un pronom interrogatif : *qui*, *que*, etc. Que veux-tu ?
  – un adverbe interrogatif : *où, comment, pourquoi*, etc. Où vas-tu ?
  – un déterminant interrogatif : *quel, quelle*, etc. Quelle heure est-il ?

3 La phrase injonctive

- Elle est employée pour donner un ordre, un conseil.
  Arrête de parler. Mélangez bien la farine et l'œuf.
- Elle est constituée :
  – d'un nom ou d'un groupe nominal. Silence.
  – d'un verbe conjugué à l'impératif. Taisez-vous.

4 La phrase exclamative

- Elle est utilisée pour exprimer un sentiment.
  Comme c'est gentil ! Attention !
- **À l'écrit**, elle se termine par un point d'exclamation. Une phrase exclamative peut aussi être injonctive.
  Arrête de parler ! → Phrase injonctive et exclamative ; l'exclamation ici traduit la colère de celui qui donne l'ordre.

Testez-vous !

Cochez les réponses qui conviennent.

1. *Je me demande ce que tu fais.* Il s'agit :
a. ☐ d'une phrase interrogative.
b. ☐ d'une phrase déclarative.

2. *Tu es sûr du résultat ?* Il s'agit :
a. ☐ d'une interrogation totale.
b. ☐ d'une interrogation partielle.

3. *Surtout ne fais pas de bruit !* Il s'agit :
a. ☐ d'une phrase injonctive.
b. ☐ d'une phrase injonctive et exclamative.

→ Corrigés p. 109

2 Les formes de phrases

1 Forme affirmative et forme négative

- **La phrase affirmative** certifie la réalité d'un fait.
  La nuit est tombée.
- **La phrase négative** nie la réalité d'un événement ou d'une situation.
  La nuit est tombée. → phrase déclarative et affirmative
  La nuit n'est pas tombée. → phrase déclarative et négative
- La négation se marque par des adverbes de négation :

ne … pas, ne … jamais, ne … pas encore, ne … plus, ne … guère.

- Certaines phrases affirmatives peuvent contenir des mots de sens négatif.
  Ce pull est très laid. → phrase affirmative

2 Forme active et forme passive

- **Une phrase passive** vient de la transformation d'une phrase active.
  Le procureur a prononcé le réquisitoire. → phrase active
  Le réquisitoire a été prononcé par le procureur. → phrase passive

Le sujet de la phrase active devient le complément d'agent de la phrase passive.
Le COD de la phrase active devient le sujet de la phrase passive.

Des milliers de spectateurs (sujet) suivent le match (COD). → phrase active

Le match (sujet) est suivi par des milliers de spectateurs (complément d'agent). → phrase passive

- **Le passage de la forme active à la forme passive** est impossible :
  – lorsque le verbe n'a pas de COD.
  La nuit tombe.
  – lorsque le sujet est un pronom personnel.
  Je regarde le match.
  – lorsque le COD comprend un déterminant possessif. Paul caresse son chien.
  – avec le verbe *avoir*. Les enfants ont des cartables.

Attention : Dans « La nuit est tombée », le verbe est au passé composé de la forme active.

Lorsque le sujet d'une phrase active est le pronom indéfini *on*, la phrase passive n'a pas de complément d'agent.
On a découvert ce site archéologique il y a vingt ans.
Ce site archéologique a été découvert il y a vingt ans.

3 Forme neutre et forme emphatique

- **Dans sa forme neutre**, l'ordre d'une phrase est :

 sujet + verbe + compléments.

 Claire aime beaucoup les crêpes.

- **La forme emphatique** sert à mettre en relief un des éléments.

Elle se construit :

– en utilisant *c'est … qui* ou *c'est … que* pour encadrer l'élément mis en relief.

 Je préparerai un moelleux au chocolat. → forme neutre

 C'est moi qui préparerai un moelleux au chocolat. → forme emphatique

 C'est un moelleux au chocolat que je préparerai. → forme emphatique

– en plaçant en début ou en fin de phrase l'élément que l'on veut souligner ; celui-ci est alors repris par un pronom. C'est une tournure très fréquente à l'oral.

 Michael n'est pas content. → forme neutre

 Michael, il n'est pas content. → forme emphatique

 Il n'est pas content, Michael → forme emphatique

Tous les éléments d'une phrase peuvent être mis en relief, sauf le verbe.

Testez-vous !

Cochez les réponses correctes.

1. *C'est faux.* Il s'agit :

a. ☐ d'une phrase négative.
b. ☐ d'une phrase affirmative.

2. *Le colis est parti hier.* Il s'agit :

a. ☐ d'une phrase passive.
b. ☐ d'une phrase active.

3. *C'est toi qui me l'apprends.* Il s'agit :

a. ☐ d'une forme emphatique avec mise en relief du sujet.
b. ☐ d'une forme emphatique avec mise en relief du COD.

→ Corrigés p. 109

3 Phrase simple et phrase complexe

1 Phrase et proposition

- **Une phrase** est un ensemble de mots qui forme une unité de sens.

On distingue :

– la phrase verbale qui comporte au moins un verbe conjugué ;

Il est interdit de marcher sur les pelouses.

– la phrase non verbale formée par un groupe nominal (phrase nominale) ou un groupe adjectival ou un adverbe.

Interdiction de marcher sur les pelouses. → phrase nominale

Impossible de marcher sur les pelouses. → phrase non verbale

- **Une proposition** est un ensemble de mots qui comporte un verbe.

Le CDI ouvre à 8 h et il ferme à 17 h.

→ Cette phrase comporte deux verbes, donc deux propositions. Elle comprend un groupe sujet (le CDI) et un groupe verbal (ouvre à 8 h et il ferme à 17 h).

2 La phrase simple

- Une phrase simple comporte une seule proposition : c'est une proposition indépendante.

Le collège compte environ 550 élèves.

→ Cette phrase contient un verbe conjugué, c'est donc une phrase simple ou proposition indépendante.

3 La phrase complexe

- Une phrase qui comporte plusieurs propositions est une phrase complexe. Les différentes propositions peuvent être juxtaposées, coordonnées ou subordonnées.

- **Les propositions sont juxtaposées** lorsqu'elles sont mises les unes à côté des autres et séparées par une virgule, un point-virgule ou deux points.

Le conseil de classe des 3e B commencera à 17 h, // il sera suivi par celui des 3e C.

1re proposition — 2e proposition juxtaposée

• **Les propositions sont coordonnées** lorsqu'elles sont liées entre elles par une conjonction de coordination : *mais, ou, et, donc, or, ni, car.*

J'ai couru	//	car j'étais en retard.
1re proposition	//	2e proposition coordonnée

• **Des propositions sont subordonnées** lorsqu'elles dépendent d'une autre proposition appelée proposition principale. Les propositions subordonnées ne peuvent exister seules.

Les élèves souhaitent	//	que leur professeur organise une sortie.
proposition principale	//	proposition subordonnée

On distingue :

– les propositions subordonnées relatives qui dépendent d'un nom, leur antécédent (voir p. 142) ;

– les propositions subordonnées conjonctives qui sont soit COD (ce sont alors des complétives), soit compléments circonstanciels (voir p. 142).

Identifier les subordonnées

Testez-vous !

Cochez les réponses qui conviennent.

1. *Lorsque le soleil se lève.*
Il s'agit d'une phrase.
a. ☐ vrai **b.** ☐ faux

2. *Zoé alluma l'ordinateur, se connecta et consulta les messages qu'elle avait reçus.*
Cette phrase :
a. ☐ contient quatre propositions.
b. ☐ contient trois propositions.

3. *Je lis le roman que tu m'as offert.*
Dans cette phrase :
a. ☐ « Je lis » est la proposition principale et « le roman que tu m'as offert » est la proposition subordonnée.
b. ☐ « Je lis le roman » est la proposition principale et « que tu m'as offert » est la proposition subordonnée.

→ Corrigés p. 109

Bien ponctuer un texte

LES RÉFLEXES À AVOIR

▶ Certains signes de ponctuation sont toujours suivis d'une majuscule.

Signe	Intonation	Emploi
Le point	Descendante	Sépare deux phrases
Le point d'interrogation	Montante	Termine une phrase interrogative
Le point d'exclamation	Exprime un sentiment	Termine une phrase exclamative
Les points de suspension	Expriment l'hésitation, le suspense	Séparent deux phrases par une pause longue

▶ Certains signes de ponctuation sont toujours suivis d'une minuscule.

Signe	Intonation	Emploi
La virgule	Pas de changement	Sépare des mots ou des propositions par une pause courte
Le point-virgule	Un peu descendante	Sépare deux propositions à l'intérieur d'une phrase

▶ Certains signes de ponctuation sont suivis d'une majuscule ou d'une minuscule suivant leur emploi.

Signe	Emploi	Le mot qui suit commence par
Les guillemets	• Indiquent des paroles rapportées • Indiquent une citation	• une majuscule • une minuscule
Les deux points	• Introduisent des paroles rapportées • Introduisent une explication, une énumération	• une majuscule • une minuscule

LES ASTUCES DU PROF

▶ Quand vous rédigez, évitez de faire des phrases :

- trop courtes. Faites des phrases complexes avec différentes propositions juxtaposées, coordonnées ou subordonnées.
- trop longues. Quand votre phrase dépasse trois lignes, il est temps de mettre un point.

EXEMPLE

Savoir analyser une phrase

Tania abordait chaque journée nouvelle avec épouvante, parce qu'elle savait d'avance les gestes qu'elle ferait, les visages qu'elle verrait, les paroles qu'on lui dirait jusqu'à l'heure des lumières éteintes.

Henri Troyat, *Tant que la terre durera* © Gallimard, 1947.

Les subordonnées relatives dépendent d'un nom ; les subordonnées conjonctives dépendent d'un verbe.

- **parce qu'elle savait d'avance les gestes [...], les visages [...], les paroles [...]**

  Proposition subordonnée conjonctive, complément circonstanciel de cause du verbe *abordait.*

- **qu'elle ferait, qu'elle verrait, qu'on lui dirait jusqu'à l'heure des lumières éteintes**

  Propositions subordonnées relatives, compléments des antécédents *gestes, visages* et *paroles.*

- **qu'**

  *Qu'*est ici une conjonction de subordination.

- **qu'**

  *Qu'*est ici un pronom relatif, COD des verbes *ferait, verrait* et *dirait.*

Comprendre la ponctuation d'un texte

Oh ! Une réminiscence ! Un vague, très vague souvenir d'une sensation d'enfance : les maillots tricotés main qui grattent partout surtout lorsqu'ils sont mouillés... Ce n'est pas le plus agréable des souvenirs mais qu'importe, c'en est au moins un.

Annie Duperey, *Le Voile noir*, © Seuil, 1992.

Ne confondez pas *type* et *forme* de phrases. La dernière phrase est de type déclaratif et de forme négative.

- **Oh ! Une réminiscence !**

  Ces phrases se terminent par un point d'exclamation ; elles sont donc exclamatives et soulignent les sentiments qui accompagnent la montée du souvenir.

- **:**

  Les deux points introduisent une explication ; la narratrice va préciser quel est ce « très vague souvenir » qui remonte à sa conscience.

- **...**

  Les points de suspension traduisent un arrêt : la narratrice laisse ce souvenir envahir son esprit avant de continuer son évocation.

Vérification des connaissances

1 Trouvez le type des phrases suivantes en choisissant la bonne réponse.

1. Quelle idée il a eue !
☐ déclaratif ☐ exclamatif ☐ interrogatif ☐ injonctif

2. Je me demande s'il viendra.
☐ déclaratif ☐ exclamatif ☐ interrogatif ☐ injonctif

3. N'oubliez pas d'apporter des bonbons !
☐ déclaratif ☐ exclamatif ☐ interrogatif ☐ injonctif

4. Pourquoi sommes-nous toujours en avance ?
☐ déclaratif ☐ exclamatif ☐ interrogatif ☐ injonctif

5. Donne-moi la main.
☐ déclaratif ☐ exclamatif ☐ interrogatif ☐ injonctif

2 Trouvez la forme des phrases suivantes en choisissant la bonne réponse.

1. Personne n'a compris ce qu'il voulait dire.
☐ affirmative ☐ négative

2. Les voleurs ont été arrêtés.
☐ active ☐ passive

3. Cette voiture est très belle !
☐ neutre ☐ emphatique

4. Tu t'es encore levé du pied gauche.
☐ active ☐ passive

5. Ce n'est pas moi qui vais te l'interdire !
☐ neutre ☐ emphatique

3 Analysez les phrases suivantes en choisissant la bonne réponse.

1. Elle est souvent venue nous voir quand nous habitions à Rouen.
☐ simple ☐ complexe

2. Que j'aime regarder le soleil se coucher sur la mer !
☐ simple ☐ complexe

3. Victoire de l'équipe de France !
☐ verbale ☐ non verbale

4. J'ai mis le gâteau au four, mais j'ai oublié à quelle heure.
☐ juxtaposées ☐ coordonnées

Exercices d'entraînement

4 Recopiez les phrases en les ponctuant et indiquez leur type.

1. À qui as-tu parlé pendant cette soirée
2. Rejoins-moi à la piscine
3. Comme tu as grandi
4. Les ours sont une espèce protégée
5. Arrête tout de suite de te ronger les ongles

5 a) Transformez les phrases déclaratives suivantes en interrogations totales en utilisant *est-ce que*… b) Transformez-les en interrogations totales en inversant le sujet.

1. Tu voudrais aller en Angleterre cet été.
2. Elle arrivera en retard.
3. Les élèves de 3e A attendent dans la cour.
4. Je peux te donner un conseil.

6 Mettez les phrases suivantes à la forme négative.

1. Je suis tout à fait d'accord avec toi.
2. Mon voisin part toujours en vacances en août.
3. Tout le monde le connaît.
4. Le bébé a pleuré toute la nuit.
5. Elsa a déjà fini ses devoirs.

7 Mettez en relief le groupe souligné en utilisant la forme emphatique.

1. Il a construit cette maquette <u>tout seul</u>.
2. Je préfère les bords de mer <u>en dehors de la saison touristique</u>.
3. <u>Samir et Paula</u> sont les grands gagnants de notre concours.
4. <u>Ils</u> ont obtenu la médaille d'or.

8 Transformez les phrases verbales suivantes en phrases non verbales.

1. Il est interdit de fumer dans la gare.
2. La pluie revient dans le nord de la France.
3. Le Tour de France partira le 7 juillet.
4. Le 14 juillet 1789, les Parisiens se sont insurgés.

Vers le brevet

9 **1. Quel est le type de phrase dominant dans les paroles de Quenu ?**
2. Précisez les sentiments qu'il éprouve devant cette visite inattendue.

« Ah ! saperlotte, ah ! c'est toi, balbutiait Quenu, si je m'attendais, par exemple !… Je t'avais cru mort, je le disais hier encore à Lisa : “Ce pauvre Florent…”. »

Émile Zola, *Le Ventre de Paris*, 1873.

10 **Transformez les phrases suivantes à la forme passive. Pour quelle phrase la transformation n'est-elle pas possible ? Pourquoi ?**

1. Une minute de silence suivit le discours du préfet.
2. La tempête avait épargné cette zone.
3. On a longuement évoqué les circonstances de leur rencontre.
4. Georges Méliès n'a-t-il pas tourné des films publicitaires ?

11 **Recopiez le texte en séparant d'un trait les différentes propositions et en indiquant leur classe : indépendante, juxtaposée, coordonnée ou subordonnée.**

Il aperçut les chevaux, deux beaux chevaux, des chevaux de seigneur, à trois coudées de lui, derrière les ronciers. Et où étaient les cavaliers ? Il écarta doucement les ronces, risqua un œil et se rejeta vivement en arrière, effrayé à l'idée qu'on puisse le surprendre. Les deux cavaliers tiraient hors d'un buisson le cadavre d'un pèlerin qui avait encore son chapeau à coquille accroché autour du cou.

Jacqueline Mirande, *Double meurtre à l'abbaye*, © Castor Poche Flammarion, 1998.

Testez-vous !

p. 99

1. b. Elle se termine par un point.

2. a. La réponse est *oui* ou *non*.

3. b. Injonctif : verbe *faire* à l'impératif, et exclamatif : point d'exclamation en fin de phrase.

Piège à éviter
Le sens de la première phrase est interrogatif, mais elle est de type déclaratif car elle se termine par un point.

p. 101

1. b.

2. b.

3. a. La phrase à la forme neutre serait : « Tu me l'apprends. »

Rappel
Le verbe *partir* se conjugue avec l'auxiliaire *être* aux temps composés.

p. 103

1. b. Le groupe de mots n'est pas une phrase car il ne constitue pas une unité de sens. En effet, il s'agit d'une proposition subordonnée mais il manque la proposition principale.

2. a. La phrase comporte quatre verbes conjugués : *alluma, se connecta, consulta, avait reçus*, donc quatre propositions.

3. b. La proposition subordonnée relative commence avec le mot subordonnant, ici le pronom relatif *que*.

L'astuce du prof
Pour trouver le nombre de propositions dans une phrase, comptez le nombre de verbes conjugués.

Vérification des connaissances (énoncés p. 106)

1 **1.** exclamatif **2.** déclaratif **3.** exclamatif et injonctif **4.** interrogatif **5.** injonctif.

Remarque
Ne confondez pas le mode impératif du verbe *oubliez* et le type injonctif de la phrase.

2 **1.** négative **2.** passive **3.** neutre **4.** active **5.** emphatique.

3 **1.** phrase complexe **2.** phrase simple **3.** phrase non verbale **4.** propositions coordonnées.

Piège à éviter
Un seul verbe conjugué, donc une seule proposition.

Exercices d'entraînement (énoncés p. 107)

4 **1.** À qui as-tu parlé pendant cette soirée ?

2. Rejoins-moi à la piscine.

3. Comme tu as grandi !

4. Les ours sont une espèce protégée.

5. Arrête tout de suite de te ronger les ongles !

5 **1. a)** Est-ce que tu voudrais aller en Angleterre cet été ?
b) Voudrais-tu aller en Angleterre cet été ?

2. a) Est-ce qu'elle arrivera en retard ?
b) Arrivera-t-elle en retard ?

3. a) Est-ce que les élèves de 3e A attendent dans la cour ?
b) Les élèves de 3e A attendent-ils dans la cour ?

4. a) Est-ce que je peux te donner un conseil ?
b) Puis-je te donner un conseil ?

> **Gagnez des points !**
> À la forme interrogative, « peux », 1re personne du singulier, devient « puis » pour respecter l'euphonie (ou sonorités agréables).

6 **1.** Je **ne** suis **pas du tout** d'accord avec toi.

2. Mon voisin **ne** part **jamais** en vacances en août.

3. **Personne ne** le connaît.

4. Le bébé **n'**a **pas** pleuré toute la nuit.

5. Elsa **n'**a **pas encore** fini ses devoirs.

> **Piège à éviter**
> Dans toutes les phrases négatives, n'oubliez jamais la particule négative *ne* (*n'*), placée avant le verbe.

7 **1.** **C'est** tout seul **qu'**il a construit cette maquette.

2. **C'est** en dehors de la saison touristique **que** je préfère les bords de mer.

3. **Ce sont** Samir et Paula **qui** sont les grands gagnants de notre concours.

4. **Ce sont** eux **qui** ont obtenu la médaille d'or.

8 **1.** **Interdiction de** fumer dans la gare.

2. **Retour** de la pluie dans le nord de la France.

3. **Départ** du Tour de France le 7 juillet.

4. **Insurrection** des Parisiens le 14 juillet 1789.

> **Remarque**
> Les titres de journaux sont souvent des phrases non verbales.

Vers le brevet (énoncés p. 108)

9 **1.** Quenu prononce surtout des phrases de type exclamatif où il mêle des interjections (« ah ! ») et des propositions (« si je m'attendais, par exemple ! »).

2. Cette visite inattendue provoque chez lui un sentiment de surprise extrême et de soulagement puisqu'il avait pensé que Florent était mort.

10 **1.** Le discours du préfet **fut suivi** d'une minute de silence.

2. Cette zone **avait été épargnée** par la tempête. → Attention à l'accord du participe passé (voir p. 20).

3. On ne peut pas transformer cette phrase à la forme passive car le verbe n'a pas de COD.

4. Les circonstances de leur rencontre **ont été longuement évoquées**. → Le sujet de la phrase active est *on*, il n'y a donc **pas de complément d'agent** à la forme passive.

5. Des films publicitaires **n'ont-ils pas été tournés** par Georges Méliès ?

> **Gagnez des points !**
> Dans la transformation de la forme active à la forme passive, veillez à garder le même temps pour le verbe.

11 Il aperçut les chevaux, deux beaux chevaux, des chevaux de seigneur, à trois coudées de lui, derrière les ronciers **(proposition indépendante)**. // Et où étaient les cavaliers ? **(proposition indépendante)** // Il écarta doucement les ronces, // risqua un œil **(proposition juxtaposée)** // et se rejeta vivement en arrière, effrayé à l'idée **(proposition coordonnée)** // qu'on puisse le surprendre **(proposition subordonnée)**. // Les deux cavaliers tiraient hors d'un buisson le cadavre d'un pèlerin **(proposition principale)** // qui avait encore son chapeau à coquille accroché autour du cou **(proposition subordonnée)**.

CHAPITRE 7 Groupe sujet / groupe verbal

1 Le sujet et l'attribut du sujet

1 Le sujet

- **Identifier le sujet d'un verbe**

Pour trouver le sujet d'un verbe, il faut poser la question *Qui est-ce qui … ?* ou *Qu'est-ce qui … ?* avant le verbe.

Mon agenda est posé sur le bureau. → Qu'est-ce qui est posé sur le bureau ? *Mon agenda*. C'est « mon agenda » qui est sujet du verbe *est posé*.

Le sujet peut aussi être mis en relief par *C'est … qui*.

C'est mon agenda qui est posé sur le bureau.

- On ne peut pas supprimer le sujet d'un verbe.

- **Trouver la nature grammaticale d'un sujet**

Un sujet peut être :

– un groupe nominal

Le 150e anniversaire de la naissance de Rimbaud a été fêté en 2004.

– un pronom

Il a vécu au XIXe siècle.

> Le sujet commande l'accord du verbe.

– un verbe à l'infinitif

Écrire des poésies fut, pour Rimbaud, un moyen d'évasion.

– une proposition subordonnée

Que ce soit un poète majeur du XIXe siècle ne fait aucun doute.

2 L'attribut du sujet

- **Identifier l'attribut du sujet**

L'attribut du sujet indique une caractéristique du sujet. Il ne peut pas être supprimé.

Mon père est informaticien.

→ L'attribut *informaticien* donne une précision sur le sujet *mon père*.

- L'attribut du sujet est relié au sujet par un verbe d'état : *être, paraître, sembler, devenir, demeurer, rester, avoir l'air, passer pour*, etc.

  Il est resté <u>immobile</u> pendant une heure. *immobile* est attribut du sujet *Il*.

- **Trouver la nature grammaticale d'un attribut du sujet**

Un attribut du sujet peut être :

– un adjectif qualificatif

Le sourire de la Joconde passe pour <u>énigmatique</u>.

> Lorsque l'attribut est un adjectif qualificatif, il s'accorde en genre et en nombre avec le sujet.

– un groupe nominal

La Renaissance fut <u>une période d'intense activité artistique</u>.

– un pronom

Si j'étais <u>toi</u>, j'irais voir ce film.

– un infinitif

Mon rêve est <u>de faire le tour du monde</u>.

– une proposition

Aller au Mexique est <u>ce que je souhaite le plus au monde</u>.

Testez-vous !

Cochez les réponses qui conviennent.

1. *Je les ai vus.*

Dans cette phrase, le sujet est :

a. ☐ je **b.** ☐ les

2. *Tu parais songeur.*

Dans cette phrase, *songeur* est :

a. ☐ attribut du sujet *Tu*.

b. ☐ attribut du verbe *parais*.

3. *Je passe le brevet en juin.*

Dans cette phrase, *le brevet* est :

a. ☐ attribut de *Je*.

b. ☐ COD du verbe *passe*.

→ Corrigés p. 131

2 COD, COI, compléments essentiels de lieu et temps, attribut du COD

Les compléments essentiels ne peuvent être **ni supprimés ni déplacés.**

Maîtriser les compléments du verbe

1 Les compléments d'objet direct (COD) et indirect (COI)

• Identifier un complément d'objet direct (COD)

Pour trouver le COD d'un verbe, il faut poser la question *qui ?* ou *quoi ?* après le verbe.

> Le COD commande l'accord du participe passé du verbe conjugué avec l'auxiliaire *avoir*.

Je regarde cette émission toutes les semaines.
→ Je regarde quoi ? *cette émission*. *Cette émission* est COD du verbe *regarde*.

• Identifier un complément d'objet indirect (COI)

Pour trouver le COI d'un verbe, il faut poser la question *de qui ?*, de *quoi ?*, *à qui ?* ou *à quoi ?* après le verbe.

Je pense souvent à mon avenir. → Je pense à quoi ? *à mon avenir*. *À mon avenir* est COI du verbe *pense*.

• Trouver la nature grammaticale d'un COD ou d'un COI

Un COD ou un COI peut être :

- un groupe nominal.
  J'ai envoyé une carte postale (COD) à mes grands-parents (COI).
- un pronom. Je la (COD) leur (COI) ai envoyée.
- un verbe à l'infinitif. Il aurait pu téléphoner (COD). Je viens de comprendre (COI).
- une proposition subordonnée complétive.
  Ses parents veulent qu'il rentre à 22 h au plus tard (COD).
  Je me doute de ce qu'il va m'annoncer (COI).

2 Les compléments essentiels de lieu et de temps

• Ils ne peuvent être ni déplacés ni supprimés à la différence des compléments circonstanciels.

Je vis à Paris. → *Je vis* phrase incorrecte. *À Paris* est un complément essentiel du verbe *vivre*.

- **Ils donnent des indications de lieu et de temps.**

Je vais à Paris. → Je vais où ? *À Paris.*

Le train met une heure pour faire le trajet. → *Une heure* est un complément essentiel de temps.

3 L'attribut du COD

- **Identifier un attribut du COD**

L'attribut du COD indique une caractéristique du COD.

Je trouve Samantha courageuse. → *courageuse* caractérise *Samantha*, COD du verbe *trouve*.

Il se trouve après des verbes comme *juger, croire, rendre, estimer, trouver, considérer comme, tenir pour, élire, nommer*, etc.
Il est le plus souvent placé après le COD et il ne peut être supprimé.

- **Trouver la nature grammaticale d'un attribut du COD**

Un attribut du COD peut être :

– un adjectif qualificatif.

Tous les élèves trouvent M. Lefort sévère.

– un groupe nominal.

Le conseil des ministres a nommé Mme Suard préfète du Calvados.

Lorsque l'attribut du COD est un adjectif qualificatif, il s'accorde en genre et en nombre avec le COD (voir p. 18).

Je tiens cette réponse pour nulle. → accord au féminin singulier

Je tiens cet accord pour nul. → accord au masculin singulier

Testez-vous !

Cochez les réponses qui conviennent.

1. *J'habite rue de la Solidarité.* Dans cette phrase, *rue de la Solidarité* est :
a. ☐ COD du verbe *habite*.
b. ☐ complément essentiel de lieu du verbe *habite*.

2. *Je lui ai prêté mon MP3.* Dans cette phrase, lui est :
a. ☐ COI du verbe *ai prêté*.
b. ☐ COD du verbe *ai prêté*.

3. *Mon frère me trouve idiot.* Dans cette phrase, *idiot* est :
a. ☐ attribut du COD *me*.
b. ☐ attribut du sujet *Mon frère*.

→ Corrigés p. 131

3 Les compléments circonstanciels (1)

Les compléments de phrase peuvent être **déplacés ou supprimés.**

1 Les compléments circonstanciels de lieu

• Identifier un complément circonstanciel de lieu

Pour trouver le complément circonstanciel (CC) de lieu d'un verbe, il faut poser la question *où ?* après le verbe.

As-tu visité le MET à New York ? → As-tu visité le MET où ? *à New York. À New York* est CC de lieu du verbe *as visité.*

• Trouver la nature grammaticale d'un CC de lieu

Un CC de lieu peut être :

– un groupe nominal introduit par une préposition.

J'ai déjeuné dans un restaurant chinois.

– un adverbe *(ici, là, partout, à droite, à gauche, en bas, en haut, dedans, dehors, en avant,* etc.).

Victor Hugo a vécu ici pendant les dernières années de sa vie.

2 Les compléments circonstanciels de temps

• Identifier un complément circonstanciel de temps

Pour trouver le CC de temps d'un verbe, il faut poser la question *quand ?* ou *pendant combien de temps ?* après le verbe.

Victor Hugo a publié *Les Misérables* en 1862. → Victor Hugo a publié *Les Misérables* quand ? *en 1862. En 1862* est CC de temps du verbe *a publié.*

• Trouver la nature grammaticale d'un CC de temps

Un CC de temps peut être :

– un groupe nominal.

Le lundi, nous avons deux heures d'EPS.

– un groupe nominal introduit par une préposition.

Je rentrerai avant la nuit.

– un adverbe (*ensuite, d'abord, jamais, aujourd'hui, toujours, alors, encore, demain, quelquefois, enfin*, etc.).

Notre professeur principal nous a souvent mis en garde.

– un gérondif.

En revenant, achète une baguette.

– une proposition subordonnée conjonctive introduite par : *quand, lorsque, dès que, aussitôt que, après que, avant que, pendant que, tandis que*, etc.

Dès que tu auras fini, appelle-moi.

> Le verbe d'une proposition subordonnée de temps est à l'indicatif, mais avec certaines locutions conjonctives (*avant que, en attendant que, jusqu'à ce que*, etc.), il est au subjonctif.

3 Les compléments circonstanciels de manière et de moyen

• Identifier un CC de manière ou de moyen

Pour trouver le CC de manière ou de moyen d'un verbe, il faut poser la question *comment ?* ou *au moyen de quoi ?* après le verbe.

Le shérif s'avance lentement. → Le shérif s'avance comment ? *lentement*. *Lentement* est CC de manière du verbe *s'avance*.

Il ouvre d'un pied la porte du saloon. → Il ouvre la porte du saloon au moyen de quoi ? *d'un pied*. *D'un pied* est CC de moyen de *ouvre*.

• Trouver la nature grammaticale d'un CC de manière ou de moyen

Un CC de manière ou de moyen peut être :

– un groupe nominal prépositionnel introduit par : *avec, de, à, au moyen de, grâce à, par*, etc.

Mélangez avec une cuiller en bois. → moyen

– un infinitif introduit par *sans*.

Il s'avance sans faire de bruit. → manière

– un adverbe, en particulier les adverbes en *-ment*.

Il s'avance silencieusement. → manière

– un gérondif.

C'est en forgeant qu'on devient forgeron.

Testez-vous !

Cochez les réponses qui conviennent.

1. *Je vais souvent à Lyon*. Dans cette phrase, *Lyon* est :

a. ☐ CC de lieu de *vais*.
b. ☐ Complément essentiel de lieu de *vais*.

2. *Il m'a parlé avec gentillesse*. Dans cette phrase, *avec gentillesse* est :

a. ☐ CC de moyen du verbe *a parlé*.
b. ☐ CC de manière du verbe *a parlé*.

→ Corrigés p. 131

4 Les compléments circonstanciels (2)

Les compléments de phrase peuvent être **déplacés ou supprimés.**

1 Les compléments circonstanciels de cause

• **La cause présente l'origine d'un fait antérieur à un autre fait.**

Je bois parce que j'ai soif. → *j'ai soif* est la cause ; la cause précède le fait de boire.

• **Identifier un CC de cause**

Pour trouver le CC de cause d'un verbe, il faut poser la question *Pourquoi ?*

La route est fermée à cause des inondations. → Pourquoi la route est-elle fermée ? *à cause des inondations. À cause des inondations* est CC de cause du verbe *est fermée.*

• **Trouver la nature grammaticale d'un CC de cause**

Un CC de cause peut être :

- un groupe nominal prépositionnel introduit par : *à cause de, en raison de, par suite de, grâce à*, etc.

  Elle réussit grâce à son application.

- une proposition subordonnée conjonctive introduite par : *parce que, comme, puisque, étant donné que, du fait que, sous prétexte que, vu que*, etc.

  Elle n'est pas venue sous prétexte qu'elle est malade.

- un gérondif.

  En traînant, il est arrivé en retard.

Dans les propositions subordonnées de cause, les verbes sont à l'indicatif, sauf si la cause est niée. Dans ce cas, ils sont au subjonctif. Il a consulté un autre médecin, non qu'il soit inquiet, mais parce qu'il souhaitait avoir un deuxième avis.

2 Les compléments circonstanciels de conséquence

• **Identifier un CC de conséquence**

Le CC de conséquence présente le résultat d'un fait.

Il riait si fort qu'il avait mal au ventre. → Il riait très fort, résultat : il avait mal au ventre ; *qu'il avait mal au ventre* est le CC de conséquence du verbe *riait.*

• **Trouver la nature grammaticale d'un CC de conséquence**

Un CC de conséquence peut être :

- un groupe nominal prépositionnel introduit par : *à, en, jusqu'à.*

  Les élèves ont beaucoup progressé, à la grande satisfaction des professeurs.

– un groupe à l'infinitif introduit par : *de manière à, au point de, de façon à, assez … pour, trop … pour,* etc.

Il rit à s'en décrocher la mâchoire.

– une proposition subordonnée conjonctive introduite par : *de façon que, de sorte que, si bien que, au point que*, etc.

Le magasin sera ouvert jusqu'à 22 h, de sorte que les retardataires pourront faire leurs courses.

– une proposition subordonnée introduite par *que* lié à un adverbe dans la proposition principale : *si … que, tant … que, tellement … que.*

Il a tant ri qu'il pleurait.

Dans les propositions subordonnées de conséquence, les verbes sont à l'indicatif.

• **Remarque :** la cause et la conséquence sont deux notions très liées. Souvent, il suffit de changer l'ordre des propositions dans la phrase pour passer de l'une à l'autre.

Il a dévoré son repas parce qu'il avait très faim.
→ conséquence / cause

Il avait si faim qu'il a dévoré son repas.
→ cause / conséquence

Ne confondez pas *parce que* et *puisque*. *Puisque* présente un fait incontestable, une justification placée souvent au début de la phrase.

Testez-vous !

Cochez les bonnes réponses.

1. Quelle est la phrase correcte ?

a. ☐ Rémi a soupiré parce qu'il trouvait le spectacle ennuyeux.
b. ☐ Rémi a soupiré si bien qu'il trouvait le spectacle ennuyeux.

2. *Tu as manqué le début du spectacle, vu que tu es arrivé en retard. Vu que tu es arrivé en retard* est :

a. ☐ CC de conséquence.
b. ☐ CC de cause.

3. *Les supporters eux-mêmes ont été surpris par la victoire.* Dans cette phrase, *par la victoire* est :

a. ☐ CC de cause de *ont été surpris.*
b. ☐ complément d'agent de *ont été surpris.*

→ Corrigés p. 131

5 Les compléments circonstanciels (3)

Les compléments de phrase peuvent être **déplacés ou supprimés**.

1 Les compléments circonstanciels de but

• Identifier un CC de but

Pour trouver le CC de but d'un verbe, il faut poser la question *dans quel but ?* après le verbe.

La classe de 3e C vend des gâteaux pour financer son voyage en Espagne. → La classe de 3e C vend des gâteaux dans quel but ? *Pour financer son voyage en Espagne. Pour financer son voyage en Espagne* est le CC de but du verbe *vend*.

• Trouver la nature grammaticale d'un CC de but

Un CC de but peut être :

- un groupe nominal prépositionnel ou un verbe à l'infinitif introduit par : *pour, afin de, en vue de, dans l'intention de, dans le but de, de crainte de, de peur de*, etc.

  Cet athlète s'entraîne dur en vue des championnats du monde.

  Cet athlète s'entraîne dur pour préparer les championnats du monde.

- une proposition subordonnée conjonctive introduite par : *pour que, afin que, de façon que, de manière que, de crainte que, de peur que*, etc.

  Ne bougez plus pour que je puisse prendre une photographie.

Il faut employer *pour que ... ne ... pas* et non *pour pas que*, entendu parfois en langage oral.

Dans les propositions subordonnées de but, les verbes sont au subjonctif.

2 Les compléments circonstanciels d'opposition

• Identifier un CC d'opposition

Dans une phrase, l'opposition consiste à mettre deux faits en parallèle pour mettre en relief une différence.

Je suis resté chez moi toute la journée	//	quoiqu'il fasse très beau.
1er fait		2e fait en opposition au premier : CC d'opposition

• Trouver la nature grammaticale d'un CC d'opposition

Un CC d'opposition peut être :

– un groupe nominal prépositionnel introduit par : *malgré, en dépit de, au lieu de, loin de, à l'inverse de, etc.*

Malgré les conseils de son médecin, il a repris le travail.

– un groupe infinitif introduit par : *au lieu de, loin de.*

Au lieu de faire ses devoirs, Sébastien est allé au cinéma.

– une proposition subordonnée conjonctive introduite par :

• *quoique, bien que* suivis du subjonctif.

Bien qu'il n'ait rien dit à personne, tout le monde le savait.

Bien que et *quoique* introduisent des propositions subordonnées d'opposition et non *malgré que*, qui est incorrect.

• *alors que, tandis que, même si* suivis de l'indicatif.

Je travaille tandis que mon frère regarde la télévision.

• *quand bien même* suivi du conditionnel.

Quand bien même je lui dirais d'arrêter, il ne m'écouterait pas.

– une proposition subordonnée introduite par *que*, en liaison avec un adverbe dans la proposition principale, *si … que, tant … que, tout … que.*

Tout champion du monde qu'il soit, il est resté modeste.

Testez-vous !

Cochez les bonnes réponses.

1. *Demain je pars pour Strasbourg.* Dans cette phrase, *pour Strasbourg* est :

a. ☐ CC de but du verbe *pars.*

b. ☐ CC de lieu du verbe *pars.*

2. Quelle est l'expression correcte ?

a. ☐ … de crainte qu'il n'a du retard.

b. ☐ … de crainte qu'il n'ait du retard.

3. Dans *Si fier qu'il soit, il a accepté de…*, les mots soulignés constituent :

a. ☐ le CC d'opposition du verbe *a accepté.*

b. ☐ le CC de conséquence du verbe *a accepté.*

→ Corrigés p. 131

6 Les compléments circonstanciels (4)

Les compléments de phrase peuvent être **déplacés ou supprimés**.

1 Les compléments circonstanciels de condition

• Identifier un CC de condition

Pour qu'une action ait lieu, il faut parfois qu'une condition soit remplie.

Si je suis élu délégué, je parlerai pour vous en conseil de classe.
condition — action possible si la condition est réalisée

• Trouver la nature grammaticale d'un CC de condition

Un CC de condition peut être :

– un groupe nominal prépositionnel introduit par : *en cas de*, *sans*, *sous réserve de*, *à moins de*, etc.

Sans son intervention, nous serions restés en panne.

– un groupe infinitif introduit par *à moins de*, *à condition de*.

Je viendrai, à moins d'être débordé de travail.

– un gérondif.

En écoutant ce reportage sur la Bretagne, tu auras envie d'y aller.

– une proposition subordonnée conjonctive :

• à l'indicatif après *si*, *selon que*, *suivant que*.

Si tu articulais, je te comprendrais mieux.

Attention !

Le temps dans les subordonnées introduites par *si* et le temps de la principale suivent des règles de concordance particulières :

Temps dans la prop. subordonnée	Temps dans la prop. principale	Exemple
Si + présent	Présent ou futur	*Si tu viens, je suis / je serai contente.*
Si + imparfait	Conditionnel présent (voir p. 74)	*Si tu venais, je serais contente.*
Si + plus-que-parfait	Conditionnel passé (voir p. 74)	*Si tu étais venu, j'aurais été contente.*

- au conditionnel après *au cas où, dans l'hypothèse où.*
  Au cas où tu le rencontrerais, dis-lui bonjour de ma part.
- au subjonctif après *à condition que, à moins que, pour peu que, pourvu que.*
  Allons au cinéma, à moins que tu n'aies trop de travail.

2 Les compléments circonstanciels de comparaison

• Identifier un CC de comparaison

Un CC de comparaison établit des rapports de ressemblance ou de différence entre deux faits.

Julien est plus grand que je ne pensais. → Rapport de différence établi entre la taille de Julien et le souvenir que j'en avais.

• Trouver la nature grammaticale d'un CC de comparaison

Un CC de comparaison peut être :

– une proposition subordonnée conjonctive introduite par : *comme, comme si, ainsi que, de même que ;*
  Dans cet aquarium, vous voyez les requins comme si vous étiez au fond des océans.

– une proposition subordonnée introduite par *que* lié à un adverbe dans la proposition principale : *plus … que* (rapport de supériorité), *moins … que* (rapport d'infériorité), *aussi … que* (rapport d'égalité).
  Ce pays importe plus de blé qu'il n'en produit.

Dans les propositions subordonnées de comparaison, les verbes sont à l'indicatif.

Testez-vous !

Cochez les réponses correctes.

1. On écrit :
a. ☐ Si je jouais au Loto, je gagnerai peut-être.
b. ☐ Si je jouais au Loto, je gagnerais peut-être.

2. On dit :
a. ☐ Ils auraient apporté de l'eau si nous le leur avions demandé.
b. ☐ Ils auraient apporté de l'eau si nous le leur demandions.

3. *Comme j'arrivais, il partait.* Dans cette phrase, *Comme j'arrivais* est :
a. ☐ CC de temps du verbe *partait.*
b. ☐ CC de comparaison du verbe *partait.*

→ Corrigés p. 131

Savoir repérer les liens logiques

LES RÉFLEXES À AVOIR

▶ Dans un texte, cherchez les conjonctions de coordination ou les adverbes. Ils indiquent les liens logiques entre les phrases ou entre les propositions.

Rapport logique	Conjonction de coordination	Adverbes
cause	*car*	*en effet*
conséquence	*donc*	*c'est pourquoi, par conséquent, alors, aussi, etc.*
opposition	*mais*	*pourtant, cependant, toutefois, néanmoins, en revanche, au contraire, par contre, etc.*

LES PIÈGES À ÉVITER

▶ Parfois, le lien logique n'est pas exprimé par des mots : il est implicite et les propositions sont alors juxtaposées (voir p. 102).

– Il a couru 5 km ; il est bien fatigué. → Lien de conséquence implicite.
– Il a couru 5 km, donc il est bien fatigué. → Lien de conséquence établi par deux propositions coordonnées.
– Il a couru 5 km de sorte qu'il est bien fatigué. → Lien de conséquence établi par une proposition subordonnée, CC de conséquence de *a couru*.

LES ASTUCES DU PROF

▶ Pour ne pas confondre la cause et la conséquence, repérez quelle est l'action qui a lieu en premier : c'est la cause.

Je vais dormir parce que j'ai sommeil. → *parce que j'ai sommeil* est la cause car le fait d'avoir sommeil précède celui d'aller dormir.

▶ La conséquence présente le résultat d'un fait ; elle est postérieure à la cause.

Il avait tant sommeil qu'il bâillait sans cesse. → *il bâillait sans cesse* est la conséquence car c'est le résultat du sommeil qui vient.

EXEMPLES

Expliciter un lien logique

Aussi loin que portait le regard, le bidonville avait grignoté l'espace.

Le journaliste avait essayé d'imaginer ces territoires immenses, vierges encore, peuplés uniquement d'Apaches et de Tarahumaras[1]. Une éternité s'était écoulée depuis.

Patrick Bard, *La Frontière*, © Seuil, 2002.

1. Peuples indiens d'Amérique.

- **Une éternité s'était écoulée depuis**

  C'est une proposition indépendante qui forme une phrase simple (un seul verbe conjugué).

- **Le point.**

  Le lien logique entre les deux phrases est implicite. C'est un rapport d'opposition que l'on pourrait expliciter ainsi :

  Le journaliste avait essayé d'imaginer ces territoires immenses, vierges encore, peuplés uniquement d'Apaches et de Tarahumaras ***mais*** *une éternité s'était écoulée depuis.*

Passer de la subordination à la coordination

Les mots qu'ils créent ont tant de succès auprès des couches populaires et des étudiants qu'ils sont sans cesse obligés de mettre au point de nouveaux langages secrets.

Vassilis Alexakis, *Les Mots étrangers*, © Stock, 2002.

- **tant de succès [...] qu'ils sont sans cesse obligés de mettre au point de nouveaux langages secrets**

  Proposition subordonnée qui introduit un lien logique de conséquence entre le succès des mots créés et l'obligation de mettre au point de nouveaux langages.

- **tant [...] que**

  Pour remplacer la subordination par une coordination, il faut modifier la phrase :

  Les mots qu'ils créent ont ***beaucoup de*** *succès auprès des couches populaires et des étudiants* ***donc*** *ils sont sans cesse obligés de mettre au point de nouveaux langages secrets.*

Vous ne devez pas changer l'ordre des propositions.

EXEMPLE

Passer de la coordination à la subordination

Elle ne le voit pas car elle n'a d'yeux que pour trois ou quatre vaches qui divaguent paisiblement dans le pré.

Michel Tournier, « L'aire du Muguet » in *Le Coq de bruyère*, © Gallimard, 1978.

- **elle n'a d'yeux que pour trois ou quatre vaches qui divaguent paisiblement dans le pré**

  Les deux propositions qui forment cette phrase sont coordonnées par la conjonction *car*. Le lien logique est un lien de cause entre le fait de ne pas voir et le fait de surveiller les vaches.

- **car**

  Pour remplacer la coordination par une subordination, il faut modifier la phrase : *Elle ne le voit pas* ***parce qu'****elle n'a d'yeux que pour trois ou quatre vaches qui divaguent paisiblement dans le pré.*

Vérification des connaissances

1 Trouvez la fonction des mots ou groupes de mots soulignés en cochant la bonne réponse.

1. Es-tu <u>certaine</u> de ton choix ?
   ☐ attribut du sujet ☐ attribut du COD ☐ CC
2. Elle est <u>à Paris</u> pour quelques jours.
   ☐ attribut du sujet ☐ attribut du COD ☐ C essentiel de lieu
3. Cette maison reste <u>fermée</u> pendant onze mois de l'année.
   ☐ attribut du sujet ☐ attribut du COD ☐ CC
4. Partir tôt me paraît <u>une excellente solution</u>.
   ☐ attribut du sujet ☐ attribut du COD ☐ CC
5. Je la trouve <u>timide</u>.
   ☐ attribut du sujet ☐ attribut du COD ☐ CC

2 Trouvez la fonction des mots ou groupes de mots soulignés en choisissant la bonne réponse.

1. Je <u>lui</u> (COD / COI / attribut du COD) ai offert un <u>CD de Stromae</u> (COD / COI / attribut du COD) pour son anniversaire.
2. Les journalistes attendent <u>que le préfet fasse une déclaration</u>. (COD / COI / attribut du COD)
3. Ses camarades l'avaient surnommée <u>Doudou</u>. (COD / COI / attribut du COD)
4. L'Oscar du meilleur acteur a été attribué <u>à Leonardo Dicaprio</u>. (COD / COI / attribut du COD)
5. Vous me prenez vraiment <u>pour un demeuré</u> ! (COD / COI / attribut du COD)

3 Trouvez le lien logique qui unit le groupe de mots souligné au reste de la phrase en cochant la bonne réponse.

1. Le vol est annulé <u>en raison de la tempête de neige</u>.
   ☐ cause ☐ conséquence
2. <u>Puisque tu es arrivé</u>, nous pouvons commencer la réunion.
   ☐ cause ☐ conséquence
3. Il est trop poli <u>pour être honnête</u>.
   ☐ cause ☐ conséquence

4. La chanteuse est sortie par une porte dérobée de sorte qu'elle a pu échapper aux journalistes.
☐ cause ☐ conséquence

4 Trouvez la fonction du groupe de mots souligné en cochant la bonne réponse.

1. Il a réservé dès maintenant sa place de train de crainte que tout soit complet.
☐ CC de but ☐ CC d'opposition
2. Il continue à porter sa parka jaune canari en dépit des moqueries de ses copains.
☐ CC de but ☐ CC d'opposition
3. Je vais aller voir ce film bien que les critiques en soient très mauvaises.
☐ CC de but ☐ CC d'opposition
4. Que faudrait-il faire pour que la misère disparaisse ?
☐ CC de but ☐ CC d'opposition

Exercices d'entraînement

5 Recopiez les phrases en soulignant les sujets des verbes et en donnant leur classe grammaticale.

1. Les enfants, le soir, aiment souvent avoir une petite veilleuse dans leur chambre.
2. À quelle vitesse tourne la navette spatiale ?
3. Que je sois d'accord est une autre affaire.
4. Réussir un soufflé au fromage est toujours un peu aléatoire.
5. Qui a regardé cette émission ?

6 Recopiez les phrases en soulignant en bleu les CC de temps et en vert les CC de lieu. Donnez leur classe grammaticale.

1. Ici il ne se passe jamais rien.
2. Le voyage se déroulera du 19 au 29 février ; nous visiterons Florence puis nous irons à Rome, à Naples avant de terminer notre périple par la visite de Pompéi et de Sorrente.
3. Tout à coup, j'ai entendu un craquement sinistre derrière la maison.
4. En regardant sa montre, il a compris qu'il serait très en retard à son rendez-vous.

7 **Complétez les phrases avec un CC de manière ou de moyen dont la classe grammaticale vous est indiquée entre parenthèses.**

1. Cassez les œufs .... (manière, adverbe) en séparant les blancs des jaunes.

2. Montez les blancs en neige .... (moyen, groupe nominal).

3. Il marchait .... (manière, groupe infinitif).

4. Ne lui parle pas .... (manière, groupe nominal).

8 **Complétez les phrases par des propositions subordonnées de comparaison en utilisant des conjonctions variées : *de même que, comme si, aussi bien que*, etc.**

1. ...., l'alcool est très nocif pour la santé.

2. Ce boulanger, qui vient d'acheter la boutique, prépare de l'excellent pain, ...
....

3. La vue depuis la tour Eiffel est très belle ; on surplombe la ville ....
....

Vers le brevet

9 **Mettez le verbe entre parenthèses au présent de l'indicatif, du subjonctif ou du conditionnel selon les cas.**

1. Je ne (*manger*) .... que très peu, même si j'ai une faim de loup.

2. Tu ne sortiras pas par ce froid, quand bien même tu (*aller*) .... mieux.

3. Cet acteur est toujours aussi séduisant, quoi qu'en (*dire*) .... les mauvaises langues.

4. Monet continue de peindre tandis qu'il (*perdre*) .... peu à peu la vue.

5. Tout sévère qu'il (*paraître*) ...., ce professeur est très compréhensif.

10 **Donnez la classe grammaticale des propositions introduites par *que* en cochant la bonne réponse.**

1. Je demande que toutes les autorisations de sortie me soient rendues mardi.
☐ subordonnée complétive ☐ subordonnée circonstancielle
☐ subordonnée relative

2. Les exercices que je vous donne sont à faire pour vendredi.
- ☐ subordonnée complétive
- ☐ subordonnée circonstancielle
- ☐ subordonnée relative

3. J'attends avec impatience que mon correspondant me réponde.
- ☐ subordonnée complétive
- ☐ subordonnée circonstancielle
- ☐ subordonnée relative

4. J'achèterai un kilo de pommes pour que tu puisses faire une tarte Tatin.
- ☐ subordonnée complétive
- ☐ subordonnée circonstancielle
- ☐ subordonnée relative

11 **Réécrivez les phrases suivantes en introduisant une proposition subordonnée de cause ou de conséquence. Vous ne changerez pas l'ordre des propositions.**

1. Les joueurs ont remercié leur entraîneur ; ils venaient de gagner le championnat national.

2. J'ai toussé une partie de la nuit ; je suis très fatigué ce matin.

3. Les musiciens ont accordé leurs instruments, le concert va donc pouvoir commencer.

4. Je suis énervée car Alexandra a encore dit du mal de moi.

12 **Complétez les phrases suivantes en conjuguant le verbe entre parenthèses au temps qui convient.**

1. Si le taux de chômage baissait, l'économie de ce pays (*se redresser*) .... rapidement.

2. Si tu connais parfaitement tes verbes irréguliers, tu (*obtenir*) .... une excellente note demain à l'interrogation écrite.

3. Si les secours n'étaient pas arrivés aussi vite, le nombre des victimes (*être*) .... plus élevé.

4. J'aurais bien mangé une autre crêpe, si j'(*avoir*) .... encore faim.

5. Faites-nous signe, au cas où vous (*passer*) .... dans la région.

13 **a) Remplacez le groupe de mots soulignés par une proposition subordonnée circonstancielle de même sens.**
b) Indiquez la valeur logique de cette subordonnée.

« Il n'était pas le frère de ces enfants, <u>de son âge pourtant</u> »

Michel Tournier, *La Goutte d'or*, © Gallimard, 1985.

Testez-vous !

p. 113

1. a. *Les* est COD.

2. a. *songeur* est attribut du sujet *Tu*.

3. b. Le verbe *passer* n'est pas un verbe d'état, sauf dans l'expression *passer pour.*

Remarque

Il n'existe pas d'attribut d'un verbe.

p. 115

1. b. C essentiel de lieu construit sans préposition.

2. b. *Lui* est COI du verbe *ai prêté*.

3. a. Attribut du COD *me*.

p. 117

1. a. Lyon est complément essentiel de lieu de *vais*.

2. b.

Rappel

Le CC de moyen est souvent un objet.

p. 119

1. a. Le rapport logique entre les deux propositions est un rapport de cause équivalent à *parce que*.

2. a. La cause (*arriver en retard*) précède la conséquence (*manquer le début du spectacle*) dans le déroulement chronologique des événements.

3. b. À la forme active, la phrase devient : *La victoire a surpris les supporters eux-mêmes.*

p. 121

1. b. *pour Strasbourg* introduit ici un CC de lieu et non de but.

2. b. *de crainte que* est toujours suivi du subjonctif.

3. a. *si fier qu'il soit* peut être remplacé par *bien qu'il soit fier.*

p. 123

1. b. *Si* + imparfait dans la proposition subordonnée commande le conditionnel présent dans la proposition principale.

2. a. Conditionnel passé dans la proposition principale, donc *si* + plus-que-parfait de l'indicatif dans la proposition subordonnée.

3. a. *Comme* introduit ici un CC de temps et non de comparaison. Il peut être remplacé par *tandis que.*

Vérification des connaissances (énoncés p. 127)

1

1. attribut du sujet.
2. complément essentiel de lieu.
3. attribut du sujet.
4. attribut du sujet.
5. attribut du COD.

2

1. *lui* : COS, *CD de Christophe Maé* : COD.
2. COD.
3. attribut du COD.
4. COI.
5. attribut du COD.

Rappel
Le COD d'un verbe est parfois une subordonnée complétive.

3

1. cause.
2. cause.
3. conséquence.
4. conséquence.

Remarque
Pour peut introduire un CC de lieu, de but ou de conséquence.

4

1. CC de but.
2. CC d'opposition.
3. CC d'opposition.
4. CC de but.

Exercices d'entraînement (énoncés p. 128)

5

1. Les enfants : groupe nominal.
2. la navette spatiale : groupe nominal.
3. Que je sois d'accord : proposition subordonnée.
4. Réussir un soufflé au fromage : groupe infinitif.
5. Qui : pronom interrogatif.

Piège à éviter

Dans cette phrase, le sujet est inversé ; il est placé après le verbe car c'est une question.

6

1. Ici : adverbe de lieu.
2. du 19 au 29 février : CC de temps, groupe nominal
   avant de terminer notre périple par la visite de Pompéi et de Sorrente : CC de temps, groupe infinitif.
3. Tout à coup : locution adverbiale de temps.
   derrière la maison : CC de lieu, groupe nominal.
4. En regardant sa montre : CC de temps, gérondif.

Remarque

Le gérondif est souvent CC de manière. Il peut aussi marquer le temps ou la cause.

7

Le corrigé donne des suggestions de réponse.

1. Cassez les œufs soigneusement en séparant les blancs des jaunes.
2. Montez les blancs en neige avec un batteur.
3. Il marchait sans faire de bruit.
4. Ne lui parle pas sur un ton agressif.

8

Le corrigé donne des suggestions de réponse.

1. De même que le tabac fait des ravages, l'alcool est très nocif pour la santé.
2. Ce boulanger, qui vient d'acheter la boutique, prépare de l'excellent pain, aussi bien que son prédécesseur le faisait.
3. La vue depuis la tour Eiffel est très belle ; on surplombe la ville comme si on volait.

Vers le brevet (énoncés p. 129)

9

1. Je ne **mange** (ou **mangerai**) que très peu, même si j'ai une faim de loup.

2. Tu ne sortiras pas par ce froid, quand bien même tu **irais** mieux.

3. Cet acteur est toujours aussi séduisant, quoi qu'en **disent** les mauvaises langues.

4. Monet continue de peindre tandis qu'il **perd** peu à peu la vue.

5. Tout sévère qu'il **paraisse,** ce professeur est très compréhensif.

> **Rappel**
> *Quand bien même* (toujours suivi du conditionnel) signifie *même si*.

10

1. subordonnée complétive → COD de *demande*.

2. subordonnée relative → complément de l'antécédent *les exercices*.

3. subordonnée complétive → COD de *attends*.

4. subordonnée circonstancielle de but.

> **Piège à éviter**
> *Que* est un pronom relatif ou une conjonction de subordination.

11

1. Les joueurs ont remercié leur entraîneur **vu qu'ils** venaient de gagner le championnat national. → rapport de cause

2. J'ai **tellement** toussé une partie de la nuit **que** je suis très fatigué ce matin. → rapport de conséquence

3. Les musiciens ont accordé leurs instruments **si bien que** le concert va pouvoir commencer. → rapport de conséquence

4. Je suis énervée **parce que** Samantha a encore dit du mal de moi. → rapport de cause

12

> **Rappel**
> Si vous hésitez pour conjuguer les verbes au conditionnel présent ou passé, reportez-vous au chapitre 4, p. 74.

1. Si le taux de chômage baissait, l'économie de ce pays se redresserait rapidement.

2. Si tu connais parfaitement tes verbes irréguliers, tu obtiendras une excellente note demain à l'interrogation écrite.

3. Si les secours n'étaient pas arrivés aussi vite, le nombre des victimes aurait été plus élevé.

4. J'aurais bien mangé une autre crêpe, si j'avais eu encore faim.

5. Faites-nous signe, au cas où vous passeriez dans la région.

13

a) Transformation en proposition subordonnée. Il n'était pas le frère de ces enfants, **quoiqu'il ait** le même âge / **même s'il avait** le même âge.

b) Le rapport logique est un rapport d'opposition.

CHAPITRE

8 Le groupe nominal

1 Les déterminants

1 Les articles

	Singulier		Pluriel masculin ou féminin	Emploi
	Masculin	**Féminin**		
Article défini	*le, l',* *au (= à + le)* *du (= de + le)*	*la, l'*	*les* *aux (= à + les)* *des (= de + les)*	Devant un nom qui désigne une réalité déjà connue.
Article indéfini	*un*	*une*	*des*	Devant un nom qui désigne une réalité présentée pour la première fois.
Article partitif	*du, de l'*	*de la, de l'*	*des*	Devant un nom qui désigne une partie d'un tout : *manger du chocolat.*

- **La forme élidée** de l'article défini (*l'*ou *de l'*) s'emploie devant un nom qui commence par une voyelle ou par un *h* non aspiré : l'oie, l'hiver.
- **Lorsque le nom est précédé d'un adjectif qualificatif**, l'article indéfini pluriel *des* se change en *de :* de belles fleurs.

2 Les déterminants possessifs

	Singulier						Pluriel masculin et féminin		
	Masculin			**Féminin**					
Personne	**1re**	**2e**	**3e**	**1re**	**2e**	**3e**	**1re**	**2e**	**3e**
Un seul possesseur	*mon*	*ton*	*son*	*ma*	*ta*	*sa*	*mes*	*tes*	*ses*
Plusieurs possesseurs	*notre*	*votre*	*leur*	*notre*	*votre*	*leur*	*nos*	*vos*	*leurs*

- ***Ma, ta, sa* deviennent *mon, ton, son*** devant un nom féminin commençant par une voyelle ou un *h* non aspiré : mon école, mon histoire.

3 Les déterminants démonstratifs

	Singulier		Pluriel masculin et féminin
	Masculin	Féminin	
Forme simple	*ce, cet*	*cette*	*ces*
Forme renforcée	*ce(t) …-ci/-là*	*cette …-ci/-là*	*ces …-ci/-là*

- Le déterminant démonstratif s'emploie pour désigner une réalité que l'on montre ou une réalité que l'on a déjà évoquée dans le texte : Regarde cet oiseau !

4 Les déterminants interrogatifs et exclamatifs

- Ce sont, au singulier : *quel* et *quelle*, au pluriel : *quels* et *quelles*.
- Les déterminants interrogatifs et exclamatifs se placent devant les noms sur lesquels ils font porter une interrogation ou une exclamation :

  Quel gâteau préfères-tu ? → interrogation ; Quelle beauté ! → exclamation

5 Les déterminants indéfinis

Quantité nulle	*aucun, aucune, nul, nulle*
Quantité supérieure à deux	*quelques, certains, plusieurs, beaucoup de, peu de, la plupart de…*
Totalité	*tout, toute, tous, toutes*
Distribution	*chaque*

(Pour les accords *de tout* et de *quelque*, voir p. 19.)

Testez-vous !

Cochez la réponse correcte.

1. *Des voitures passent.* Dans cette phrase, *des* est :

a. ☐ un article indéfini.
b. ☐ un article partitif.

2. *Va près des arbres.* Dans cette phrase, *des* est :

a. ☐ un article indéfini.
b. ☐ un article défini contracté.

→ Corrigés p. 147

2 Les adjectifs

1 Les fonctions de l'adjectif qualificatif

- **Un adjectif placé juste avant ou juste après un nom** est un adjectif épithète.

  un ami fidèle. → *fidèle* est épithète du nom *ami*.

L'adjectif se place après le nom quand il permet d'inclure le nom dans une catégorie (adjectif de nationalité, de couleur, par exemple) ou quand l'adjectif est suivi d'un complément.

  une écharpe rouge ; un village belge ; un élève soucieux de bien faire.

- **Lorsque l'adjectif est séparé du nom par une virgule**, il est apposé au nom ; on dit qu'il est épithète détachée.

  Motivé et sérieux, Jérémy a fait un bon trimestre. → *motivé et sérieux* : adjectifs apposés au nom *Jérémy* ou épithètes détachées du nom *Jérémy*.

- **Lorsqu'il fait partie du groupe verbal**, l'adjectif est attribut du sujet ou du COD (voir p. 112 à 115).

2 Les degrés de l'adjectif qualificatif

- **Le comparatif**

On distingue :
- le comparatif de supériorité : *plus* + adjectif + *que* ;
- le comparatif d'égalité : *aussi* + adjectif + *que* ;
- le comparatif d'infériorité : *moins* + adjectif + *que*.

  Un arbre plus / aussi / moins haut qu'un autre.

- **Le superlatif relatif** (avec un complément)

On distingue :
- le superlatif de supériorité : *le plus* + adjectif + *de* ou *que* ;
- le superlatif d'infériorité : *le moins* + adjectif + *de* ou *que*.

  L'arbre le plus / le moins haut de tous.

- **Le superlatif absolu** (sans complément)

Très / fort + adjectif.

Un arbre très haut.

- Certains comparatifs ou superlatifs relatifs sont irréguliers.

Adjectif	Comparatif	Superlatif relatif
bon	*meilleur*	*le meilleur*
mauvais	*pire*	*le pire*

- Certains adjectifs ne peuvent se mettre ni au comparatif ni au superlatif.

Une spécialité italienne.

- Certains adjectifs changent de sens selon qu'ils sont placés avant ou après le nom :

un grand homme → c'est une personnalité historique importante.
un homme grand → c'est un homme de grande taille.

Testez-vous !

Cochez les réponses correctes.

1. *Jennifer Lopez s'avance, toujours aussi belle.* Dans cette phrase, *belle* est :
a. ☐ épithète de *Jennifer Lopez.*
b. ☐ épithète détachée de *Jennifer Lopez.*

2. *Elle a l'air reposée.* Dans cette phrase *reposée* est :
a. ☐ attribut du sujet *elle.*
b. ☐ épithète du nom *air.*

3. On dit :
a. ☐ Selon moi, la poire est plus bonne que la pomme.
b. ☐ Selon moi, la poire est meilleure que la pomme.

→ Corrigés p. 147

3 Les compléments du nom et de l'adjectif

1 Le complément du nom

• Identifier un complément du nom

Le complément d'un nom apporte un renseignement supplémentaire sur le nom ; il est toujours placé après le nom, auquel il est relié par une préposition : *de, à, pour, avec, sans.*

Bayard, le chevalier sans peur et sans reproche. → *sans peur et sans reproche* est complément du nom *chevalier.*

Le complément du nom est souvent construit sans déterminant.

• Donner la nature grammaticale d'un complément de nom

Le complément d'un nom peut être :

- un nom ou un groupe nominal ;
  une lettre de ma tante – une pelle à gâteau.
- un pronom ;
  une lettre pour moi.
- un verbe à l'infinitif.
  un métier à tisser.

Maîtriser les expansions du nom

• Ne confondez pas les compléments du nom et les COI introduits par *à* ou *de* (voir p. 114).

Les COI font partie du groupe verbal, alors que les compléments de nom appartiennent aux groupes nominaux dans lesquels ils se trouvent.

Je regarde une émission de télévision. → *de télévision* est complément du nom *émission.*

Mais : J'attends de toi que tu sois à l'heure. → *de toi* est COI du verbe *attends.*

• Ne confondez pas non plus les compléments du nom avec des compléments circonstanciels introduits par *à* ou *de.*

Il lit le journal de temps en temps. → *de temps en temps* est CC de temps du verbe *lit.*

Mais : Il lit le journal du jour. → *du jour* est complément du nom *journal.*

2 Le complément de l'adjectif

• Identifier un complément de l'adjectif

Le complément d'un adjectif complète et précise un adjectif ; il est toujours placé après l'adjectif auquel il est relié par une préposition : *de, à, pour, avec, sans, par, pour, contre, comme.*

muet comme une carpe. → *comme une carpe* est complément de l'adjectif *muet.*

Les compléments du comparatif ou du superlatif relatif (voir p. 138) sont des compléments de l'adjectif.

John est plus souriant que Kevin. → *que Kevin* est complément de l'adjectif *souriant.*

> Le superlatif absolu (voir p. 139) n'admet pas de complément.

• Donner la nature grammaticale d'un complément de l'adjectif

Le complément d'un adjectif peut être :

– un nom ou un groupe nominal ;
habile de ses mains

– un pronom ;
capable de tout

– un verbe à l'infinitif.
capable de courir 5 000 mètres

Testez-vous !

Cochez les réponses correctes.

1. *Je demande la permission de sortir.* Dans cette phrase, *de sortir* est :
- **a.** ☐ complément du nom *permission.*
- **b.** ☐ COI du verbe *demande.*

2. *Il prendra le train à Paris.* Dans cette phrase, *à Paris* est :
- **a.** ☐ complément du nom *train.*
- **b.** ☐ complément circonstanciel de lieu du verbe *prendra.*

3. *Voilà une façon très rapide de venir.* Dans cette phrase, *de venir* est :
- **a.** ☐ complément du nom *façon.*
- **b.** ☐ complément de l'adjectif *rapide.*

→ Corrigés p. 147

4 Les propositions subordonnées relatives

1 Définition

- Une proposition subordonnée relative complète un groupe nominal ou un pronom. Elle est introduite par un pronom relatif. Le nom ou le pronom qu'elle complète s'appelle l'antécédent.

  J'ai lu tous les livres que j'ai empruntés au CDI.
  → *que j'ai empruntés au CDI* est une proposition subordonnée relative dont l'antécédent est *tous les livres.*

Les propositions subordonnées relatives sont :
– à l'indicatif, le plus souvent.
C'est un livre que je veux lire.
– au subjonctif, lorsqu'elles expriment un souhait ou une restriction.
Trouvez-moi un livre que je puisse lire. C'est le seul livre que je veuille lire.

- **La fonction** de la proposition subordonnée relative est toujours la même : complément de l'antécédent

  Toi qui as écouté les informations, donne-moi des nouvelles. → *qui as écouté les informations* est complément de l'antécédent *toi.*

2 Les pronoms relatifs

- **Les pronoms relatifs simples** sont : *qui, que, quoi, dont, où.* Ils sont invariables.
- **Les pronoms relatifs composés** sont :

Singulier		Pluriel	
Masculin	**Féminin**	**Masculin**	**Féminin**
lequel	*laquelle*	*lesquels*	*lesquelles*
auquel	*à laquelle*	*auxquels*	*auxquelles*
duquel	*de laquelle*	*desquels*	*desquelles*

Ils sont souvent précédés d'une préposition et s'accordent en genre et en nombre avec leur antécédent.

La chaise sur laquelle je me suis assise était mouillée. → *laquelle* : accord au féminin singulier avec *la chaise*, antécédent.

Les chaises sur lesquelles je me suis assise étaient mouillées. → *lesquelles* : accord au féminin pluriel avec *les chaises*, antécédent.

3 La construction d'une subordonnée relative

• **Le choix du pronom relatif** dépend de la fonction qu'il occupe dans la proposition subordonnée relative.

Fonction	Pronom relatif	Exemple
Sujet	*qui*	Les personnes qui attendent le bus…
COD	*que*	Les personnes que je vois…
COI, complément introduit par *à*	*à qui* (pour les personnes), *auquel* (pour les choses), *où*	Les personnes à qui je parle… Les objets auxquels je tiens… La ville où je vais…
COI, complément introduit par *de* ; complément du nom ou de l'adjectif	*dont*	La ville dont je parle… La personne dont il est proche…
Complément circonstanciel introduit par une préposition	*auquel, duquel, lequel*	La route près de laquelle nous habitons…

• **Pour trouver la fonction d'un pronom relatif**, il faut le remplacer par son antécédent.

Je voudrais être propriétaire de cette maison dont j'admire la façade. → Si on remplace *dont* par son antécédent *cette maison*, la proposition subordonnée devient :

J'admire la façade de cette maison ; dont est donc complément du nom *façade*.

Testez-vous !

Cochez les réponses correctes.

1. *Il attend que la cloche sonne.*
Dans cette phrase :
a. ☐ *que la cloche sonne* est une proposition subordonnée relative.
b. ☐ *que la cloche sonne* est une proposition subordonnée complétive.

2. On dit :
a. ☐ La musique auquel je suis habitué…
b. ☐ La musique à laquelle je suis habitué…

3. On dit :
a. ☐ La chanson dont j'ai oublié le titre…
b. ☐ La chanson que j'ai oublié le titre…

→ Corrigés p. 147

Vérification des connaissances

1 Trouvez la classe grammaticale du déterminant en choisissant la bonne réponse.

1. Les (article défini / indéfini) élèves du (article indéfini / défini contracté) collège prennent leurs (déterminant possessif / démonstratif) repas à 12 h 30.
2. Ces (déterminant possessif / démonstratif) affaires semblent abandonnées.
3. Des (article défini contracté / indéfini) articles sur ce nouveau roman ont paru dans la (article défini / indéfini) presse.
4. Chaque (déterminant indéfini / article indéfini) jour suffit sa (déterminant possessif / indéfini) peine.
5. Quelle (déterminant interrogatif / exclamatif) chance !

2 Donnez la fonction des groupes prépositionnels introduits par *à* ou *de* en cochant la bonne réponse.

1. J'ai annoncé ma décision à Victor.
   ☐ complément du nom ☐ COI
2. L'agence de voyages a téléphoné à 17 heures.
   ☐ complément du nom ☐ CC de temps.
3. Fais attention à tes doigts !
   ☐ complément du nom ☐ COI

   Ce couteau à pain est très aiguisé.
   ☐ complément du nom ☐ COI
4. Il est digne de confiance.
   ☐ complément du nom ☐ complément de l'adjectif

3 Choisissez le pronom relatif qui convient.

1. Cet acteur que / dont j'apprécie la façon de jouer m'a pourtant déçu dans son dernier film.
2. Molière a écrit plusieurs comédies dans lesquels / lesquelles il se moque des médecins de son temps.
3. Gaspard est le seul camarade de maternelle que / dont je me rappelle.
4. Voici la voiture que / dont je rêve.
5. Le fait divers que / qui s'est passé il y a sept ans est maintenant bien oublié.

Exercices d'entraînement

4 Relevez les déterminants dans le texte suivant et précisez leur classe grammaticale : articles, déterminants possessifs, démonstratifs, indéfinis.

J'étais recommandé à M. de Peyrehorade par mon ami M. de P. C'était, m'avait-il dit, un antiquaire fort instruit et d'une complaisance à toute épreuve. Il se ferait un plaisir de me montrer toutes les ruines à dix lieues à la ronde. Or je comptais sur lui pour visiter les environs d'Ille, que je savais riches en monuments antiques et du Moyen Âge. Ce mariage, dont on me parlait alors pour la première fois, dérangeait tous mes plans.

Prosper Mérimée, *La Vénus d'Ille*, 1837.

5 Donnez la fonction des adjectifs dans les phrases suivantes : épithète, apposé, attribut du sujet ou du COD.

1. Avant son audition, Chloé m'a paru pâle et nerveuse.
2. Qui a lu *L'Étonnante Histoire de Peter Schlemihl* de Chamisso ?
3. Les enfants s'étaient avancés vers lui, puis ils s'étaient arrêtés, indécis.
4. Je trouve ce jeune conducteur trop sûr de lui.

6 Relevez les compléments du nom et de l'adjectif. Pourquoi sont-ils aussi nombreux ?

Après avoir mis les côtes d'agneau sur le gril, elle se servit un verre et s'assit pour défaire le paquet.

Elle y trouva une petite boîte en bois munie d'un bouton de commande. Un capuchon en verre protégeait le bouton. Norma essaya de le soulever, mais il était solidement fixé. Elle retourna la boîte et vit une feuille de papier pliée scotchée au fond.

Richard Matheson, *Le Jeu du bouton*, © Flammarion, 2004.

7 Remplacez les deux phrases données par une seule phrase qui comprendra une proposition principale et une proposition subordonnée relative.

1. Mon père va allumer le chauffage. Le chauffage sera bien nécessaire par ce froid.
2. J'ai dévoré ce roman policier. Ma tante m'avait conseillé la lecture de ce roman policier.

3. Le tournoi de tennis a été interrompu à un moment. La pluie s'est mise à tomber à ce moment.

4. Nous allons corriger cette rédaction. Vous avez écrit cette rédaction vendredi dernier.

Vers le brevet

8 Justifiez le passage de « un étranger » à « L'étranger ».

Ces paisibles campagnards bâlois furent tout à coup mis en émoi par l'arrivée d'un étranger. [...] Le chien noir resta la patte en l'air et les vieilles femmes laissèrent choir leur ouvrage. L'étranger venait de déboucher par la route de Soleure.

Blaise Cendrars, *L'Or*, © Denoël, 1925.

9 Quel est le degré des adjectifs *viril* et *féminin* dans le texte ?

Avant il y avait le très viril portefeuille, tiré de la poche revolver ou de la poche poitrine, ou le très féminin porte-monnaie pour faire les courses, avec la fermeture métallique « ailes de papillon ».

Philippe Delerm, *Petite Brocante intime*, © Le Pré aux clercs, 1999.

10 Indiquez la nature et la fonction des groupes en gras. Quel sentiment se dégage de ces trois expressions ?

« Des gommes, toutes aussi délicieuses les unes que les autres » ; « des crayons de couleur à l'odeur délicate » ; le « chiffon dont la poussière de craie faisait naître de petits nuages délicieusement âcres ».

Expressions extraites de Christian Signol, *Bonheurs d'enfance*, © Albin Michel, 1996.

11 Dans le texte suivant, quel groupe nominal est très développé ? Relevez les expansions du nom et nommez-les. Quel effet produisent la place et la longueur de ce groupe nominal ?

À l'épouvantable odeur de pourriture qui imprégnait leurs vêtements, leurs mains, leurs cheveux, on reconnaissait les fillettes travaillant la soie.

Marie Rouanet, *Le Crin de Florence*, © Climats, 1986.

Testez-vous !

p. 137

1. a. *des* est un article indéfini.

2. b. *des* est un article défini contracté mis pour *de les*.

L'astuce du prof
Au singulier, la première phrase serait *une voiture passe*. Donc *des* est bien un article indéfini.

p. 139

1. b. Épithète détachée, précédée d'une virgule.

2. a. L'attribut prend les marques de genre et de nombre : féminin, singulier. Quand l'attribut du sujet est un adjectif, il s'accorde en genre et en nombre avec le sujet.

3. b. Le comparatif de *bon* est *meilleur*.

p. 141

1. a.

2. b.

3. a. « très rapide » est un superlatif absolu, sans complément. Le groupe à l'infinitif est donc complément du nom « façon ».

p. 143

1. b. La proposition subordonnée complétive est COD du verbe *attend*.

2. b. Accord avec l'antécédent *musique*, féminin singulier.

3. a. Le pronom relatif est complément du nom *titre ;* seul le pronom *dont* peut prendre cette fonction.

Piège à éviter
Auquel, duquel, lequel s'accordent en genre et en nombre avec leur antécédent.

L'astuce du prof
Cherchez toujours quelle est la fonction du pronom relatif dans la proposition subordonnée qu'il introduit.

Vérification des connaissances (énoncés p. 144)

1

1. Article défini, article défini contracté, déterminant possessif → Ne confondez pas le pronom personnel *leur* et le déterminant possessif *leur* qui s'accorde avec le nom auquel il se rapporte.

2. Déterminant démonstratif.

3. Article indéfini, article défini.

4. Déterminant indéfini, déterminant possessif.

5. Déterminant exclamatif.

Gagnez des points !
Dans les dictées, ne confondez pas le déterminant possessif *ses* (que vous pouvez remplacer par *mes*) et le déterminant démonstratif *ces*.

L'astuce du prof
Quand *le, la* ou *les* est suivi d'un verbe, c'est un pronom personnel.

2

1. COI.

2. CC de temps.

3. COI, complément du nom → La préposition *à* introduit de nombreux compléments qui appartiennent : soit au groupe verbal (COI), soit au groupe nominal (complément du nom et de l'adjectif).

4. Complément de l'adjectif.

3

1. Cet acteur **dont** j'apprécie la façon de jouer m'a pourtant déçu dans son dernier film.

2. Molière a écrit plusieurs comédies dans **lesquelles** il se moque des médecins de son temps.

3. Gaspard est le seul camarade de maternelle **que** je me rappelle.

4. Voici la voiture **dont** je rêve.

5. Le fait divers **qui** s'est passé il y a sept ans est maintenant bien oublié.

Piège à éviter
se souvenir de quelque chose ≠ se rappeler quelque chose.

Exercices d'entrainement (énoncés p. 145)

4

J'étais recommandé à M. de Peyrehorade par mon **(déterminant possessif)** ami M. de P. C'était, m'avait-il dit, un **(article indéfini)** antiquaire fort instruit et d'une **(article indéfini)** complaisance à toute **(déterminant indéfini)** épreuve. Il se ferait un **(article indéfini)** plaisir de me montrer toutes **(déterminant indéfini) les (article défini)** ruines à dix lieues à **la (article défini)** ronde. Or je comptais sur lui pour visiter les **(article défini)** environs d'Ille, que je savais riches en monuments antiques et **du (article défini contracté)** Moyen Âge. Ce **(déterminant démonstratif)** mariage, dont on me parlait alors pour la **(article défini)** première fois, dérangeait tous **(déterminant indéfini)** mes **(déterminant possessif)** plans.

→ Tout peut être :
– un déterminant indéfini : *tous les projets ;*
– un pronom indéfini : *Tous sont d'accord ;*
– un adverbe : *Ils sont tout étonnés.*

5

1. pâle et nerveuse : attribut du sujet *Chloé.*

2. Étonnante : épithète du nom *Histoire.*

3. indécis : épithète détachée du pronom *ils.*

4. trop sûr de lui : attribut du COD *ce jeune conducteur.*

L'astuce du prof

Un adjectif épithète est placé juste à côté du nom qu'il qualifie.

Un adjectif attribut suit un verbe attributif : *être, paraître, sembler*....

6

Après avoir mis les côtes **d'agneau** sur le gril, elle se servit un verre et s'assit pour défaire le paquet.

Elle y trouva une petite boîte **en bois** munie **d'un bouton de commande**. Un capuchon **en verre** protégeait le bouton. Norma essaya de le soulever, mais il était solidement fixé. Elle retourna la boîte et vit une feuille **de papier** pliée scotchée au fond.

→ Les compléments du nom et de l'adjectif sont nombreux dans cet extrait car ils permettent de **décrire avec précision** l'objet que l'héroïne est en train de découvrir.

7

1. Mon père va allumer le chauffage **qui** sera bien nécessaire par ce froid.
2. J'ai dévoré ce roman policier **dont** ma tante m'avait conseillé la lecture.
3. Le tournoi de tennis a été interrompu **au moment où** la pluie s'est mise à tomber.
4. Nous allons corriger cette rédaction **que** vous avez rédigé**e** vendredi dernier.

Piège à éviter
Attention à l'accord du participe passé avec le pronom relatif *que*, COD placé avant le verbe.

Vers le brevet (énoncés p. 146)

8

Dans le groupe « un étranger », le déterminant *un* est **un article indéfini.** Il signale que le personnage n'a jamais été cité auparavant. Plus loin, le déterminant devient **un article défini**, *l'*. Cet article est un élément de reprise qui fait référence à la personne déjà mentionnée précédemment.

Gagnez des points !
Avant de répondre, précisez quelle est la classe grammaticale de chacun des déterminants.

9

Très viril et *très féminin* sont des adjectifs au **superlatif absolu.**

10

- **délicieuses :** adjectif → épithète détachée de *gommes*.
- **à l'odeur délicate :** GN → complément du nom *crayons*.
- **dont la poussière de craie faisait naître de petits nuages délicieusement âcres :** proposition subordonnée relative → complément de l'antécédent *chiffon*.
- L'impression qui se dégage de ces expressions est une sensation de **plaisir subtil** mais très présent dans le souvenir du narrateur.

11

- Le groupe nominal qui est très développé est le groupe prépositionnel par lequel s'ouvre la phrase : *À l'épouvantable odeur de pourriture qui imprégnait leurs vêtements, leurs mains, leurs cheveux.* Le nom noyau de ce GN est *odeur*.

- Les expansions du nom *odeur* sont :
– un adjectif épithète : *épouvantable ;*
– un GN, complément du nom : *de pourriture ;*
– une proposition subordonnée relative, complément de l'antécédent *odeur : qui imprégnait* [...] *cheveux.*

- La place et la longueur de ce GN soulignent l'odeur insoutenable qui règne dans la filature. Le lecteur est d'autant plus surpris d'apprendre que ce sont des fillettes qui travaillent dans ces conditions épouvantables.

Remarque
Dans les sujets de brevet, après vous avoir demandé un relevé grammatical, on vous demande souvent d'interpréter ce que vous venez de trouver.

CHAPITRE

9 Le texte

1 Les reprises nominales et les reprises pronominales

1 Les reprises nominales

- **Un groupe nominal peut être repris en utilisant le même nom.** Il est alors précédé d'un article défini ou d'un déterminant démonstratif.

  Un festival de théâtre aura lieu au mois de juillet. Ce festival durera une semaine.

  → *Ce festival* reprend *un festival.*

- **Pour éviter les répétitions**, un groupe nominal peut être repris par un autre groupe nominal. On emploie alors :

  – un synonyme ;

  Une voiture est arrivée à vive allure. Cette automobile n'a pas ralenti à l'entrée de la ville.

  → *Automobile* est un synonyme de *voiture.*

  – un terme plus général ;

  J'aime beaucoup Monica Belucci. Quand reverrai-je cette actrice sur les écrans ?

  → *Actrice* est un terme général par rapport à *Monica Belucci.*

  – une périphrase.

  Victor Hugo est né en 1802. En 2002, on a donc fêté le bicentenaire de la naissance de l'auteur des *Misérables.*

L'auteur des Misérables est une périphrase qui désigne *Victor Hugo.*

- **Les reprises nominales peuvent :**

  – apporter des informations supplémentaires ;

  Les rats prolifèrent dans le métro de Paris ; ces rongeurs sont pourtant traqués.

  → *Rongeurs* apporte une précision sur le genre d'animal que sont les rats.

  – permettre de porter un jugement.

  Michel expose ses toiles dans une galerie.

  Ce peintre a beaucoup de succès. → jugement neutre du locuteur

  Ce barbouilleur de peinture a beaucoup de succès. → jugement négatif du locuteur

  Ce peintre de génie a beaucoup de succès. → jugement positif du locuteur

2 Les reprises pronominales

- **Les reprises par des pronoms personnels** sont les plus fréquentes.

  Le conseil de classe a lieu le 7 décembre. Il commence à 16 h 45. → *Il* reprend *le conseil de classe.*

La reprise ne doit pas être ambiguë.

  La sœur de Sarah me dit qu'elle a acheté un nouveau pantalon. → On ne peut pas savoir si le pronom *elle* renvoie à Sarah ou à sa sœur.

- **Les pronoms possessifs et les pronoms démonstratifs** permettent aussi de faire des reprises.

  Prête-moi ton stylo rouge. J'ai perdu le mien. → *Le mien* reprend *stylo rouge.*

Les pronoms démonstratifs ***cela***, ***ça*** et ***ce*** permettent de reprendre des phrases entières.

  Il a eu une excellente note à son dossier. Ce n'est pas étonnant, vu le temps qu'il y avait passé.

  → *Ce* reprend *Il a eu une excellente note à son dossier.*

- **Certains pronoms indéfinis** peuvent servir de reprises.

  Avant Noël, les enfants ont été invités à la mairie. Chacun a reçu un cadeau.

  → *Chacun* reprend *les enfants.*

Comprendre les reprises nominales et pronominales

Testez-vous !

Cochez les réponses qui conviennent.

1. Napoléon est mort en 1821.
- **a.** ☐ Ce roi a vécu 52 ans.
- **b.** ☐ Cet empereur a vécu 52 ans.

2. La perfide Albion est une périphrase qui désigne :
- **a.** ☐ l'Angleterre.
- **b.** ☐ l'Allemagne.

3. La police est arrivée.
- **a.** ☐ Ils ont interrogé les témoins.
- **b.** ☐ Elle a interrogé les témoins.

→ Corrigés p. 162

2 Les discours direct, indirect et indirect libre

1 Le discours direct

- Le discours direct permet de rapporter les paroles comme elles ont été prononcées.

  « Tais-toi », dit-elle, excédée.

- Les paroles rapportées au discours direct sont :
  - encadrées par des guillemets. Le changement d'interlocuteur est indiqué par un tiret ;
  - marquées par un verbe introducteur placé
    - soit avant les paroles et précédé de deux points ;

      Mme Lesur demanda : « Avez-vous compris ? »

    - soit après les paroles avec inversion du sujet ;

      « Avez-vous compris ? » demanda Mme Lesur.

    - soit au milieu des paroles.

      « Avez-vous compris ? demanda Mme Lesur, ou voulez-vous d'autres explications ? »

2 Le discours indirect

- Les paroles sont rapportées dans une proposition subordonnée introduite par *que*, *si*, *quand*, *comment*, *où*… ou un groupe à l'infinitif.

  Mme Lesur demanda si les élèves avaient compris.

  Elle leur ordonna de se taire.

- Le passage au discours direct entraîne souvent un **changement des pronoms personnels et des déterminants possessifs.**

  Elle déclare : « Je suis satisfaite de ton travail. » → direct

  Elle déclare qu'elle est satisfaite de son travail. → indirect

- **Lorsque le verbe qui introduit les paroles est au présent**, le verbe de la subordonnée garde le temps qui est utilisé dans le discours direct.

  L'arbitre crie : « Les joueurs qui trichent seront sanctionnés. » → direct

  L'arbitre crie que les joueurs qui trichent seront sanctionnés. → indirect

Utiliser le discours direct et indirect

- **Lorsque le verbe qui introduit les paroles est à un temps du passé**, le temps du verbe de la subordonnée change selon les règles suivantes :

Temps du verbe dans le discours direct	Temps du verbe dans le discours indirect
Présent	Imparfait
Passé composé	Plus-que-parfait
Imparfait / plus-que-parfait	Imparfait / plus-que-parfait
Futur simple	Conditionnel présent

L'arbitre cria : « Les joueurs qui trichent seront sanctionnés. »
L'arbitre cria que les joueurs qui trichaient seraient sanctionnés.

3 Le discours indirect libre

- **Les paroles rapportées sont intégrées au récit** sans verbe introducteur ni proposition subordonnée.

Véronique hésita. Avait-elle le temps de passer à la bibliothèque ?

- **Les transformations des pronoms personnels, des déterminants possessifs et des temps verbaux** sont celles du discours indirect.

Elle se mit à réfléchir et se dit : « Je prendrai le train de 14 h. » → direct
Elle se mit à réfléchir et elle se dit qu'elle prendrait le train de 14 h. → indirect
Elle se mit à réfléchir. Elle prendrait le train de 14 h. → indirect libre

Testez-vous !

Cochez les réponses correctes.

1. *Quand nous reverrons-nous ?* Au discours indirect, cette phrase devient :
Je me demandais quand ils se reverraient.
a. ☐ Vrai
b. ☐ Faux

2. *Vous avez bien travaillé.* Au discours indirect, cette phrase devient :
Il déclara qu'ils ont bien travaillé.
a. ☐ Vrai
b. ☐ Faux

3. *Il imaginait son avenir.* Au discours indirect libre, cette phrase devient :
a. ☐ Il serait pilote de ligne.
b. ☐ Je serais pilote de ligne.

→ corrigés p. 162

Éviter les répétitions

LES RÉFLEXES À AVOIR

- Pour éviter les répétitions, pensez à utiliser les reprises nominales. Les journalistes utilisent souvent des périphrases toutes faites pour désigner des lieux, des personnes, par exemple.

  Le président de la République → le chef de l'exécutif → le chef de l'État → le premier personnage de l'État → l'hôte de l'Élysée.

  Paris → la capitale de la France → la Ville Lumière.

- N'hésitez pas à avoir recours aux **synonymes** qui peuvent :

  – **appartenir à des registres de langue différents**

  des deniers → registre soutenu
  de l'argent → registre courant
  de la maille, du blé → registre familier

  – **désigner de façon plus ou moins précise un objet**

  jupe et kilt sont synonymes, un *kilt* désigne un type particulier de jupe.

  – **être plus ou moins péjoratif**

  chevelure et tignasse sont synonymes mais le second mot désigne une chevelure en désordre.

  – **être de plus ou moins forte intensité**

  peur et épouvante sont synonymes mais l'épouvante est plus forte que la peur.

LES PIÈGES À ÉVITER

- N'écrivez pas des dialogues sans intérêt tels que :

  « Comment vas-tu ? – Bien, et toi ? – Bien. »

- Un dialogue sert :

  – **à préparer l'action :** les personnages se donnent alors des consignes, des conseils ou des ordres ;
  – **à accompagner l'action**, à l'évoquer au fur et à mesure qu'elle se déroule ;
  – **à commenter l'action** qui vient de se dérouler.

LES ASTUCES DU PROF

▶ N'oubliez pas de varier les verbes qui introduisent le discours rapporté. Le verbe *dire* est neutre ; votre rédaction sera plus riche si vous faites varier le verbe :

– **en fonction du ton employé :** *reprocher, critiquer, protester, gronder, répliquer, demander, supplier…*
– **en fonction de la force de la voix :** *crier, hurler, s'égosiller, murmurer, grommeler, marmonner, chuchoter…*

EXEMPLE

Savoir ponctuer un dialogue

Le lendemain matin, par hasard, j'en parlai à Giovanni :

« Ah oui, dit-il distraitement, les souris se promènent de temps en temps dans la maison…

– Elle était si petite… Je ne me suis pas senti le courage de la…

– Oui, je comprends. Pas d'importance. »

Il se mit à parler d'autre chose, comme si mon discours lui déplaisait.

Dino Buzzati, « Les Souris » dans *L'Écroulement de la Baliverna*, © Robert Laffont, 1960.

- **Les deux points :**

  Ils marquent le début du dialogue.
  Ils suivent en général un verbe de parole : *dire, demander, répondre, crier,* etc.

- **Les guillemets « »**

  Ils encadrent l'ensemble du dialogue. On ferme les guillemets lorsque le récit reprend et non lorsqu'on change d'interlocuteur.
  Les guillemets se ferment après le dernier signe de ponctuation de la phrase et non avant.

- **Les tirets –**

  Ils indiquent qu'une autre personne prend la parole et s'accompagnent toujours d'un aller à la ligne. Lorsque le premier personnage prend la parole, on ne met pas de tiret.

EXEMPLE

▶ Analyser les reprises nominales dans un texte

Elle était déchaussée, elle était décoiffée,
Assise, les pieds nus, parmi les joncs penchants ;
Moi, qui passais par là, je crus voir une fée,
Et je lui dis : Veux-tu venir dans les champs ? [...]

Elle essuya ses pieds à l'herbe de la rive,
Elle me regarda pour la seconde fois,
Et la belle folâtre alors devient pensive.
Oh ! Comme les oiseaux chantaient au fond des bois !

Comme l'eau caressait doucement le rivage !
Je vis venir à moi dans les grands roseaux verts,
La belle jeune fille heureuse, effarée et sauvage
Ses cheveux dans les yeux, et riant au travers.

Victor Hugo, *Les Contemplations*, « Autrefois », I, 21.

- **une fée**
  Victor Hugo voit d'abord la jeune fille comme une créature surnaturelle, qui le transporte dans le monde des contes de fées.

- **la belle folâtre**
  La deuxième reprise nominale souligne le caractère gai de la jeune fille.

- **La belle jeune fille heureuse, effarée et sauvage**
  La dernière reprise allie une notation physique : *belle,* et des précisions sur son caractère et son humeur : *heureuse, effarée et sauvage*.
  On passe donc ainsi du rêve à la réalité.

Vérification des connaissances

1 Trouvez la reprise nominale qui convient en choisissant la bonne réponse.

1. Le délégué de la classe a parlé au nom de ses camarades. Les professeurs ont écouté *son intervention / son refus* avec la plus grande attention.

2. Ce roman se passe pendant la Seconde Guerre mondiale à Paris. *Ce récit / Cette pièce* permet de mieux comprendre la vie sous l'Occupation.

3. J'ai senti que Raphaël allait dire une bêtise. *Ma mère / Mon impression* a, hélas, été confirmée.

4. Le navigateur était sûr de lui-même et de son catamaran ; *sa malchance / sa force de conviction* lui a permis de trouver un sponsor.

2 Trouvez la reprise pronominale qui convient en choisissant la bonne réponse.

Quand il avait eu dix ans, Fintan avait décidé qu'*il / elle* n'appellerait plus sa mère autrement que par son petit nom. *Il / Elle* s'appelait Maria Luisa, mais on disait : Maou. Quand Fintan était bébé, *il / elle* ne savait pas prononcer son nom, et ça *lui / leur* était resté. *Il / Elle* avait pris sa mère par la main, *il / elle l'/ lui* avait regardée bien droit, il avait décidé :
« À partir d'aujourd'hui, *je / tu m'/ t'*appellerai Maou. » *Il / Elle* avait l'air si sérieux qu'*il / elle* était restée un moment sans répondre, puis *il / elle* avait éclaté de rire, un de ces fous rires qui *le / la* prenaient quelquefois.

J.-M. G. Le Clézio, *Onitsha*, © Gallimard, 1991.

3 Repérez la forme de discours rapporté en choisissant la bonne réponse.

1. Les élèves de 3e B se demandaient si leur professeur de mathématiques serait absent ce jour-là.

☐ discours direct ☐ discours indirect ☐ discours indirect libre

2. S'il avait eu quelque argent il aurait pris une voiture pour faire une longue promenade dans la campagne, le long des fossés de ferme ombragés de hêtres et d'ormes : mais il devait compter le prix d'un bock ou d'un timbre-poste, et ces fantaisies-là ne lui étaient point permises.

Guy de Maupassant, *Pierre et Jean, 1887.*

☐ discours direct ☐ discours indirect ☐ discours indirect libre

3. Il l'a supplié : « Reviens me voir au mois de septembre. »

☐ discours direct ☐ discours indirect ☐ discours indirect libre

Exercices d'entraînement

4 **Relevez les reprises nominales qui désignent le lapin et celles qui renvoient à la belette.**

Le Chat, la Belette et le Petit Lapin

Du palais d'un jeune Lapin
Dame Belette un beau matin
S'empara : c'est une rusée.
Le maître étant absent, ce lui fut chose aisée.
Elle porta chez lui ses pénates un jour
Qu'il était allé faire à l'Aurore sa cour,
Parmi le thym et la rosée.
Après qu'il eut brouté, trotté, fait tous ses tours,
Jeannot Lapin retourne aux souterrains séjours.
La Belette avait mis le nez à la fenêtre.
« Ô Dieux hospitaliers, qui vois-je ici paraître ?
Dit l'animal chassé du paternel logis.
Oh là ! Madame la Belette,
Que l'on déloge sans trompette,
Ou je vais avertir tous les rats du pays. »
La dame au nez pointu répondit que la terre
Était au premier occupant. […]

Jean de La Fontaine, *Fables*, VII, 15, 1678.

5 **Transposez le discours direct en discours indirect.**

1. Il déclara : « Tous ceux qui ne seront pas inscrits avant mercredi ne participeront pas à la compétition. »
2. Elle avoua : « Je ne sais plus où j'ai mis le pull que je t'ai emprunté hier. »
3. « As-tu pris les billets d'entrée ? », demandèrent-ils un peu inquiets.

6 **Transposez le discours indirect en discours direct.**

1. Ils le supplièrent de s'arrêter à une aire de service car ils voulaient manger.
2. La cliente cria qu'elle n'était pas contente du tout, que la vendeuse n'avait pas écouté ce qu'elle avait dit et qu'elle ne reviendrait jamais.
3. Sébastien se disait qu'il avait bien de la chance d'habiter près du collège, ce qui lui permettait de partir au dernier moment le matin.

Vers le brevet

7 a) Combien de personnages sont présents dans cette scène ? b) Relevez les reprises nominales qui désignent chacun des personnages.

Madame René a rejoint le salon. Il finit par la suivre. Dans le fauteuil crapaud rouge est posé un jeune homme qui se dresse dès qu'elle franchit le seuil. Clô fait les présentations : mon époux, le professeur Pernet, Monsieur Alain Rachet, mon bienfaiteur.

A-t-il bien compris le mot « bienfaiteur » ? Il tend la main plus par réflexe que volontairement. Non que le jeune homme soit antipathique, mais parce qu'il n'a jamais vu son épouse ainsi, le rose aux joues et l'œil brillant, depuis… Impossible de compter. Depuis trop longtemps.

Clô a l'air ravi de contempler son visiteur.

Michèle Gazier, *Le Merle bleu*, © Seuil, 1999.

8 a) Quelle est la classe grammaticale de *on* ? b) Qui désigne-t-il ?

L'après-midi du mercredi semblait immense, mais au début, on n'arrivait pas vraiment à s'amuser, peut-être justement parce qu'il y avait une trop grande plage de temps blanche devant soi. On avait bien joué au ping-pong, mais le vent était trop fort. On avait bien tapé un moment dans le ballon de foot, mais ce n'est pas très drôle, à deux, surtout pour le gardien de but.

Philippe Delerm, *C'est bien*, coll. « Poche junior », © Milan, 1998.

9 a) En faisant toutes les transformations qui permettent d'en respecter le sens, mettez le passage souligné au discours indirect. b) Quel est l'intérêt du discours direct par rapport au discours indirect ?

Puis, se tournant vers une petite fille qui s'était réfugiée dans un coin : « <u>Pauline, va donc chercher ta mère</u>. »

Émile Zola, *Le Ventre de Paris*, 1873.

10 Réécrivez le passage en changeant la 3e personne du masculin singulier (il) par la 1re du singulier et en employant le discours direct pour les paroles rapportées.

Madame Jeanne crut son histoire lorsqu'il avoua que, compte tenu des appétits de ses clients, il avait dû étendre son territoire de chasse, qu'il regrettait que corbeaux et pies, préférant la zone libre, nichent si loin, dans le petit bois situé de l'autre côté de la rivière.

Jean-Paul Nozière, *La Chanson de Hannah*, Nathan poche, 2005.

Testez-vous !

p. 153

1. b. *Cet empereur* est la périphrase qui convient à Napoléon.

2. a. *Albion* est le nom donné à la Grande-Bretagne par Pline l'Ancien, dans l'Antiquité. L'adjectif *perfide* renvoie aux relations conflictuelles que la France et l'Angleterre ont entretenues pendant des siècles.

3. b. *Elle* est la reprise pronominale de *la police*.

p. 155

1. b. Il n'y a pas de changement du pronom personnel.

En revanche, le changement de temps est exact : le futur devient un conditionnel présent, avec un verbe introducteur de paroles au passé. La phrase au discours indirect est : *Je me demandais quand nous nous reverrions.*

2. b. Le passé composé devient un plus-que-parfait, avec un verbe introducteur de paroles au passé. Changement de pronom personnel : *vous* devient *ils*. La phrase au discours indirect est : *Il déclara qu'ils avaient bien travaillé.*

3. a. Le discours indirect libre s'intègre dans le récit sans changement de pronom personnel.

Vérification des connaissances (énoncés p. 159)

1 **1.** Le délégué de la classe a parlé au nom de ses camarades. Les professeurs ont écouté son intervention avec la plus grande attention.

2. Ce roman se passe pendant la Seconde Guerre mondiale à Paris. Ce récit permet de mieux comprendre la vie sous l'Occupation.

3. J'ai senti que Raphaël allait dire une bêtise. Mon impression a, hélas, été confirmée.

4. Le navigateur était sûr de lui-même et de son catamaran ; sa force de conviction lui a permis de trouver un sponsor.

2 Quand il avait eu dix ans, Fintan avait décidé qu'**il** n'appellerait plus sa mère autrement que par son petit nom. **Elle** s'appelait Maria Luisa, mais on disait : Maou. Quand Fintan était bébé, **il** ne savait pas prononcer son nom, et ça **lui** était resté. **Il** avait pris sa mère par la main, **il** l'avait regardée bien droit, il avait décidé : « À partir d'aujourd'hui, **je t'**appellerai Maou. » **Il** avait l'air si sérieux qu'**elle** était restée un moment sans répondre, puis **elle** avait éclaté de rire, un de ces fous rires qui **la** prenaient quelquefois.

Piège à éviter

Ne confondez pas les pronoms personnels COD de la 3e personne (*le / la / les*) et les pronoms COI ou COS (*lui / leur*).

3 **1.** discours indirect.

2. discours indirect libre.

3. discours direct.

L'astuce du prof

S'il y a des guillemets dans du discours rapporté, vous êtes sûr que c'est du discours direct.

Exercices d'entraînement (énoncés p. 160)

4 **Reprises nominales qui désignent le lapin :** un jeune Lapin ; Le maître ; Jeannot Lapin ; l'animal chassé du paternel logis.

Reprises nominales qui désignent la belette : Dame Belette ; une rusée ; La Belette ; Madame la Belette ; La dame au nez pointu.

Remarque

La Fontaine manie avec virtuosité les reprises nominales dans ses fables, caractérisant ses personnages avec humour.

5 **1.** Il déclara **que** tous ceux qui ne **seraient** pas inscrits avant le mercredi **suivant** ne **participeraient** pas à la compétition.

2. Elle avoua **qu'elle** ne **savait** plus où **elle avait mis** le pull **qu'elle lui avait** emprunté la veille.

3. Ils demandèrent un peu inquiets **s'il avait** pris les billets d'entrée.

Gagnez des points !

N'oubliez pas de transposer aussi les repères temporels : *hier, demain* du discours direct deviennent *la veille, le lendemain*.

6 **1.** « **Arrête-toi** ou **arrêtez-vous** à une aire de service car **nous voulons** manger », supplièrent-ils ou « **Arrêtez-vous** à une aire de service car **nous voulons** manger. »

2. La cliente cria : « **Je** ne **suis** pas contente du tout, la vendeuse **n'a pas écouté** ce **que j'ai dit** et **je** ne **reviendrai** jamais. »

3. « **J'ai** bien de la chance d'habiter près du collège, ce qui **me permet** de partir au dernier moment le matin », se disait Sébastien.

Vers le brevet (énoncés p. 161)

7 **a) Trois personnages** sont présents dans cette scène : un couple et un visiteur.

b) Reprises nominales qui désignent le mari : mon époux, le professeur Pernet.

Reprises nominales qui désignent sa femme : Madame René, Clô, son épouse, Clô.

Reprises nominales qui désignent le visiteur : un jeune homme, Monsieur Alain Rachet, mon bienfaiteur, le jeune homme, son visiteur.

8 **a)** *On* est un pronom indéfini.

b) *On* est mis ici à la place de *nous*, qui renvoie aux deux enfants qui jouent.

Rappel

On peut reprendre la 1re personne : *Je suis content. On a vraiment bien mangé.* → *on* est mis pour nous ; la 2e personne : « *On a compris ce que je veux ?* » → *on* est mis pour *vous* ; la 3e personne : *L'aubergiste devait être dans une des chambres. Malgré mon tapage, on ne se montra pas.* → *on* est mis pour *l'aubergiste*.

9 **a)** Puis, se tournant vers une petite fille qui s'était réfugiée dans un coin, il lui demanda d'aller chercher sa mère tout de suite.

b) Le discours direct donne davantage de vie au texte. Le lecteur a ainsi l'impression d'assister à la scène.

10 *Les modifications sont indiquées en gras.*

Madame Jeanne crut **mon** histoire lorsque **j'avouai :** « Compte tenu des appétits de **mes** clients, **j'ai dû** étendre **mon** territoire de chasse. **Je regrette** que corbeaux et pues, préférant la zone libre, nichent si loin, dans le petit bois situé de l'autre côté de la rivière.

Astuce du prof

N'oubliez pas de faire la concordance des temps : le plus-que-parfait devient un passé composé et l'imparfait un présent.

PARTIE 4
Vocabulaire et compréhension

CHAPITRE

10 Les mots et les figures de style

1 La formation des mots

1 Les mots simples

- Les mots simples sont des mots formés par le radical seul. → table.

- En français, **les radicaux** sont très souvent issus du latin, parfois du grec (mots savants en particulier) ou sont des emprunts à des langues étrangères.

  Table vient du latin *tabula*. Atmosphère est un mot issu du grec. Café est un emprunt au turc.

2 Les mots dérivés

Comprendre la formation des mots dérivés

- Les mots dérivés sont des mots fabriqués à partir d'un mot de base ou radical auquel on ajoute un préfixe et / ou un suffixe.

  Imbuvable = im- (préfixe) + buv (radical qui vient du verbe *boire*) + -able (suffixe).

- **La dérivation par préfixe :** le préfixe est placé avant le radical ; il ne change pas la nature grammaticale du mot.

  radical : coudre, verbe ; mot dérivé : recoudre, verbe = re- (préfixe) + coudre (radical). Les préfixes servent à modifier le sens des radicaux.

Préfixes	Sens	Exemples
a-, dé-, in-, mal-, mé-	Négation	*anormal, démesuré, intransigeant, malhonnête, mécontent*
archi-, extra-, super-, hyper-	Intensité	*archiconnu, extraordinaire, supersonique, hypermarché*
re-	Répétition	*retrouver*
anti-	Opposition	*antinucléaire*
pro-, co-, para-	Soutien	*proposition, colocataire, parascolaire*
anté-, pré-, post-, trans-, inter-	Situation dans l'espace ou le temps	*antédiluvien, préadolescent, post-position, transporter, international*

• **La dérivation par suffixe :** le suffixe est placé après le radical et modifie souvent la nature grammaticale du mot.

radical : bercer, verbe ; mot dérivé : bercement, nom = berce + -ment (suffixe).

Les adverbes en *-ment* se forment à partir d'un adjectif qualificatif mis au féminin, auquel on ajoute le suffixe adverbial *-ment*.
Doux → *douce* (*féminin*) → *douce* + *-ment* → doucement (*adverbe*)
Les adjectifs qui se terminent en *-ant* ou *-ent* s'écrivent avec deux *m*. *Puissant* → puissamment/ *évident* → évidemment.

Suffixes	Sens	Exemples
-esse, -eur, -itude, -té	Qualité physique ou morale	*finesse, bonheur, inquiétude, égalité*
-eur, -ier, -iste, -oir	Nom d'agent ou d'instrument	*voleur, levier, spécialiste, laminoir*
-age, -erie, -ment, -tion	Réalisation d'une action	*pilotage, tricherie, agrandissement, constatation*
-ier, -er, -iste, -aire, -eron	Métier	*épicier, horloger, dentiste, libraire, bûcheron*
-et, -elet, -on, -ille, -illon, -eron	Diminutif	*livret, maigrelet, sauvageon, faucille, oisillon, puceron*
-ard, -âtre, -asse	Péjoratif	*braillard, jaunâtre, blondasse*
-issime	Superlatif	*simplissime*

3 Les mots composés

Les mots composés sont formés de deux mots, reliés par un trait d'union → porte-couteau ou de deux mots reliés par une préposition → pomme de terre. (Pour le pluriel des noms composés, voir p. 55).

Testez-vous !

Cochez les phrases correctes.

1. *École*
a. ☐ est un mot simple. **b.** ☐ est un mot dérivé.

2. Dans le nom *amourette* :
a. ☐ *-ette* est un suffixe diminutif. **b.** ☐ *-ette* est un suffixe péjoratif.

3. *Le fils du propriétaire*
a. ☐ est un nom composé. **b.** ☐ n'est pas un nom composé.

→ Corrigés p. 182

2 Synonymes, antonymes, homonymes et paronymes

1 Les synonymes

- Les synonymes sont des mots de sens très voisins.

  Beau est le synonyme de joli.

- **Un même mot peut avoir des synonymes différents** suivant le sens qu'il a dans la phrase.

  Grand a comme synonyme :
  - long dans *un grand fleuve ;*
  - important dans *un grand roman ;*
  - haut dans *un grand arbre.*

> **Évitez d'employer les verbes *faire, donner* ou *avoir*. Préférez des verbes synonymes.**
> Faire un travail → effectuer ou exécuter un travail
> Donner un rendez-vous → fixer un rendez-vous
> Avoir une impression → ressentir une impression

- Un synonyme appartient à la **même catégorie grammaticale** que le mot qu'il remplace.

  Mépris (nom commun) est un synonyme d'indifférence (nom commun).

  Méprisant (adjectif qualificatif) est un synonyme d'indifférent (adjectif qualificatif).

2 Les antonymes

- Les antonymes sont des mots dont les sens sont opposés.

  Laid est l'antonyme de beau.

- Tous les mots n'ont pas d'antonyme.

  Bleu, vert n'ont pas d'antonymes.

- Un même mot peut avoir des **antonymes différents** suivant son emploi dans la phrase.

  Libre a comme antonyme :
  - réservé dans *une place libre ;*
  - prisonnier dans *un homme libre ;*
  - interdit dans *un accès libre.*

- Les antonymes sont :
  - des mots différents → Haut est l'antonyme de bas.
  - des mots de même radical avec des préfixes de sens opposés.
    → Maladroit est l'antonyme d'adroit.

3 Les homonymes

- Les homonymes sont des mots qui se prononcent et / ou s'écrivent de la même façon mais qui ont des sens tout à fait différents.

  Vert (couleur), vers (poésie) et ver (de terre) sont des homonymes.

- Les homonymes peuvent être de même nature grammaticale ou avoir des natures grammaticales différentes.

  Vert est un adjectif qualificatif.

  Vers est un nom commun ou une préposition.

  Ver est un nom commun.

- Les **homophones** sont des mots qui ont seulement la même prononciation. **Les homographes** sont des mots qui ont à la fois la même prononciation et la même orthographe.

  Vert et vers sont des homophones.

  Le vers dans un poème et la préposition vers (vers la mer) sont des homographes.

4 Les paronymes

- Les paronymes sont des mots qui se ressemblent beaucoup, sans toutefois être des homonymes. Ils ont des sens différents.

  Allusion et illusion sont des paronymes.

- Les paronymes sont **souvent de même nature grammaticale.**

  Incident et accident sont des noms communs.

Testez-vous !

Cochez les réponses correctes.

1. *Une personne sauvage* a comme synonyme :

a. ☐ une personne primitive.
b. ☐ une personne farouche.

2. *Nourrisson* et *âgé*

a. ☐ sont des antonymes.
b. ☐ ne sont pas des antonymes.

3. On dit :

a. ☐ étancher la soif.
b. ☐ épancher la soif.

→ Corrigés p. 182

3 Famille de mots, champ sémantique et champ lexical

1 Les familles de mots

- Une famille de mots est composée de tous les mots qui ont le même radical.

  drap, drapeau, drapier, draperie, draper et porte-drapeau appartiennent à la même famille de mots.

- Un mot peut avoir un **radical latin** et un **radical grec**.

  Peau a un radical latin : *pellis*, et un radical grec : *dermatos*.

  Les mots de la famille de *peau :*

Mots issus du radical latin	Mots issus du radical grec
peau, oripeau, peau-rouge, pelisse, dépiauter, pellicule, peaufiner, pelade, pieu, pioncer	*derme, dermatologie, dermatologue, dermatose*

2 Le champ sémantique d'un mot

- Le champ sémantique est l'ensemble des sens que peut prendre un même mot. Ces différents sens sont donnés par l'article du dictionnaire.

  Un capuchon est un bonnet fixé à un vêtement, pouvant se rabattre sur la tête ; c'est aussi le bouchon d'un tube, d'un stylo.

> Il ne faut pas confondre les homographes (voir p. 169) et le champ sémantique d'un mot. *La vase* (mélange de terre et d'eau) et *le vase* (récipient) ne font pas partie du même champ sémantique puisque ce sont deux mots différents.

- Un mot peut avoir **un sens propre**, c'est-à-dire une signification concrète, et **un sens figuré**, qui est une signification imagée.

  La source d'un fleuve (sens propre).

  Une source d'inspiration (sens figuré).

3 Le champ lexical

- Dans un texte, un champ lexical est l'ensemble des mots qui se rapportent au même thème, à la même idée.

Plusieurs champs lexicaux peuvent se combiner dans un texte.

> « Hermann frémit. L'extraordinaire histoire des <u>trois cartes</u> lui revint en mémoire. Il se mit à arpenter le trottoir, songeant à la comtesse et à son étonnant sortilège. Il était tard lorsqu'il regagna son galetas ; il mit longtemps à trouver le sommeil. Enfin vaincu par la fatigue, il rêva de <u>cartes</u>, <u>de tapis vert</u>, **de liasses de billets et de monceaux d'or**. Il <u>misait</u> coup sur coup, cornait résolument les cartes, <u>**gagnait**</u> sans discontinuer, attirait à lui **les tas d'or** et empochait **les billets**. »
>
> Alexandre Pouchkine, *La Dame de pique*, © Le Livre de poche, 1989.

→ Deux champs lexicaux sont entrelacés dans ce texte : celui du jeu (souligné) et celui de l'argent (en gras), ce qui montre que, pour Hermann, officier pauvre (*galetas*), l'attrait du jeu est indissolublement lié à l'appât du gain. Le verbe *gagnait* renvoie aux deux champs lexicaux à la fois.

- Un champ lexical est composé de mots de natures grammaticales différentes. Le champ lexical du jeu dans l'exemple ci-dessus comporte deux noms communs : *cartes* et *tapis*, et deux verbes : *misait* et *gagnait*.

Testez-vous !

Cochez les phrases correctes.

1. *Innommable* et *innombrable*
- **a.** ☐ font partie de la même famille de mots.
- **b.** ☐ ne font pas partie de la même famille de mots.

2. *Hippopotame* et *chevalier*
- **a.** ☐ font partie de la même famille de mots.
- **b.** ☐ ne font pas partie de la même famille de mots.

3. *Il dort comme un loir* est une expression employée
- **a.** ☐ au sens propre.
- **b.** ☐ au sens figuré.

→ Corrigés p. 182

4 Les niveaux de langue

1 Le niveau courant

• Le niveau courant est le niveau de langue employé à l'écrit et à l'oral par la majorité des personnes.

> « [...] Un jour vers midi du côté du parc Monceau sur la plate-forme arrière d'un autobus à peu près complet de la ligne S (aujourd'hui 84), j'aperçus un personnage au cou fort long qui portait un feutre mou entouré d'un galon tressé au lieu de ruban. Cet individu interpella tout à coup son voisin en prétendant que celui-ci faisait exprès de lui marcher sur les pieds chaque fois qu'il montait ou descendait des voyageurs. [...] »
>
> Raymond Queneau, *Exercices de style*, « Récit », © Gallimard, 1947.

• Ce niveau de langue se caractérise par :
- des mots compris par tout le monde, sans recherche particulière ;
- des phrases correctes d'un point de vue grammatical ;
- la prononciation de toutes les syllabes.

C'est le niveau de langue qui est attendu lorsque vous écrivez des rédactions ou lorsque vous parlez à un professeur.

2 Le niveau familier

• C'est le niveau qui correspond au langage oral spontané.

> « [...] Moi je comprends ça : un type qui s'acharne à vous marcher sur les pingots, ça vous fout en rogne. Mais après avoir protesté, aller s'asseoir comme un péteux, moi, je comprends pas ça. Moi j'ai vu ça l'autre jour sur la plate-forme arrière d'un autobus S. Moi je lui trouvais le cou un peu long à ce jeune homme et aussi bien rigolote cette espèce de tresse qu'il avait autour de son chapeau. Moi jamais j'oserais me promener avec un couvre-chef pareil. Mais c'est comme je vous le dis, après avoir gueulé contre un autre voyageur qui lui marchait sur les pieds, ce type est allé s'asseoir sans plus. [...] »
>
> Raymond Queneau, *Exercices de style*, « Moi je », © Gallimard, 1947.

• Ce niveau se caractérise par :
- un vocabulaire particulier, souvent argotique : *pingots* pour *pieds*, *gueuler* au lieu de *crier*, *rigolote* pour *drôle ;*
- des phrases ou des tournures incorrectes : *je comprends pas ça*, *moi jamais j'oserais* où la particule de négation *ne* est supprimée ;
- une prononciation qui ne respecte pas toutes les syllabes : *j'voudrais bien* par exemple.

3 Le niveau soutenu

• C'est le niveau de la langue écrite littéraire ou de la langue orale où celui qui parle veille à s'exprimer particulièrement bien.

> « […] J'ai l'honneur de vous informer des faits suivants dont j'ai pu être le témoin aussi impartial qu'horrifié.
>
> Ce jour même, aux environs de midi, je me trouvais sur la plate-forme d'un autobus qui remontait la rue de Courcelles en direction de la place Champerret. Ledit autobus était complet, plus que complet même, oserais-je dire, car le receveur avait pris en surcharge plusieurs impétrants, sans raison valable et mû par une bonté d'âme exagérée qui le faisait passer outre aux règlements et qui, par suite, frisait l'indulgence. À chaque arrêt, les allées et venues des voyageurs descendants et montants ne manquaient pas de provoquer une certaine bousculade qui incita l'un de ces voyageurs à protester, mais non sans timidité. […] »
>
> Raymond Queneau, *Exercices de style*, « Lettre offcielle », © Gallimard, 1947.

• Ce niveau se caractérise par :

– un vocabulaire recherché : *impétrants* pour *voyageurs supplémentaires*, *mû* au lieu de *poussé ;*

– des phrases complexes, parfaitement correctes : *oserais-je dire* en proposition incise, par exemple ;

– une prononciation qui respecte toutes les syllabes.

Testez-vous !

Cochez les réponses correctes.

1. Le niveau familier

a. ☐ est utilisé uniquement à l'oral.
b. ☐ peut se trouver dans certains livres.

2. « *T'es pas cap'* » donne en langage courant :

a. ☐ Tu n'es pas capable de…
b. ☐ Tu es pas capable de…

3. Quelle phrase est dans un niveau de langue soutenu ?

a. ☐ J'aurais voulu qu'il apprenne.
b. ☐ J'aurais voulu qu'il apprît.

→ Corrigés p. 182

5 Les figures de style

1 La comparaison

• La comparaison sert à rapprocher deux êtres ou deux objets par un point qui leur est commun.

Il ment comme il respire. → Le fait de mentir et le fait de respirer sont rapprochés pour insister sur la fréquence de ces deux actions.

• Le rapprochement des deux termes se fait par un **outil de comparaison**, pour insister sur la ressemblance qui les unit.

Élodie est gaie comme un pinson. → Élodie est comparée à un pinson à cause de sa gaieté. L'outil de comparaison est *comme*.

• **L'outil de comparaison** peut être :
- une préposition : *comme ;*
- un groupe adjectival : *pareil à, semblable à ;*
- un verbe : *ressembler, avoir l'air ;*
- un comparatif d'infériorité, d'égalité, de supériorité (voir p. 138) : *moins … que, aussi … que, plus … que.*

2 La métaphore

• La métaphore établit une relation de ressemblance entre deux êtres ou deux objets, sans outil de comparaison.

Sophie est bavarde comme une pie → comparaison.

Sophie est une véritable pie → métaphore.

• Lorsque plusieurs métaphores sur un même thème se succèdent dans un texte, c'est une **métaphore filée.**

« Les astres émaillaient le ciel profond et sombre ;
Le croissant fin et clair parmi ces fleurs de l'ombre
Brillait à l'occident, et Ruth se demandait […]
Immobile, ouvrant l'œil à moitié sous ses voiles
Quel dieu, quel moissonneur de l'éternel été
Avait, en s'en allant, négligemment jeté
Cette faucille d'or dans le champ des étoiles. »

Victor Hugo, *La Légende des siècles*, « Booz endormi », 1859-1883.

Connaître les différentes figures de style

→ La métaphore du ciel comme champ se développe dans différentes métaphores (souligné).

3 La personnification

- La personnification consiste à donner à un objet ou une idée des caractéristiques humaines.

L'homme y passe à travers des forêts de symboles.

Qui l'observent avec des regards familiers.

→ Les symboles sont personnifiés puisqu'ils voient (*observent* et *regards familiers*).

4 Autres figures

- **La répétition** (ou **anaphore**) reprend un même mot ou une même expression à la même position à l'intérieur d'une phrase ou dans une suite de phrases.

Mon bras qu'avec respect toute l'Espagne admire
Mon bras qui **tant de fois** a sauvé cet empire
Tant de fois affermi le trône de son roi
Trahit donc ma querelle et ne fait rien pour moi ?

Corneille, *Le Cid*, acte I, scène 4, 1637.

- **L'antithèse** est l'opposition de deux mots ou deux expressions pour souligner un contraste.

Une atmosphère obscure enveloppe la ville,
Aux uns portant **la paix**, aux autres **le souci**.

Charles Baudelaire, *Les Fleurs du mal*, 1868.

- **L'hyperbole** est une figure de style qui consiste à choisir des mots exagérés par rapport à ce qui est évoqué. Verser des torrents de larmes.

Testez-vous !

Cochez les réponses correctes.

1. *Ce nuage ressemble à un bateau* est :
   a. ☐ une métaphore.
   b. ☐ une comparaison.
2. *La mort, cette grande faucheuse…* est :
   a. ☐ une métaphore.
   b. ☐ une personnification.
3. *Ce n'est pas un nez ! C'est une péninsule.*
   a. ☐ antithèse.
   b. ☐ hyperbole.

→ Corrigés p. 183

6 La versification

1 Les vers

- Un vers se caractérise par le nombre de syllabes qu'il comporte. Les vers les plus courants sont :

– les hexasyllabes (6 syllabes) ;

« Comme la vie est lente » (Guillaume Apollinaire).

– les octosyllabes (8 syllabes) ;

« Nous fuirons sans repos ni trêve
Vers le paradis de mes rêves ! » (Charles Baudelaire).

Connaître la versification

– les décasyllabes (10 syllabes) ;

« Au calme clair de lune triste et beau
Qui fait rêver les oiseaux dans les arbres » (Paul Verlaine).

– les alexandrins (12 syllabes).

« Étonnants voyageurs ! quelles nobles histoires
Nous lisons dans vos yeux profonds comme les mers ! » (Charles Baudelaire).

- **Pour compter les syllabes**, il faut faire attention aux « e » muets : un « e » suivi d'une voyelle ou situé à la fin d'un vers est muet.

La / dou / c(e) en / fant / sou / rit / ne / fai /sant / au / tre / chos(e)
1 2 3 4 5 6 7 8 9 10 11 12
Que / de / vi / vr(e) et / d'a / voir / dans / la / main / u /ne / ros(e) (Victor Hugo).
1 2 3 4 5 6 7 8 9 10 11 12

2 Les rythmes

- Un poème est souvent organisé en **strophes**, ensembles de vers séparés par des blancs. Les strophes les plus courantes sont les quatrains (4 vers), les tercets (3 vers) et les distiques (2 vers). **Un sonnet** se compose de deux quatrains suivis de deux tercets.

Lorsque la fin du vers ne correspond pas avec la fin d'un groupe syntaxique, il y a un enjambement, qui met en relief le mot qui se trouve au vers suivant.
Un pauvre homme passait dans le givre et le vent. / Je cognai sur ma vitre ; il s'arrêta **devant / Ma porte**, que j'ouvris d'une façon civile.
→ L'enjambement sépare la préposition devant du complément Ma porte.

- À l'intérieur d'un vers, le rythme est marqué par **des pauses**, parfois soulignées par la ponctuation (virgule ou point).

Le Loup reprit : Que me faudra-t-il faire ? (Jean de La Fontaine).
4 syllabes / 6 syllabes

L'alexandrin possède en général une pause forte après la sixième syllabe : on l'appelle **la césure** et elle sépare le vers en **deux hémistiches**.

« Le dessein en est pris : je pars cher Théramène » (Jean Racine).

6 syl. (1er hémistiche) / 6 syl. (2e hémistiche)

3 Les sonorités

- Les poètes choisissent les mots pour leurs sens mais aussi pour leurs sonorités. Ils créent ainsi des effets d'écho dans les vers. On distingue :

– **les allitérations** qui sont des répétitions de consonnes ;

« Doucement tu passas du sommeil à la mort » (Renée Vivien). → allitération en « s ».

– **les assonances** qui sont des répétitions de voyelles.

« Je fais souvent ce rêve étrange et pénétrant » (Paul Verlaine) → assonance en « an ».

- Les **rimes** marquent des répétitions de sonorités à la fin des vers. On distingue :

– les rimes suivies ou plates (AA BB) ;

Quoi, le beau nom de fille est un titre, ma sœur, / Dont vous voulez quitter la charmante douceur ? / Et de vous marier vous osez faire fête ? / Ce vulgaire dessein vous peut monter en tête ? » (Molière).

– les rimes croisées (AB AB) ;

« Souvent sur la montagne, à l'ombre du vieux chêne, / Au coucher du soleil je m'assieds ; / Je promène au hasard mes regards sur la plaine, / Dont le tableau changeant se déroule à mes pieds » (Alphonse de Lamartine).

– les rimes embrassées (AB BA).

« Dures grenades entr'ouvertes / Cédant à l'excès de vos grains, / Je crois voir des fronts souverains / Éclatés de leurs découvertes » (Paul Valéry).

- La poésie fait souvent alterner les **rimes féminines** (avec un « e » muet) et les **rimes masculines.**

Testez-vous !

Cochez les réponses correctes.

1. « *Deux pigeons s'aimaient d'amour tendre* » (Jean de La Fontaine).

a. ☐ C'est un octosyllabe.

b. ☐ C'est un décasyllabe.

2. « *Vaste océan de l'être où tout va s'engloutir* » (Alphonse de Lamartine)

a. ☐ comporte un « e » muet.

b. ☐ comporte deux « e » muets.

3. « *L'ombre cache un passeur d'absences embaumées* » (Joë Bousquet)

a. ☐ comporte une allitération en « s ».

b. ☐ comporte une assonance en « s ».

→ Corrigés p. 183

Vérification des connaissances

1 En vous appuyant sur la composition des mots et sur leurs sens, trouvez l'intrus dans chaque série et précisez à quelle famille appartiennent tous les autres mots.

1. Affaire – malfaiteur – fainéant – faisan – bienfait – faisable.

2. Concourir – course – secours – corsaire – courrier – couronne.

3. Cachalot – cachette – cache-nez – cachottier – cachot – cacheter.

4. Remontoir – monture – monument – montage – monte-charge – démonter.

2 Reconstituez quatre séries de synonymes à partir de la liste suivante.

Meurtrier – frisette – coupure – boucle – maître – division – tueur – accroche-cœur – souverain – seigneur – partage – assassin – anglaise – séparation – criminel – dirigeant.

3 Classez les mots suivants en fonction du registre de langue auquel ils appartiennent.

Labeur – gazette – salaire – tâche – tune – travail – canard – appointements – émoluments – feuille de chou – boulot – journal.

4 Nommez les images en cochant la bonne réponse.

1. Ma sœur est très myope. <u>C'est une vraie taupe</u>.

☐ comparaison ☐ métaphore

2. « Ses yeux bleus si vivaces prirent des teintes ternes et gris de fer ; ils avaient pâli, ne larmoyaient plus, et leur bordure rouge <u>semblait pleurer du sang</u>. » (Balzac)

☐ comparaison ☐ métaphore

3. « Le soleil <u>des vivants</u> n'échauffe plus <u>les morts</u>. » (Lamartine)

☐ hyperbole ☐ antithèse

4. Il est <u>mort de soif</u>.

☐ hyperbole ☐ antithèse

5 Lisez cette strophe et choisissez les bonnes réponses.

« Elle était déchaussée, elle était décoiffée,
Assise, les pieds nus, parmi les joncs penchants ;
Moi, qui passais par là, je crus voir une fée,
Et je lui dis : Veux-tu t'en venir dans les champs ? […] »

Victor Hugo, *Les Contemplations*, « Autrefois », I, 21.

a) Cette strophe est un quatrain / un tercet.

b) Les vers sont des décasyllabes / des alexandrins.

c) Les rimes sont croisées / embrassées.

Exercices d'entraînement

6 Le mot *pied* a trois radicaux :
– un radical latin : *pes, pedis*
– un radical grec : *pous, podos*
– un radical germanique : *fotu*

Classez les mots suivants en fonction de leur origine et donnez pour chacun d'eux une définition rapide.

Bipède – podium – antipode – répudier – football – pieuvre – appuyer – trépied.

7 Quels sont les deux champs lexicaux de ce texte ? Relevez les mots qui les composent.

Et on voyait d'autres navires, coiffés aussi de fumée, accourant de tous les points de l'horizon vers la jetée courte et blanche qui les avalait comme une bouche, l'un après l'autre. Et les barques de pêche et les grands voiliers aux mâtures légères glissant sur le ciel, traînés par d'imperceptibles remorqueurs, arrivaient tous, vite ou lentement, vers cet ogre dévorant, qui, de temps en temps, semblait repu, et rejetait vers la pleine mer une autre flotte de paquebots, de bricks, de goélettes, de trois-mâts chargés de ramures emmêlées.

Guy de Maupassant, *Pierre* et *Jean*, 1887.

8 Relevez les termes qui font de l'alambic un être vivant.

Comment s'appelle cette figure de style ?

L'alambic, avec ses récipients de forme étrange, ses enroulements sans fin de tuyaux, gardait une mine sombre ; pas une fumée ne s'échappait ; à peine entendait-on un souffle intérieur, un ronflement souterrain ; c'était comme une besogne de nuit faite en plein jour, par un travailleur morne, puissant et muet.

Émile Zola, *L'Assommoir*, 1877.

9 Voici la première strophe d'un poème de Guillaume Apollinaire.

a) Comment s'appelle ce type de strophe ?

b) Faites le décompte des syllabes des quatre vers. Combien le premier vers compte-t-il de *e* muets ? Que remarquez-vous au vers 2 ? Comment s'appellent les vers ?

c) Commentez le système des rimes.

« Tendres yeux éclatés de l'amante infidèle
Obus mystérieux
Si tu savais le nom du beau cheval de selle
Qui semble avoir tes yeux » [...]

Guillaume Apollinaire, « Tendres yeux éclatés de l'amante infidèle »
in *Poèmes à Lou*, © Gallimard, 1956.

10 Comment appelle-t-on les figures de style soulignées dans les phrases ci-dessous ?

Je marche dans la chaleur. J'essaie de mémoriser le goût fade, puissant, de cette terre retournée, la masse violette des pitons, la végétation qui les grignote <u>comme une barbe</u>, le souffle parfumé du vent. Un théâtre. Un théâtre naturel en pente, déroulé et ouvert jusqu'à l'ourlet du Pacifique qui souffle, <u>monstre apprivoisé léchant</u> la lave des volcans éteints.

Jean-Luc Coatalem, *Je suis dans les mers du Sud. Sur les traces de Paul Gauguin*, © Grasset, 2001.

Vers le brevet

11 a) Relevez six mots appartenant au même champ lexical. Nommez ce champ.

b) « inaudibles ». Décomposez ce mot et expliquez-le. Trouvez deux mots de la même famille.

c) « Lacérant la nuit de ses foudres colériques » : donnez un synonyme au mot « lacérant » appartenant à la même classe grammaticale.

Deux cousines ont décidé de passer la nuit sous la tente.

Troublées par l'insolite atmosphère mais heureuses de notre sort, nous devisions à voix basse sous la toile, quand un grand vent se leva tout à coup, poussant le ciel à déverser sur nous ses torrents de larmes.

Les rafales secouèrent notre abri fragile martelé par la pluie, dans un grondement sourd et continu qui rendait nos paroles parfaitement inaudibles.

L'orage tournait, lacérant la nuit de ses foudres colériques.

Marie Billet, *Cruelle douceur*, © Éditions Elytis, 2002.

12 **a) « Mis en émoi » : quel est le sens de l'expression « mettre en émoi » ? Donnez deux mots de la famille de « émoi ».**

b) « Qui s'amène » : à quel registre de langue appartient ce verbe ? Proposez un verbe de même sens mais d'un autre registre de langue.

c) « une heure indue » : quel est le sens de cette expression ? Pour vous aider, décomposez le mot « indue ».

Ces paisibles campagnards bâlois furent tout à coup mis en émoi par l'arrivée d'un étranger. Même en plein jour, un étranger est quelque chose de rare dans ce petit village de Rüneberg ; mais que dire d'un étranger qui s'amène à une heure indue, le soir, si tard, juste avant le coucher du soleil ?

Blaise Cendrars, *L'Or*, © Denoël, 1925.

13 **a) Relevez les répétitions de mots dans la première strophe. Quel effet produisent-elles sur le lecteur ?**

b) Quelle figure de style reconnaissez-vous au vers 4 ? À quoi sert-elle ?

Clair de lune

On tangue on tangue sur le bateau
La lune la lune fait des cercles dans l'eau
Dans le ciel c'est le mât qui fait des cercles
Et désigne toutes les étoiles du doigt

Blaise Cendrars, *Feuilles de route*, © Denoël, 1924.

Testez-vous !

p. 167

1. a. *École* est composé uniquement d'un radical.

2. a. Une *amourette* est un amour sans importance. Le suffixe est donc un diminutif.

3. b. *Le fils du propriétaire* ne forme pas une expression toute faite. Ce n'est donc pas un nom composé.

p. 169

1. b. *Farouche* est dans cette expression le synonyme de *sauvage.*

2. b. Ce ne sont pas des antonymes car *nourrisson* est un nom et *âgé* est un adjectif.

> **Remarque**
> L'antonyme de *nourrisson* est un nom commun, *vieillard.*

3. a. *Épancher* et *étancher* sont des paronymes. Le premier signifie *ouvrir*, dans l'expression *épancher son cœur. Étancher* veut dire *assouvir*, dans *étancher sa soif.*

p. 171

1. b. *Innombrable* est de la famille de *nombre ; innommable* est de la famille de *nom.*

2. a. *Hippopotame* vient du radical grec *hippos ; chevalier* vient du radical latin *caballus.*

3. b. L'expression est employée au sens figuré pour désigner un sommeil très profond.

p. 173

1. b. Le niveau de langue familier se trouve dans certains livres, dans les dialogues en particulier.

2. a. On remarque que la langue familière coupe certaines syllabes et n'emploie pas la particule de négation *ne.*

3. b. L'emploi de l'imparfait du subjonctif est caractéristique d'un niveau de langue soutenu.

> **Rappel**
> À la 3e personne du singulier, l'imparfait du subjonctif se distingue du passé simple par l'accent circonflexe.

p. 175

1. b. Le verbe *ressemble* est l'outil de comparaison.

2. b. La faucheuse est une personnification traditionnelle de la mort, qui coupe les vies.

3. b. Le mot *péninsule* est une exagération pour désigner le nez de Cyrano, fût-il très long.

Piège à éviter

Le *e* final est muet et ne compte pas comme syllabe.

p. 177

1. a. « Deux / pi/geons / s'ai / maient / d'a / mour / tendr(**e**) »
1 2 3 4 5 6 7 8

2. b. « Vast(**e**) océan de l'êtr(**e**) où tout va s'engloutir »

3. a. Allitération.

Rappel

L'assonance est une répétition de voyelles et non de consonnes, comme dans ce vers.

Vérification des connaissances (énoncés p. 178)

1

1. Faisan est l'intrus car tous les autres mots appartiennent à la famille de *faire*.

2. Couronne est l'intrus car tous les autres mots appartiennent à la famille de *courir*.

3. Cachalot est l'intrus car tous les autres mots appartiennent à la famille de *cacher*.

4. Monument est l'intrus car tous les autres mots appartiennent à la famille de *monter*.

2

Première série de synonymes : meurtrier – tueur – assassin – criminel.
Deuxième série de synonymes : frisette – boucle – accroche-cœur – anglaise.
Troisième série de synonymes : coupure – division – partage – séparation.
Quatrième série de synonymes : maître – souverain – seigneur – dirigeant.

3

Niveau familier : tune – canard – feuille de chou – boulot.

Niveau courant : salaire – tâche – travail – journal.

Niveau soutenu : labeur – gazette – appointements – émoluments.

4

1. Métaphore.

2. Comparaison.

3. Antithèse.

4. Hyperbole.

Piège à éviter

Les comparaisons ne commencent pas toutes par *comme*. Les verbes *sembler*, *avoir l'air* sont aussi des outils de comparaison.

5 **a)** Cette strophe est **un quatrain.**

b) Les vers sont **des alexandrins.**

c) Les rimes sont **croisées.**

Exercices d'entraînement (énoncés p. 179)

6 **Mots issus du radical latin *pes, pedis* :** bipède – répudier – trépied.

Mots issus du radical grec : *pous, podos* : podium – antipode – pieuvre – appuyer.

Mot issu du radical germanique *fotu* : football.

7 Le texte présente deux champs lexicaux :

– celui de la marine (souligné)

– celui de l'ogre (en gras)

Et on voyait d'autres <u>navires</u>, coiffés aussi de fumée, accourant de tous les points de l'horizon vers la <u>jetée</u> courte et blanche qui les **avalait** comme une **bouche**, l'un après l'autre. Et les <u>barques de pêche</u> et les <u>grands voiliers</u> aux <u>mâtures</u> légères glissant sur le ciel, traînés par d'imperceptibles <u>remorqueurs</u>, arrivaient tous, vite ou lentement, vers **cet ogre dévorant**, qui, de temps en temps, semblait **repu**, et **rejetait** vers la pleine mer une autre flotte de <u>paquebots, de bricks, de goélettes, de trois-mâts</u> chargés de <u>ramures</u> emmêlées.

> **Gagnez des points !**
> Quand on vous demande de relever un champ lexical dans un texte, soyez précis et choisissez uniquement les mots qui se rapportent à ce champ.

8 L'alambic est personnifié.

L'alambic, avec ses récipients de forme étrange, ses enroulements sans fin de tuyaux, gardait <u>une mine sombre</u> ; pas une fumée ne s'échappait ; à peine entendait-on <u>un souffle intérieur, un ronflement souterrain</u> ; c'était comme une besogne de nuit faite en plein jour, <u>par un travailleur morne, puissant et muet</u>.

9 **a)** La strophe comporte quatre vers. C'est un **quatrain.**

b) La strophe se compose d'une alternance d'**alexandrins** et d'**hexamètres.** Le premier vers comporte **deux *e* muets**, l'un placé avant une voyelle, l'autre en fin de vers. La **diérèse** du vers 2 sur *mystérieux* est nécessaire pour obtenir six syllabes.

> **Piège à éviter**
> Attention au décompte des syllabes. Les poètes allongent parfois le son par une **diérèse** qui permet de séparer deux sons habituellement groupés.

c) Les rimes sont **croisées** avec une alternance de rimes féminines et masculines.

> **Remarque**
> Parler d'un monstre pour désigner la mer est une image traditionnelle en littérature. C'est un **topos** ou **lieu commun**.

10 *Comme une barbe* est une **comparaison** : les herbes ressemblent à de longs poils de barbe sur les pitons.

Monstre apprivoisé léchant est une **métaphore**.

Vers le brevet (énoncés p. 180)

11 **a)** Six mot appartenant au même champ lexical : *un grand vent, ses torrents, les rafales, un grondement sourd et continu, l'orage, ses foudres colériques*. Il s'agit du **champ lexical de l'orage**.

b) Le mot *inaudible* est composé du **radical *aud***, qui signifie *entendre*. Ce radical est précédé du **préfixe privatif *-in*** et suivi du **suffixe – *ible***. Il signifie donc : « que l'on ne peut pas entendre ». Mots de la même famille : *audible, audition, auditif*.

> **Gagnez des points !**
> Essayez de préciser le sens des préfixes et des suffixes. Consultez la 2e colonne des tableaux p. 166-167.

c) On peut remplacer *lacérant* par ***déchirant.***

12 **a)** *Mettre en émoi* signifie « troubler ». *Émotion, émotif, émouvoir* sont des mots de la même famille.

b) *Qui s'amène* appartient à un niveau de langue familier. *Qui arrive* est l'expression correspondante en langage courant ; *qui survient* appartient à un niveau plus soutenu.

c) *Indue* est formé du préfixe *in-*, préfixe négatif, et du radical *due*, qui vient du verbe *devoir*. *Indue* signifie donc « qui va à l'encontre des bonnes manières ». *Une heure indue* est donc « une heure qui ne convient pas ».

13 **a)** La première strophe présente deux répétitions au début des vers 1 et 2 : « *On tangue on tangue* » et « *La lune la lune* ». Le lecteur est ainsi emporté dans un balancement.

b) L'expression « *désigne… du doigt* » est d'ordinaire utilisé pour des personnes. Or, dans ce poème, elle s'applique au mât du navire. Il s'agit donc d'une personnification qui fait du bateau un personnage, au même titre que les voyageurs.

CHAPITRE

11 L'interprétation d'un texte

1 Les genres littéraires

• **Le roman** est le genre littéraire qui comporte le plus d'œuvres. Il se divise en différents sous-genres : romans d'aventures, policiers, d'amour, d'apprentissage, de science-fiction, etc.

Le roman est une œuvre qui raconte une histoire fictive (c'est-à-dire inventée) en prose. Il comporte :
- un narrateur ;
- une histoire ou une intrigue qui se développe en différentes péripéties ;
- des personnages qui souvent évoluent.

• **La nouvelle** est un récit bref qui se caractérise par :
- des personnages peu nombreux ;
- une intrigue simple qui se conclut souvent par une chute.

On distingue les nouvelles réalistes, fantastiques, de science-fiction, etc.

• **Le conte** est proche de la nouvelle par sa brièveté. Toutefois, il s'en distingue par les éléments merveilleux qui interviennent : fées, dragons, objets magiques, pouvoirs magiques. De plus, les contes se déroulent dans une époque non précisée (« Il était une fois… »).

• **La lettre** est un genre littéraire qui se caractérise par :
- la présence de celui qui écrit (1re personne du singulier, signature) ;
- un destinataire clairement désigné (formule d'appel en haut de la lettre) ;
- l'indication de la date et du lieu où se trouve l'expéditeur.

• **L'essai** est un genre non narratif qui développe des idées, explique une situation. En général, il ne comporte pas de personnages. Il existe des essais scientifiques, politiques, littéraires. Les **biographies** sont classées dans cette catégorie.

• **L'autobiographie** est une œuvre où l'auteur raconte sa propre vie. L'auteur est donc à la fois le narrateur et le personnage principal de son œuvre. Dans une autobiographie :

– la narration est faite à la 1re personne du singulier ;
– les événements racontés correspondent à ce que l'auteur a vécu ;
– l'auteur s'engage à dire la vérité sur sa vie dans un pacte conclut avec le lecteur.

• **Le théâtre** est un genre littéraire qui se subdivise en différentes catégories : tragédies, comédies, drames, etc. Le texte est fait pour être joué sur scène. Il se compose :

– de paroles ou répliques prononcées par les personnages en discours direct ;

Connaître le vocabulaire du théâtre

– d'indications scéniques, ou **didascalies**, destinées aux acteurs, au metteur en scène : décor, noms des personnages, intonation, mouvement sur la scène, etc.

Les pièces sont souvent divisées en trois ou cinq actes, eux-mêmes divisés en scènes correspondant aux entrées ou aux sorties de personnages.

• **La poésie** est le genre littéraire le plus ancien. Elle se caractérise par une approche différente du monde et du langage. La poésie classique se distingue par :

– une écriture en vers (voir p. 176) ;
– une disposition en strophes (voir p. 176) ;
– des jeux sur les sonorités, en particulier en fin de vers (voir p. 177) ;
– une grande variété de figures de style (voir p. 174).

La poésie depuis la fin du XIXe siècle s'est libérée de ces contraintes ; souvent, elle est en vers libres, parfois en prose, non ponctuée, sans rimes.

Distinguer genre et registre

Testez-vous !

Cochez les réponses correctes.

1. *Les Mémoires d'une femme de chambre* d'Octave Mirbeau est :
a. ☐ un roman.
b. ☐ une autobiographie.

2. *Les Chroniques martiennes* de Ray Bradbury est :
a. ☐ un conte.
b. ☐ un roman de science-fiction.

3. « *Une chambre à coucher. La nuit. Une lampe sur la table.* » est :
a. ☐ une didascalie.
b. ☐ le début d'un roman.

→ Corrigés p. 195

2 La situation d'énonciation

1 Définition

- L'énonciation est le fait de produire un message oralement ou par écrit. Pour analyser une situation d'énonciation, il faut savoir :

– qui parle (l'énonciateur) ;
– à qui s'adresse le message (le destinataire) ;
– où se situe celui qui parle ;
– quand il émet son message.

- On distingue deux types de messages :

– ceux où la situation d'énonciation est clairement définie ;
– ceux où la situation d'énonciation n'est pas connue.

2 Les messages où la situation d'énonciation est indiquée

Caractéristiques	Ce qu'il faut repérer
L'énonciateur se désigne lui-même.	– Les pronoms personnels de la 1re personne : *je, me, moi, nous.* – Les déterminants possessifs : *mon, ma, mes, notre, nos.* – Les pronoms possessifs : *le mien, le nôtre…*
Le destinataire est identifié.	– Les pronoms personnels de la 2e personne : *tu, te, toi, vous.* – Les déterminants possessifs : *ton, ta, tes, votre, vos.* – Les pronoms possessifs : *le tien, le vôtre…*
Le lieu où se trouve l'énonciateur est indiqué.	– Les adverbes de lieu : *ici, là, devant…* – Les groupes nominaux : *à ma droite…*
Le moment où l'énonciateur émet le message est indiqué.	– Les adverbes de temps : *aujourd'hui, hier, demain…* – Les groupes nominaux : *la semaine prochaine, l'an dernier…*

- **Le temps verbal qui domine** est le présent de l'indicatif qui correspond au moment où l'énonciateur émet son message. Le passé composé ou l'imparfait sont employés pour parler du passé, le futur pour l'avenir. Le passé simple et le passé antérieur ne sont jamais utilisés.

- La situation d'énonciation est donnée :

– à l'écrit, dans les lettres, les journaux intimes, etc. ;
– à l'oral, dans les dialogues, les conversations, etc.

3 Les messages où la situation d'énonciation n'est pas connue

Caractéristiques	Ce qu'il faut repérer
L'énonciateur ne se désigne pas.	– Les pronoms personnels de la 3e personne : *il, elle, ils, elles, le, la, les, lui, leur.* – Les déterminants possessifs : *son, sa, ses, leur, leurs.* – Les pronoms possessifs : *le sien, le leur…*
Le destinataire n'est pas identifié.	Il est impossible de repérer le destinataire.
Le lieu où se trouve l'énonciateur n'est pas indiqué.	Les indications de lieu se font en référence aux événements racontés et non par rapport à celui qui raconte : *à Bruxelles, dans cette rue…*
Le moment où l'énonciateur émet le message n'est pas précisé.	Les indications de temps sont coupées du moment où le message est émis : *en 2010, le 18 septembre, ce jour-là, la veille…*

- **Les temps verbaux les plus employés** sont le passé simple et l'imparfait. Pour les emplois du présent de narration, voir p. 67.
- La situation d'énonciation n'est pas connue dans la plupart des romans et des nouvelles.

Testez-vous !

Cochez les réponses correctes.

1. Le destinataire d'un texte est toujours désigné.
- **a.** ☐ Vrai
- **b.** ☐ Faux

2. *Je viendrai demain* ne peut être compris que si l'on connaît le moment de l'énonciation.
- **a.** ☐ Vrai
- **b.** ☐ Faux

3. *Il se leva à 7 h 15, comme tous les matins.*
- **a.** ☐ La situation d'énonciation est indiquée.
- **b.** ☐ La situation d'énonciation n'est pas précisée.

→ Corrigés p. 195

Savoir analyser un sujet de rédaction

LES RÉFLEXES À AVOIR

▶ Un texte appartient à un genre littéraire donné : roman, théâtre… Toutefois, à l'intérieur d'un texte, **différentes formes de discours** peuvent se combiner et il faut savoir les identifier. Ainsi, par exemple dans un roman, on trouve des passages narratifs mais aussi des descriptions, des dialogues argumentatifs.

▶ Le tableau suivant vous aide à repérer les formes de discours.

Forme de discours	Intention de celui qui écrit	Principales caractéristiques
Narratif	Raconter une histoire	– déroulement chronologique – des personnages – souvent passé simple et imparfait
Descriptif	Donner au lecteur une image d'un lieu, d'un personnage	– organisation dans l'espace – imparfait
Informatif	Transmettre des connaissances	– organisation logique *(d'abord, ensuite, enfin…)* – chiffres, faits – présent de l'indicatif
Explicatif	Faire comprendre	– organisation logique *(en effet, c'est pourquoi…)* – souvent présent de l'indicatif
Argumentatif	Convaincre	– organisation : idée, argument, exemple – engagement de l'énonciateur

LES PIÈGES À ÉVITER

▶ Ne confondez pas **vraisemblance** et **vérité**.

Lorsqu'on vous demande de raconter une expérience personnelle (voyage, situation particulière), vous pouvez inventer. Nul ne peut vérifier si ce que vous racontez vous est réellement arrivé.

En revanche, vous devez absolument respecter la vraisemblance. Ce que vous racontez aurait pu ou pourrait se dérouler dans votre vie quotidienne.

LES ASTUCES DU PROF

▶ **Les sujets de rédaction du brevet** vous demandent toujours de combiner différentes formes de discours ; repérez-les dans l'intitulé même.

Un jour, vous avez eu très peur. Racontez cette frayeur en insistant sur la ou les causes de cette peur, sur les émotions que vous avez ressenties et sur la réaction de votre entourage.

Formes de discours à combiner dans la rédaction :

– narratif : *racontez ;*
– informatif : *la ou les causes de cette peur ;*
– explicatif : *les émotions que vous avez ressenties ;*
– argumentatif : *les réactions de votre entourage* (qui va essayer de vous raisonner, par exemple).

EXEMPLE

▶ Savoir analyser un début de roman

À New York, il neige aujourd'hui et je regarde, par la fenêtre de mon appartement de la 59e rue, l'immeuble d'en face où se trouve l'école de danse que je dirige. Derrière la baie vitrée, les élèves en justaucorps ont cessé leurs pointes et leurs entrechats. Ma fille, qui travaille avec moi comme assistante, leur montre, pour les détendre, un pas sur une musique de jazz.

Modiano et Sempé, *Catherine Certitude*, © Gallimard, 1988.

- **À New York… 59e rue, l'immeuble d'en face où se trouve l'école de danse**

Le lieu de l'action est précisé.

- **il neige aujourd'hui**

L'action se déroule en hiver.

- **je, que je dirige, Ma fille, qui travaille avec moi comme assistante**

Le récit est fait à la 1re personne. La narratrice est directrice d'une école de danse et sa fille y donne des cours.

- **regarde, les élèves en justaucorps ont cessé leurs pointes et leurs entrechats**

La narratrice observe ce qui se passe lors d'une pause pendant une leçon de danse.

EXEMPLE

Trouver le plan d'une rédaction à partir d'un sujet

Selon l'auteur, la télévision ne présenterait qu'une apparence de la vie. Vous décidez d'envoyer un article à un journal où vous montrez qu'au contraire la télévision est ancrée dans la vie.

Vous raconterez ainsi un événement, choisi dans l'actualité locale ou internationale, que la télévision vous a permis de vivre et vous en décrirez avec précision une image particulièrement évocatrice.

Vous fournirez ensuite d'autres arguments qui montreront encore que la télévision est un moyen de participer réellement à la vie du monde.

- **la télévision est ancrée dans la vie**

Dans le 1er paragraphe, vous présenterez le sujet de l'article : la télévision fait vivre l'actualité.

- **raconterez ainsi un événement, vous en décrirez avec précision une image**

Le 2e paragraphe sera narratif (évocation d'un événement) et descriptif (une image qui vous a permis de vivre cet événement).

- **d'autres arguments qui montreront encore que la télévision est un moyen de participer réellement à la vie du monde**

Dans le 3e paragraphe, vous développerez une réflexion argumentée sur les avantages de la télévision.

Vérification des connaissances

1 Dites si les affirmations suivantes sont justes ou fausses, en choisissant la bonne réponse.

1. Molière a écrit *L'Avare* (vrai / faux) qui est un roman (vrai / faux).
2. Victor Hugo a écrit *Le Petit Chaperon rouge* (vrai / faux) qui est un conte (vrai / faux).
3. Alexandre Dumas a écrit *les Trois Mousquetaires* (vrai / faux) qui est un roman (vrai / faux).
4. Guy de Maupassant a écrit *L'Odyssée* (vrai / faux) dont le personnage principal s'appelle Ulysse (vrai / faux).

2 Pour chaque extrait, précisez si la situation d'énonciation est indiquée ou pas, en choisissant la bonne réponse.

1. Paris, le 2 janvier 2005.

Chère Jacqueline,

Je te présente tous mes vœux pour cette nouvelle année et espère te revoir bientôt. Je t'embrasse.

Cécile

☐ situation d'énonciation indiquée ☐ situation d'énonciation non précisée

2. « Il était une fois une petite fille de village, la plus jolie qu'on eût su voir ; sa mère en était folle, et sa mère-grand plus folle encore. »

Perrault, *Le Petit Chaperon rouge*.

☐ situation d'énonciation indiquée ☐ situation d'énonciation non précisée

Exercices d'entraînement

3 Trouvez l'intrus dans chacune des listes suivantes et expliquez votre réponse.

1. Verlaine – Baudelaire – Balzac – Rimbaud – Apollinaire.
2. *La Belle au bois dormant – Cendrillon – Peau d'Âne – Le Corbeau et le Renard – Riquet à la houppe.*
3. Montesquieu – Kressman Taylor – Maupassant – Madame de Sévigné – Diderot.
4. *Le Médecin malgré lui – Électre – Le Bourgeois gentilhomme – Knock – La farce de Maître Pathelin.*

4 Réécrivez le texte suivant en effaçant la situation d'énonciation. Vous commencerez par : « Le 19 mai 1944, à l'endroit où il était, … »

« Le 19 mai 1944

Chère maman, cher papa,

Là où je suis, je prends conscience du fait que mes chances de vous revoir sont très minces, et c'est bien la raison pour laquelle je veux écrire cette lettre pendant que j'en suis encore capable… Je veux que vous sachiez à quel point je vous aime… Vous êtes tout pour moi et c'est la force de votre amour qui me donne le courage d'aller de l'avant… »

Lettre citée dans *Paroles du jour J*, E.J.L. et Radio France, 2004.

Vers le brevet

5 a) À quelle personne est écrit le texte ? Justifiez en relevant deux mots de classes grammaticales différentes.

b) Qu'en déduisez-vous sur le genre auquel appartient ce récit ?

Le narrateur explique pourquoi il est devenu écrivain.

Un lundi matin, à l'école, mon père, qui est aussi mon instituteur (dans la classe, je l'appelle Monsieur), nous demande de raconter notre dimanche. Je trempe mon porte-plume dans l'encrier, les mots m'appellent et me tirent par la manche, ma main tremble. J'écris parce que mon père, un jour, a demandé de raconter un dimanche et qu'aussitôt, je me suis senti deux fois vivant.

Daniel Rondeau, « Pourquoi écrivez-vous ? », *Libération*, janvier 2002.

6 Dans les sujets de rédaction suivants, précisez quelles sont les formes de discours que vous devez mettre en œuvre.

a) Philip, resté aux États-Unis, répond à Susan. Il commentera certains passages de la lettre de Susan, évoquera un moment de leur passé commun et essaiera de la convaincre de rentrer aux États-Unis.

b) Vous avez été témoin d'un acte de méchanceté, d'humiliation ou d'exclusion. Dans un texte organisé, vous exposerez les circonstances de cette situation, vous ferez part de vos réactions et enfin vous expliquerez en quoi ces actes sont inacceptables.

Testez-vous !

> **Piège à éviter**
> Ne confondez pas la science-fiction et le fantastique qui se caractérise par une hésitation entre rationnel et irrationnel pour expliquer certains faits étranges.

p. 187

1. a. Le livre ne peut être une autobiographie. En effet l'auteur est un homme et le personnage principal est, d'après le titre, une femme de chambre.

2. b. Les romans de science-fiction envisagent souvent une société dans le futur, parfois, comme dans le roman de Bradbury, sur d'autres planètes.

3. a. Cette citation est la didascalie initiale du drame romantique de Victor Hugo intitulé *Hernani*.

p. 189

1. b. Le destinataire est connu lorsque la situation d'énonciation du texte est clairement indiquée, ce qui est loin d'être le cas le plus fréquent.

2. a. Cette phrase n'a de sens que par rapport au présent de celui qui parle et qui peut donc ainsi savoir à quel jour correspond *demain*.

3. b. La situation d'énonciation n'est pas précisée. → L'emploi du passé simple l'indique clairement.

Vérification des connaissances (énoncés p. 193)

1 **1.** vrai – faux. → *L'Avare* est une comédie. **2.** faux – vrai. → Charles Perrault est l'auteur du *Petit Chaperon rouge*. **3.** vrai – vrai. **4.** faux – vrai. → C'est Homère, dit-on, qui aurait écrit l'*Odyssée*.

2 **1. Situation d'énonciation indiquée.** → Le lecteur connaît :
- l'énonciateur : *Cécile* désignée par *je* (pronom personnel) et *mes* (déterminant possessif) ;
- le destinataire : *Chère Jacqueline* désignée par *te* (pronom personnel) ;
- le lieu de l'énonciation : *Paris ;*
- le moment de l'énonciation : *le 2 janvier 2005.*

2. Situation d'énonciation non précisée. → Ni l'énonciateur ni son destinataire n'apparaissent dans l'extrait. Le lieu et le moment de l'énonciation ne sont pas précisés.

Exercices d'entraînement (énoncés p. 193)

3 **1.** **Balzac** est le seul auteur de romans. Les autres auteurs sont des poètes.

2. ***Le Corbeau et le Renard*** est une fable ; les autres titres sont des contes.

3. **Maupassant** est un auteur de romans et de nouvelles ; tous les autres auteurs ont écrit des romans épistolaires ou des lettres.

4. ***Électre*** est une tragédie, les autres pièces sont des pièces comiques.

4 Le 19 mai 1944, à l'endroit où **il était, il prit** conscience du fait que **ses** chances de revoir **ses parents étaient** très minces, et **c'était** bien la raison pour laquelle **il voulait** écrire **une** lettre pendant **qu'il en était** encore capable… **Il voulait qu'ils sachent** à quel point **il les aimait**… **Ils étaient** tout pour **lui** et c'était la force de **leur** amour qui **lui donnait** le courage d'aller de l'avant…

> **Gagnez des points !**
> Transposez le texte aux temps du passé qui conviennent : passé simple et imparfait. Modifiez aussi les déterminants possessifs.

Vers le brevet (énoncés p. 194)

5 **a)** Le texte est écrit à la **première personne**. Le narrateur se désigne par les pronoms personnels *je* et *me ;* il emploie des déterminants possessifs de la 1re personne, *mon* et *ma*. Lorsqu'il parle de ses camarades et de lui-même, il emploie le pronom personnel de la 1re personne du pluriel, *nous*, et le déterminant possessif qui correspond, *notre*.

b) Ce récit est une **autobiographie ;** l'auteur est aussi le narrateur et le personnage principal. Il raconte les circonstances dans lesquelles est née sa vocation d'écrivain.

> **Piège à éviter**
> Un récit à la 1re personne n'est pas toujours une autobiographie.

6 **a)** **Discours narratif** (*évoquera un moment de leur passé*), **explicatif** (*commentera certains passages de la lettre de Susan*), **argumentatif** (*essaiera de la convaincre de rentrer aux États-Unis*).

b) **Discours narratif** (*vous exposerez les circonstances de cette situation*), **explicatif** (*vous ferez part de vos réactions*), **argumentatif** (*vous expliquerez en quoi ces actes sont inacceptables*).

> **L'astuce du prof**
> Pour être sûr de ne rien oublier en écrivant votre rédaction, soulignez le sujet d'écriture avec des couleurs différentes suivant les formes de discours que vous devez développer.

Cahier spécial brevet

Sujet 1

Patrick Bard, *La Frontière*

TRAVAIL SUR LE TEXTE LITTÉRAIRE ET SUR L'IMAGE [50 pts]

→ Corrigés p. 203

Toni Zambudio, journaliste madrilène qui a grandi au Mexique, se rend à Ciudad Juarez, ville frontalière mexicaine, pour une enquête. Il découvre alors les « colonias », bidonvilles qui fleurissent en périphérie des grandes villes.

Toni conduisait lentement. Après avoir dépassé le marché central, il avait emprunté l'*avenida 16 de Septiembre*[1] qui s'enfonçait comme un coup de fusil vers les faubourgs, à l'ouest de la ville.

Bientôt, il n'y avait plus eu que des maisons basses, des marchands de pièces de voitures d'occasion, de jantes dépareillées et des réparateurs de pneus, de pots d'échappement. Il avait longé des *taquerias*[2] où l'on vendait du *menudo*[3], avait cherché en vain à se rappeler à quoi ce plat pouvait bien ressembler, et, pour finir, il avait tourné dans la *calle*[4] Chiapas qui s'élevait en direction d'un belvédère[5] pouilleux. Le bitume, d'abord truffé de nids-de-poule, avait bientôt disparu pour faire face à une piste défoncée. [...]

Il s'était bientôt retrouvé entouré de cabanes de bric et de broc. Les constructions de parpaings bruts et de palettes de déchargement d'occasion s'étalaient sur la colline en un paysage de désolation. Du linge rapiécé séchait sur des fils. Les eaux usées des habitations ruisselaient en cascades sur les terrasses étayées par des murettes de pneus lisses empilés.

Vers les hauteurs, les masures avaient pris un aspect plus primitif encore, uniquement construites avec des cartons d'emballage et du papier goudronné en guise de toiture. Des milliers de sacs plastique jonchaient le sol, s'accrochaient aux buissons de *mesquite*[6] rabougris comme des pendus. La fumée des feux de camp montait vers le ciel et le soleil descendait déjà sur El Paso et le Texas. À dix kilomètres au nord-ouest s'allumaient les premières lumières des États-Unis. Des gamins sales et nus jouaient, assis dans la boue d'une flaque d'eau savonneuse. Zambudio s'était arrêté

1. *Avenida 16 de Septiembre* : Avenue du 16 septembre.
2. *Taquerias*, espagnol (Mexique) : petites boutiques où l'on vend des *tacos* (galettes de maïs garnies de viande).
3. *Menudo* : abats, viande de basse qualité.
4. *Calle* : rue.
5. Belvédère : endroit depuis lequel on jouit d'une belle vue.
6. *Mesquite* : arbuste typique du Mexique.

pour leur demander où vivait la famille Cruz. Le cadavre gonflé d'un chien gisait sur le bas-côté.

Aussi loin que portait le regard, le bidonville avait grignoté l'espace.

Le journaliste avait essayé d'imaginer ces territoires immenses, vierges encore, peuplés uniquement d'Apaches et de Tarahumaras[7]. Une éternité s'était écoulée, depuis.

Ne restait que l'odeur un peu âcre d'égout en plein air, mêlée au fumet des *frijoles*[8] qui cuisaient au fond des cabanes. Une odeur de misère.

Patrick Bard, *La Frontière*, © Éditions du Seuil, 2002, *Points Policier*, 2003.

La favela[9] de Terra Firme à Belém (Brésil, État du Pará)

7. *Tarahumaras :* peuple indien d'Amérique.
8. *Frijoles :* haricots mexicains.
9. *Favela :* nom donné aux bidonvilles brésiliens.

Les réponses aux questions doivent être entièrement rédigées.

• Grammaire et compétences linguistiques

1. « Il avait longé les *taquerias* […] en direction d'un belvédère pouilleux » (lignes 6 à 10).
Remplacez le plus-que-parfait et l'imparfait par le passé composé et le présent. **[10 pts]**

2. « Les constructions de parpaings bruts […] d'un chien gisait sur le bas-côté » (l. 12 à 26).
Quel est le temps dominant dans ce passage ? Justifiez son emploi. **[2 pts]**

3. Décomposez le mot « bidonville » (l. 27) et expliquez-le. **[4 pts]**

4. Quelle est la particularité syntaxique de la dernière phrase du texte ? Quel effet produit-elle ? **[2 pts]**

• Compréhension et compétences d'interprétation

1. a. Relevez des lignes 4 à 26 les différents synonymes du mot « maisons » (l. 4), ainsi que les termes désignant les matériaux utilisés pour la construction des maisons. **[4 pts]**

b. Quelle évolution constatez-vous dans la description du bidonville ? **[2 pts]**

2. a. Citez l'unique phrase du texte où est mentionnée une présence humaine dans le bidonville. Pourquoi est-elle particulièrement évocatrice ? **[2 pts]**

b. « Le cadavre gonflé d'un chien gisait sur le bas-côté » (l. 26)
Quel effet cette évocation produit-elle sur le lecteur ? Justifiez votre réponse. **[2 pts]**

c. Trouvez dans le texte deux comparaisons qui évoquent aussi la mort violente. **[2 pts]**

3. « … le bidonville avait grignoté l'espace ». (l. 27)

a. Quelle figure de style est utilisée dans ce passage ? **[2 pts]**

b. Quel est son effet ? **[2 pts]**

4. « À dix kilomètres au nord-ouest s'allumaient les premières lumières des États-Unis » (l. 22-23).

a. Comment le sujet du verbe est-il mis en valeur ? **[2 pts]**

b. Dans quelle intention ? **[2 pts]**

5. En conclusion, montrez en quelques lignes comment le texte dénonce la misère. **[4 pts]**

6. Quels sont les éléments qui rapprochent l'image et le texte ? **[4 pts]**

7. Quelles impressions suscitent en vous cette photographie ? Sont-elles plus fortes ou moins fortes que celles produites par le texte ? Pourquoi, à votre avis ? [4 pts]

DICTÉE [10 pts] → Corrigés p. 204

RÉDACTION [40 pts] → Corrigés p. 205

Sujet d'imagination

Toni Zambudio écrit une lettre au maire de Ciudad Juarez pour exprimer son indignation et demander de meilleures conditions de vie pour les habitants du bidonville.

Votre rédaction sera d'une longueur minimale d'une soixantaine de lignes (300 mots environ).

Sujet de réflexion

Selon vous, quel est le moyen le plus efficace pour interpeller les gens et les faire réagir sur la misère dans le monde : l'art (littérature, cinéma, peinture, musique...) ou les médias (télévision, presse écrite, radio, internet...) ?

Votre rédaction sera d'une longueur minimale d'une soixantaine de lignes (300 mots environ).

MÉTHODE

Écrire une lettre

PRÉCISER LA SITUATION DE COMMUNICATION

▶ Avant de commencer à rédiger, il faut repérer dans le sujet, et restituer dans la lettre certaines données :

- **qui** envoie la lettre (l'émetteur) : son prénom, son nom (éventuellement), son âge, son caractère ;
- **à qui** la lettre est envoyée (le destinataire) : son état civil et surtout les liens qu'il a avec l'émetteur (parent, ami, directeur, etc.) ;
- **quand** la lettre est écrite : la date ;
- **d'où** la lettre est envoyée : le lieu d'expédition ;
- **dans quel but** la lettre est rédigée : récit d'un événement, expression de sentiments, remerciements, demande, etc.

Piège à éviter

Attention aux anachronismes ! Si vous devez écrire la suite d'une nouvelle de Zola, ne parlez pas de lumières électriques, d'avions, etc.

PRÉSENTER UNE LETTRE

▶ La présentation d'une lettre obéit à des impératifs précis :

- en haut, à droite, **le lieu** suivi de **la date** (mois en toutes lettres ou en chiffres) ; éventuellement en haut, à gauche, le **nom de l'expéditeur** et son **adresse ;**
- plus bas, au milieu de la page, la formule d'appel, c'est-à-dire le **prénom** ou **le titre du destinataire ;** ex. : *Cher André, Monsieur… ;*
- plus bas, décalé par rapport au bord de la page, **un paragraphe d'introduction ;** il faut présenter les circonstances de l'écriture (lors d'un voyage, pendant des vacances, etc.) et indiquer clairement les raisons qui ont conduit à l'écriture, par exemple : récit de voyage, service à demander, question à poser, etc. ;
- la lettre est développée en **plusieurs paragraphes ;**
- **le dernier paragraphe** conclut par une formule de politesse (ou formule finale) qui est adaptée au destinataire ;

  Ex. : *Salut* pour un ami, *Je vous embrasse* pour une personne de la famille,
  Je vous prie d'agréer l'expression de mon respect pour un directeur.
- **la signature**, à adapter elle aussi au destinataire de la lettre : prénom uniquement pour une personne que vous connaissez bien, prénom et nom pour une lettre officielle.

Bien écrire une lettre

CORRIGÉ

TRAVAIL SUR LE TEXTE LITTÉRAIRE ET SUR L'IMAGE

• Grammaire et compétences linguistiques

1. Il **a** longé des *taquerias* où l'on **vend** du *menudo*, **a** cherché en vain à se rappeler à quoi ce plat **peut** bien ressembler, et, pour finir, il **a** tourné dans la *calle* Chiapas qui **s'élève** en direction d'un belvédère pouilleux.

2. Le temps dominant est l'imparfait de l'indicatif qui est employé pour une action passée dont on ne précise ni le début ni la fin. Il est employé dans les descriptions, ce qui est le cas ici.

3. Le mot « bidonville » (l. 25) est composé des mots bidon et ville.
Il signifie une agglomération d'abris installés avec des matériaux de récupération, sans hygiène, où vit une population très pauvre. Le plus souvent les bidonvilles sont situés à la périphérie de grandes villes.

4. La phrase finale est une phrase nominale.
Elle résume l'ensemble du texte et apporte une conclusion en forme de chute à tout ce qui précède.

• Compréhension et compétences d'interprétation

1. a. De la ligne 4 à la ligne 24, l'auteur utilise plusieurs synonymes du mot « maisons » (l. 4) : « cabanes » (l. 11) ; « constructions » (l. 12) ; « habitations » (l. 14) ; « masures » (l. 16).
Il précise aussi les matériaux employés pour la construction des maisons : « de parpaings bruts et de palettes de déchargement d'occasion » (l. 12) ; « construits avec des cartons d'emballage et du papier goudronné en guise de toiture » (l. 17-18).

b. Au fur et à mesure que le journaliste pénètre plus avant dans le bidonville, l'habitat se détériore puisqu'on passe de « maisons » à « cabanes » puis à « masures ». Les matériaux sont aussi de plus en plus précaires : parpaings, bois puis carton et enfin papier goudronné.

2. a. La présence humaine dans le bidonville n'est mentionnée que dans une seule phrase : « Des gamins sales et nus jouaient, assis dans la boue d'une flaque d'eau savonneuse » (l. 22-23).
Elle est particulièrement évocatrice puisqu'il s'agit d'enfants dans une misère extrême. L'opposition entre le jeu : « jouaient » et la situation « assis dans la boue » montre le sentiment de pitié et de révolte qu'éprouve le journaliste.

b. L'évocation de l'animal mort provoque un effet de dégoût. Le « cadavre » se trouve à proximité des enfants « assis dans la boue » (l. 22) et le terme « gonflé » signale que le chien est mort depuis longtemps, peut-être noyé.

c. Deux comparaisons évoquent la mort violente :
– « comme un coup de fusil » (l. 2-3) ;
– « comme des pendus » (l. 19).

3. a. La figure de style utilisée est une métaphore dans laquelle le bidonville est assimilé à une bouche qui « avait grignoté » (l. 25), mangé petit à petit l'espace.

b. Cette figure de style insiste sur la disparition progressive du cadre naturel. Elle augmente encore le désespoir ressenti face à la situation.

4. a. Le sujet est mis en valeur par l'inversion.

b. Cette place crée un effet d'attente et de mise en relief.

5. Le texte dénonce la misère :
– par une description progressive de la pauvreté qui grandit au fur et à mesure que le journaliste s'éloigne du centre de la ville ;
– par une évocation de la misère des habitants à travers celle des gamins et celle des odeurs nauséabondes ;
– par la proximité des « premières lumières des États-Unis » à « dix kilomètres au nord-ouest » (l.21) qui rend encore plus criante la pauvreté du bidonville.

L'évocation fait donc appel aux sens et suscite l'émotion du lecteur.

6. Différents éléments rapprochent la photographie du texte de P. Bard :
– la misère des constructions faites de matériaux hétéroclites,
– la saleté de l'endroit car des ordures traînent ici ou là sur l'herbe,
– la présence d'enfants qui jouent,
– la proximité d'une ville moderne et prospère au dernier plan.

7. Cette question vous aide à préparer le sujet A, si vous le choisissez, car elle vous fait comparer l'impact d'une photographie et d'un texte.

DICTÉE

Zambudio avait coupé à droite, par un sentier, une ruelle sans nom comme le lui avaient indiqué les gosses, puis il était descendu vers un groupe de cabanes en contrebas. Tous les regards convergeaient vers lui. À mi-pente, il s'était arrêté, avait pénétré dans une petite allée entre deux huttes de carton. Un homme assez jeune était occupé à fracasser à coups de marteau une vieille batterie de voiture, tandis qu'un autre, plus vieux, contemplait le crépuscule naissant dans un fauteuil à bascule qui avait connu des jours meilleurs, quelques décennies plus tôt.

Patrick Bard, *La Frontière*, Seuil, 2002.

- **Les accords sujet-verbe**

– « avaient indiqué » s'accorde avec le sujet inversé « les gosses ».

– « convergeaient » s'accorde avec son sujet « tous les regards », pluriel.

– « avait connu » s'accorde avec le pronom relatif « qui », mis pour « un fauteuil à bascule ».

- **Les accords des participes passés avec l'auxiliaire *être***

– « descendu » s'accorde avec le sujet « il », masculin singulier.

– « arrêté » est employé dans une tournure pronominale. Le verbe « s'arrêter » est un verbe pronominal réfléchi. L'accord se fait donc avec le sujet « il ».

– « occupé » s'accorde avec le sujet « un homme assez jeune ».

- **Les accords des participes passés avec l'auxiliaire *avoir***

– « coupé » ne s'accorde pas car le COD « une ruelle sans nom » est placé après le verbe.

– « indiqué » s'accorde avec le COD « le » placé avant le verbe.

– « pénétré » ne s'accorde pas car le verbe n'a pas de COD.

– « connu » ne s'accorde pas car le COD « des jours meilleurs » est placé après le verbe.

- **Les accords des déterminants indéfinis**

– « tous » s'accorde au pluriel avec « les regards ».

– « quelques » qui signifie « plusieurs » est au pluriel.

RÉDACTION

Sujet d'imagination

Ciudad Juarez le 25 septembre 2001,

Monsieur le Maire,

Je me suis rendu cette semaine, pour raisons professionnelles, dans le bidonville de Ciudad Juarez. Ce que j'y ai vu m'a profondément choqué et ému. Vous savez parfaitement où se situe cette zone, dans les faubourgs de l'ouest de la ville. Plus on s'éloigne du centre, plus les rues deviennent défoncées et se transforment en pistes. Les maisons laissent progressivement place à des cabanes puis à des masures construites avec des cartons d'emballage et du papier goudronné. Imaginez les conditions de vie dès qu'il fait froid ou qu'il pleut.

L'endroit est d'une saleté repoussante : les eaux usées ruissellent des terrasses, les égouts s'ouvrent en plein air. Des gamins jouent dans les flaques d'eau savonneuse : aucune hygiène donc et des épidémies qui se répandent très vite. Les enfants errent, sales et nus. Ils se nourrissent uniquement de haricots dont l'odeur envahit le bidonville. J'ai même vu le cadavre d'un chien au ventre gonflé, à côté d'enfants qui jouaient.

Il faudrait assainir ce quartier, y construire des rues dignes de ce nom, scolariser ces enfants, leur bâtir des logements décents, offrir des emplois stables à leurs parents. Ces personnes sont des citoyens comme les autres, ils dépendent de la même municipalité que ceux qui vivent dans le centre de la ville. Les budgets ne peuvent-ils pas être mieux équilibrés ?

Comprenez bien que l'avenir de notre cité dépend aussi de ces gens. Ces bidonvilles sont la honte de notre région ! Comment voulez-vous que ces hommes et ces femmes, qui ont sous leurs yeux les lumières de la ville américaine toute proche, n'aient pas envie de tenter de passer aux États-Unis, parfois au péril de leur vie. Je suis persuadé qu'une autre politique de la ville est possible. Il ne manque que l'envie réelle de faire évoluer une situation indigne. Réagissez et vite !

Monsieur le Maire, je pense que vous ne resterez pas insensible à mes propos et que vous mettrez tout en œuvre pour que la vie de ces malheureux s'améliore. Je compte sur vous !

Toni Zambudio

Sujet de réflexion

Le corrigé du sujet n'est pas intégralement rédigé et ne propose que des arguments et des exemples que vous devrez développer dans votre copie.

Introduction

- Citez quelques données sur la misère dans le monde, en faisant appel à vos connaissances en géographie.
- Reprenez le sujet dans son intégralité.

L'ordre des parties dépend de la position que vous souhaitez défendre :

- si vous pensez que la misère est mieux dénoncée par l'art, vous présenterez l'effet que produisent les médias et vous finirez sur la force plus grande des œuvres artistiques.
- au contraire, si vous pensez que les médias dénoncent avec plus de force la misère, commencez par parler des œuvres artistiques et dans votre deuxième partie, vous montrerez que télévision, presse écrite, radio, internet ont davantage de poids pour convaincre.

L'art pour dénoncer la misère dans le monde

- dimension engagée de l'œuvre d'art : l'artiste veut partager son indignation ; il attend une réaction de celui qui le lit ou qui regarde son œuvre.
  Exemple : Victor Hugo dénonce dans son poème « Melancholia » la misère des enfants au XIXe siècle, condamnés à travailler pendant des journées entières.
- dimension esthétique : la misère est dénoncée avec violence par des textes ou des images fixes que l'on peut retrouver et revoir.
  Exemple : photographie de Dorothea Lange, image symbolique de la grande dépression aux États-Unis, où l'on voit une mère au regard vide avec ses enfants.
- dimension de réflexion : il faut analyser l'œuvre d'art, moins directement accessible que les médias.
  Exemple : « The Kid » de Charlie Chaplin où l'analyse des plans du film, des jeux sur le noir et le blanc permet de montrer comment la misère est mise en scène et dénoncée.

Les médias pour dénoncer la misère dans le monde

- dimension d'information : la télévision, les journaux, par des reportages, permettent aux spectateurs de pénétrer dans des réalités lointaines, qu'il ne connaîtrait pas. Ils veulent l'informer.
  Exemple : Qui ne se souvient pas de la photographie de l'enfant mort sur une plage, dont les parents avaient été contraints de fuir leur pays, poussés par la misère et la guerre ?
- dimension spectaculaire : les médias ont tendance à privilégier les scènes qui vont choquer ceux qui regardent, au détriment d'informations ou de réflexions.
  Exemple : certains reportages sur les bidonvilles insistent sur les meurtres et n'analysent pas les raisons de cette violence.

Sujet 2

Georges Simenon, *Le Chien jaune*

TRAVAIL SUR LE TEXTE LITTÉRAIRE

[50 pts] → Corrigés p. 212

Vendredi 7 novembre. Concarneau est désert. L'horloge lumineuse de la vieille ville, qu'on aperçoit au-dessus des remparts, marque onze heures moins cinq.

C'est le plein de la marée et une tempête du sud-ouest fait s'entrechoquer les barques dans le port. Le vent s'engouffre dans les rues, où l'on voit parfois des bouts de papier filer à toute allure au ras du sol.

Quai de l'Aiguillon, il n'y a pas une lumière. Tout est fermé. Tout le monde dort. Seules les trois fenêtres de l'hôtel de l'Amiral, à l'angle de la place et du quai, sont éclairées.

Elles n'ont pas de volets mais, à travers les vitraux verdâtres, c'est à peine si on devine des silhouettes. Et ces gens attardés au café, le douanier de garde les envie, blotti dans sa guérite, à moins de cent mètres.

En face de lui, dans le bassin, un caboteur[1] qui, l'après-midi, est venu se mettre à l'abri. Personne sur le pont. Les poulies grincent et un foc[2] mal cargué claque au vent. Puis il y a le vacarme continu du ressac, un déclic à l'horloge, qui va sonner onze heures.

La porte de l'hôtel de l'Amiral s'ouvre. Un homme paraît, qui continue à parler un instant par l'entrebâillement à des gens restés à l'intérieur. La tempête le happe, agite les pans de son manteau, soulève son chapeau melon qu'il rattrape à temps et qu'il maintient sur sa tête tout en marchant.

Même loin, on sent qu'il est tout guilleret, mal assuré sur ses jambes et qu'il fredonne. Le douanier le suit des yeux, sourit quand l'homme se met en tête d'allumer un cigare. Car c'est une lutte comique qui commence entre l'ivrogne, son manteau que le vent veut lui arracher et son chapeau qui fuit le long du trottoir. Dix allumettes s'éteignent.

Et l'homme au chapeau melon avise un seuil de deux marches, s'y abrite, se penche. Une lueur tremble, très brève. Le fumeur vacille, se raccroche au bouton de la porte.

Georges Simenon, *Le Chien jaune* © Fayard, 1931.

1. *Caboteur :* petit bateau côtier.
2. *Foc :* voile triangulaire à l'avant d'un bateau.

Les réponses aux questions doivent être entièrement rédigées.

• Grammaire et compétences linguistiques

1. a. Relevez dans l'ordre les indications de lieu qui permettent de situer la scène (l. 1 à 9). **[2 pts]**

b. En reprenant ces indications, dites quel est le procédé visuel utilisé pour arriver jusqu'au personnage principal. **[2 pts]**

2. Quel est le temps dominant du texte ? **[2 pts]**
Quelle est, à votre avis, la raison de son emploi dès ce début de roman ? **[2 pts]**

3. Réécrivez le texte depuis « Un homme paraît » jusqu'à « tout en marchant », lignes 17 à 20, en remplaçant « Un homme » par « deux hommes », et faites toutes les modifications qui s'imposent. **[10 pts]**

• Compréhension et compétences d'interprétation

1. À quel moment précis les faits se déroulent-ils ? **[2 pts]**

2. a. Relevez les verbes de perception (l. 1 à 12). **[4 pts]**

b. De la ligne 13 à la ligne 16 :
Quel autre sens est également évoqué ? Citez des exemples du texte. **[2 pts]**

c. « verdâtres » (l. 10) : comment est composé cet adjectif ? **[2 pts]** Quelle nuance apporte-t-il à la description ? **[2 pts]**

d. Quelle atmosphère est ainsi créée ? **[2 pts]**

3. Quelle est la raison qui pourrait expliquer la démarche hésitante de l'homme (l. 17 à 22) ? **[2 pts]**

4. Quelle autre raison en donne le narrateur (l. 21 à 25) ? Citez le terme qui justifie votre réponse. **[2 pts]**

5. Dernier paragraphe : lignes 26 à 28.

a. Quel dernier substitut désigne l'homme ? **[2 pt]**

b. Par rapport au substitut précédent, quelle nouvelle interprétation ce terme permet-il au lecteur, sur le sens de la dernière phrase du texte ? **[4 pts]**

6. Quelle atmosphère se dégage de la ville de Concarneau ? **[2 pts]**

7. Ce texte est le début d'un roman policier. Connaissez-vous d'autres œuvres policières (livres, films) ? Lesquelles ? **[6 pts]**

DICTÉE **[10 pts]** → Corrigés p. 213

RÉDACTION [40 pts] → Corrigés p. 214

Sujet d'imagination

Georges Simenon a hésité sur la suite de son roman…

Il a rédigé deux versions possibles, qu'on a retrouvées par hasard. Imaginez deux courts récits qui pourraient être chacun la suite immédiate du texte proposé :

- le premier adopte l'hypothèse du meurtre qui vient d'avoir lieu ;
- le second n'envisage pas tout de suite le meurtre, et raconte seulement le retour de l'ivrogne chez lui.

Mots à placer dans la copie

Premier récit : douanier – hôtel de l'Amiral – mort – police.

Deuxième récit : endormi – ivrogne – porte – titubant.

Organiser ses idées

- Vous devez écrire deux suites de récit qui présenteront des dénouements différents.
- Dans l'un et l'autre récit, vous reprendrez les indications de lieu données dans le texte de Simenon.
- Observez bien le temps utilisé par l'auteur dans son début de roman et gardez le même.
- N'oubliez pas de reprendre la dernière phrase du texte.

Sujet de réflexion

Le *Chien jaune* de Georges Simenon est un roman policier. Quels types de romans aimez-vous lire : policier, science-fiction, aventures… ? Vous expliquerez votre goût en donnant des exemples précis de livres et en précisant ce que ces romans vous apportent.

MÉTHODE

Écrire une suite de texte

Écrire la suite d'un texte impose de respecter les caractéristiques principales de ce texte.

RESPECTER L'HISTOIRE

- Il faut garder :
  - **l'époque** où se déroule l'action ;
  - **le lieu** où elle se passe ; les personnages peuvent se rendre dans un autre endroit mais il faut le signaler dans le récit ;
  - **les personnages** déjà présents dans le texte et leurs caractéristiques : âge, caractère, milieu social, façon de parler. Il est possible de faire intervenir de nouveaux personnages mais il faudra les présenter et indiquer leurs liens avec les personnages déjà présents dans l'histoire.

RESPECTER LES NARRATIONS

- Il faut maintenir :
  - **le même point de vue.** Si le récit est à la 1re personne, la suite continuera à la même personne avec un point de vue interne. Si, au contraire, le récit est fait par un narrateur omniscient (3e personne), on poursuivra de même ;
  - **le même genre littéraire** (voir p. 186). Si le texte est une nouvelle réaliste, on ne pourra pas faire intervenir dans la suite des éléments merveilleux, comme dans les contes par exemple ;
  - **le même ton et le même registre de langue** (voir p. 172). Si le texte dont on écrit la suite présente des notations humoristiques, on tentera d'en trouver aussi. Le plus souvent, les textes proposés au brevet sont écrits dans un registre de langue courant. Dans ce cas, les tournures et les mots familiers sont à proscrire ;
  - **les mêmes temps verbaux.** Si le texte est au présent, la suite le sera également. Si le récit est écrit avec les temps du passé, on emploiera, comme l'auteur, l'imparfait, le passé simple, le plus-que-parfait, etc.

REPRENDRE LA FIN DU TEXTE PRÉCÉDENT

- Pour commencer une suite de texte, **il faut citer la dernière ou les deux dernières phrases du texte précédent.** Elles seront écrites sans guillemets. Une suite de texte est réussie lorsque le lecteur ne perçoit pas le passage du texte initial à la suite.
- **Dans le texte, on peut souvent trouver des indices** qui donnent des pistes sur une suite possible. Essayez de les repérer.

CORRIGÉ

TRAVAIL SUR LE TEXTE LITTÉRAIRE

• Grammaire et compétences linguistiques

1. a. La scène se situe :
- à « Concarneau » (l. 1) ;
- en bas des remparts : « qu'on aperçoit au-dessus des remparts » (l. 2) ;
- sur le port, quai de l'Aiguillon (l. 7) ;
- près de « l'hôtel de l'Amiral, à l'angle de la place et du quai » (l. 8-9).

b. Le procédé utilisé pour arriver au personnage principal est semblable au zoom cinématographique, qui part d'un plan éloigné pour s'approcher d'un point précis.

2. Le temps dominant est le présent de l'indicatif. → C'est un présent de narration que Simenon utilise pour rapprocher le temps du roman de celui du lecteur qui a l'impression d'assister à la scène.

3. **Deux hommes paraissent**, qui **continuent** à parler un instant par l'entrebâillement à des gens restés à l'intérieur. La tempête **les** happe, agite les pans de **leurs manteaux**, soulève **leurs chapeaux** melon qu'**ils rattrapent** à temps et qu'**ils maintiennent** sur **leurs têtes** tout en marchant.

> **L'astuce du prof**
> Pour l'accord du déterminant possessif *leur*, pensez que chaque homme a un manteau et un chapeau.

> **Remarque**
> *Chapeau melon* est un nom composé. Pour former son pluriel, réfléchissez à la signification du mot : un chapeau melon est un chapeau qui a la forme d'un melon.

• Compréhension et compétences d'interprétation

1. Les faits se déroulent un « vendredi 7 novembre » (l. 1), à « onze heures moins cinq » (l. 3) du soir puisque « tout le monde dort » (l. 7-8).

2. a. Des lignes 1 à 12, on trouve trois verbes de perception : « aperçoit » (l. 2) ; « voit » (l. 5) ; « devine » (l. 11).

b. Des lignes 12-15, l'ouïe est évoquée : « les poulies grincent » (l. 14) ; « un foc [...] claque » (l. 14-15) ; « le vacarme continu du ressac » (l. 15) ; « un déclic de l'horloge » (l. 14-15).

c. L'adjectif « verdâtres » (l. 10) est composé du radical « vert » et du suffixe péjoratif « -âtre » qui donne une couleur négative à la description.

d. L'atmosphère ainsi créée est lourde d'attente et d'angoisse, très typique du début d'un roman policier.

> **Remarque**
> Les préfixes précèdent les radicaux ; les suffixes les suivent.

3. La démarche hésitante de l'homme pourrait s'expliquer par le vent violent qui souffle : « la tempête le happe » (l. 17-18).

4. Le narrateur donne une autre interprétation à cette démarche : l'homme serait « mal assuré sur ses jambes » (l. 21) car il aurait trop bu. C'est un « ivrogne » (l. 24).

5. a. Dans le dernier paragraphe, le dernier substitut qui désigne l'homme est « le fumeur » (l. 27).

b. Le substitut précédent était « l'homme au chapeau melon » (l. 26). La dernière reprise permet de créer une ambiguïté autour sur « la lueur […] très brève » (l. 27) qui troue l'obscurité : est-ce une allumette ou un coup de feu ? L'homme vacille-t-il parce qu'il est saoul ou vient-il d'être touché par une balle ?

> **Remarque**
> On distingue les substituts ou reprises nominales (GN qui désignent un personnage) et les reprises pronominales (pronoms).

6. Il se dégage une atmosphère à la fois lugubre et inquiétante de la ville de Concarneau, due aux conditions climatiques, aux lieux décrits et à l'angoisse que suscite l'homme qui vacille.

7. Cette question vous aide à préparer le sujet A, si vous le choisissez, car elle vous fait réfléchir aux romans policiers.

DICTÉE

C'était la deuxième maison à droite, une des rares à égaler l'hôtel en hauteur. Elle se trouvait dans un pan d'obscurité complète et pourtant l'inspecteur eut l'impression qu'une lueur se reflétait sur une vitre sans rideau du second étage.

Petit à petit, il s'aperçut que ce n'était pas un reflet venu du dehors, mais une faible lumière intérieure. À mesure qu'il fixait le même point de l'espace, des choses y naissaient.

Un plancher ciré… Une bougie à demi brûlée dont la flamme était toute droite, entourée d'un halo…

« Il est là », dit-il soudain en élevant le ton malgré lui.

Georges Simenon, *Le Chien jaune*, © Fayard, 1931.

• Accent ou pas

– « la » est un article défini (« la deuxième maison ») ou un pronom personnel. « là » est un adverbe de lieu que vous pouvez remplacer par « ici » (« Il est là »).

– « a » est la 3e personne du singulier du présent de l'indicatif du verbe « avoir ». Vous pouvez le remplacer par « avait » ; « à » est une préposition (« à droite »).

- **3e personne du passé simple des verbes du 3e groupe**

« eut », « s'aperçut », « dit » ne prennent jamais d'accent circonflexe.

- **Les noms en *-eur***

Les noms qui se terminent par le son *eur* (« hauteur », « inspecteur », « lueur ») s'écrivent sans *e*, sauf *beurre, demeure, heure, leurre.*

- **demi**

Placé devant un nom, un adjectif ou un participe passé, « demi » reste invariable (*à demi brûlée*). Après le nom, au contraire, il s'accorde en genre avec celui-ci (*une demi-heure* mais *une heure et demie*).

RÉDACTION

Sujet d'imagination

Les mots attendus par le correcteur sont surlignés en rose.

Premier récit dans l'hypothèse du meurtre qui vient d'avoir lieu.

Le fumeur vacille, se raccroche au bouton de la porte, puis il s'écroule lentement.

Le douanier qui le regarde continue de sourire, attendant que l'homme se relève.

L'horloge sonne onze heures, mais l'ivrogne ne se redresse pas.

Le douanier, intrigué, décide de quitter sa guérite pour aller voir ce qui se passe.

Il lutte contre les rafales et a du mal à avancer tant le vent est fort. Il s'approche enfin et appelle l'homme. Aucune réponse. Il le secoue alors sans ménagement ; le corps glisse sur le côté. Irrité, le douanier essaie de le redresser et voit une tache de sang sur le sol. Un rapide coup d'œil lui montre que le manteau est trempé lui aussi. Sans réfléchir, il lâche le corps qui retombe dans l'encoignure de la porte et se précipite à l'hôtel de l'Amiral.

« Vite… Vite… Il est mort… », réussit-il à dire. Le silence envahit la salle du café.

Les habitués le regardent sans bien comprendre. L'hôtelier, reprenant ses esprits, intervient alors : « De qui parlez-vous ? Où ? » Le douanier montre la rue, d'un doigt tremblant. Tout le monde se lève et sort en courant, bousculant tables et chaises au passage.

Dehors la tempête se déchaîne toujours. Le groupe fait un cercle autour du cadavre.

Des exclamations fusent :

« Mais c'est Émile ! Il vient juste de sortir du café.

– Il a trop bu ; il est tombé…

– Mais non ! Regardez ! il y a du sang… Il faut appeler la police tout de suite. »

L'hôtelier repart en courant pour téléphoner, tandis que le douanier reste auprès du corps. Un quart d'heure plus tard, des sirènes retentissent. Les immeubles du quai de l'Aiguillon s'éclairent les uns après les autres. Les habitants se penchent aux fenêtres et interpellent les passants. Plus personne ne dort.

Deuxième récit dans l'hypothèse du retour de l'ivrogne chez lui.

Le fumeur vacille, se raccroche au bouton de la porte et finit par se redresser péniblement. Il pousse un juron vite emporté par le vent. Il décide alors de se remettre en route. Le douanier le regarde s'éloigner en souriant car l'homme trébuche à chaque pas, marche de travers. Il avance lentement jusqu'au bout de la rue en titubant.

Arrivé devant une porte marron, il sort à grand-peine une clé. Il essaie en vain de l'introduire dans la serrure. Après cinq tentatives, il réussit enfin et pénètre dans sa maison. Il cherche à tâtons l'interrupteur pour éclairer l'entrée. Il n'arrive pas à le trouver et décide de monter les escaliers dans l'obscurité.

Au bout de trois marches, il glisse et retombe sur les marches. Il se met à jurer. De l'étage sort une voix :

« C'est toi ?

– Viens m'aider, je n'arrive pas à monter l'escalier.

– Pourquoi donc ?

– Je crois que j'ai trop bu. Tu comprends, au café j'ai rencontré par hasard Albert, mon vieux camarade de lycée. Il passait par Concarneau et nous avons fêté nos retrouvailles. Je ne l'avais pas vu depuis 30 ans. Nous nous sommes raconté nos vies en buvant des alcools forts. Une fois c'était lui qui offrait, une fois, moi.

– Tu n'as pas honte d'être dans cet état ?

– Si, mais je voudrais aller au lit. Viens m'aider…

– Oui, mais à une condition : demain tu restes toute la soirée avec moi.

– D'accord. »

Après quelques minutes, le calme revient dans la maison. Tout le monde est endormi.

Sujet de réflexion

A. Les romans policiers

Le corrigé du commentaire n'est pas intégralement rédigé.
Dans un devoir, vous devez détailler les différents arguments et exemples.

→ Avantages

- suspense qui pousse à dévorer le livre pour connaître la suite ;
- raisonnement pour découvrir le coupable pendant la lecture ;
- détente car on sait qu'a la fin le couple sera arrête.

→ Exemples

romans d'Agatha Christie, de Coman Doyle, de Mary Higgins Clark…

B. Les romans de science-fiction

→ Avantages

Connaître la science-fiction

- découvertes d'autres civilisations ;
- évasion du monde réel pour des mondes inventés ;
- réflexion sur le monde présent à travers des univers fictifs ;
- anticipation de ce que sera le futur.

→ Exemples

romans d'Asimov, Bradbury, Lowry, Wells…

C. Les romans d'aventures

→ Avantages

Connaître l'histoire des romans d'aventures

- découvertes d'autres civilisations ;
- évasion dans un autre univers ;
- suspense.

→ Exemples

romans de Verne, de Mac Orlan, de Stevenson…

Sujet 3

Albert Camus, *Le Premier Homme*

TRAVAIL SUR LE TEXTE LITTÉRAIRE

[50 pts] → Corrigés p. 221

Jacques vit avec sa mère chez sa grand-mère, en Algérie. C'est surtout sa grand-mère qui s'occupe de son éducation.

« L'été est trop long », disait la grand-mère qui accueillait du même soupir soulagé la pluie d'automne et le départ de Jacques, dont les piétinements d'ennui au long des journées torrides, dans les pièces aux persiennes closes, ajoutaient encore à son énervement.

Elle ne comprenait pas d'ailleurs qu'une période de l'année fût plus spécialement désignée pour n'y rien faire. « Je n'ai jamais eu de vacances, moi », disait-elle, et c'était vrai, elle n'avait connu ni l'école ni le loisir, elle avait travaillé enfant, et travaillé sans relâche. Elle admettait que, pour un bénéfice plus grand, son petit-fils pendant quelques années ne rapporte pas d'argent à la maison. Mais, dès le premier jour, elle avait commencé de ruminer sur ces trois mois perdus, et, lorsque Jacques entra en troisième, elle jugea qu'il était temps de lui trouver l'emploi de ses vacances. « Tu vas travailler cet été, lui dit-elle à la fin de l'année scolaire, et rapporter un peu d'argent à la maison. Tu ne peux pas rester comme ça sans rien faire ».

En fait, Jacques trouvait qu'il avait beaucoup à faire entre les baignades, les expéditions à Kouba[1], le sport, le vadrouillage dans les rues de Belcourt[1] et les lectures d'illustrés, de romans populaires, de l'almanach Vermot[2] et de l'inépuisable catalogue de la Manufacture d'armes de Saint-Étienne. Sans compter les courses pour la maison et les petits travaux que lui commandait sa grand-mère. Mais tout cela pour elle était précisément ne rien faire, puisque l'enfant ne rapportait pas d'argent et ne travaillait pas non plus comme pendant l'année scolaire, et cette situation gratuite brillait pour elle de tous les feux de l'enfer. Le plus simple était donc de lui trouver un emploi.

En vérité, ce n'était pas si simple. On trouvait certainement, dans les petites annonces de la presse, des offres d'emploi pour petits commis ou pour coursiers. Et Mme Bertaut, la crémière dont le magasin à l'odeur de beurre (insolite pour des narines et des palais habitués à l'huile) était à côté de la boutique du coiffeur, en donnait lecture à la grand-mère. Mais les employeurs demandaient toujours que les candidats eussent au moins quinze ans, et il était difficile de mentir sans effronterie sur l'âge de Jacques

1. *Kouba* et *Belcourt* : quartiers d'Alger.
2. *Almanach Vermot* : calendrier comportant des jeux, des dessins humoristiques, des informations dans des domaines variés (météorologie, jardinage, cuisine, santé).

qui n'était pas très grand pour ses treize ans. D'autre part, les annonciers rêvaient toujours d'employés qui feraient carrière chez eux. Les premiers à qui la grand-mère présenta Jacques le trouvèrent trop jeune ou bien refusèrent tout net d'engager un employé pour deux mois. « Il n'y a qu'à dire que tu resteras, dit la grand-mère. – Mais c'est pas vrai. – Ça ne fait rien. Ils te croiront. »

Albert Camus, *Le Premier Homme*, © Gallimard, 1994.

Les réponses aux questions doivent être entièrement rédigées.

• Grammaire et compétences linguistiques

1. «"Je n'ai jamais eu de vacances, moi", disait-elle » (l. 6). Réécrivez ce passage au discours indirect. [6 pts]

2. « elle n'avait connu ni l'école ni le loisir, elle avait travaillé enfant, et travaillé sans relâche » (l. 7-8)

a. Identifiez le temps verbal utilisé. [2 pts]

b. Justifiez son emploi. [2 pts]

3. « Tu ne peux pas rester comme ça <u>sans rien faire</u> » (l. 14). Recopiez la phrase en remplaçant l'expression soulignée par un adjectif qualificatif de même sens. [2 pts]

4. Réécrivez en remplaçant le premier mot « Elle » par « Les grands-parents ». Faites toutes les modifications qui s'imposent.

« Elle ne comprenait pas d'ailleurs qu'une période de l'année fût plus spécialement désignée pour n'y rien faire. "Je n'ai jamais eu de vacances, moi", disait-elle, et c'était vrai, elle n'avait connu ni l'école ni le loisir, elle avait travaillé enfant, et travaillé sans relâche. » [10 pts]

• Compréhension et compétences d'interprétation

1. Pourquoi la grand-mère est-elle soulagée quand arrive l'automne ? [4 pts]

2. Pour quelles raisons la grand-mère veut-elle que Jacques travaille pendant les vacances ? [4 pts]

3. Quelles sont les occupations de Jacques pendant les vacances ? [6 pts]

4. Pourquoi les recherches d'un emploi n'ont-elles pas abouti ? (l. 28 à 30) [4 pts]

5. Quelle solution trouve la grand-mère ? [4 pts]

6. Que pensez-vous de cette solution ? [6 pts]

DICTÉE [10 pts] → Corrigés p. 222

RÉDACTION [40 pts] → Corrigés p. 223

Sujet d'imagination

Jacques se présente chez un épicier qui a passé une annonce pour un emploi de commis. Racontez la scène sous forme d'un dialogue.

Sujet de réflexion

Le travail des jeunes pendant les vacances : certains y sont favorables, d'autres le refusent. Dans un développement organisé d'une vingtaine de lignes, vous exposerez les arguments des uns et des autres.

Mots à placer dans la copie

travail – été – argent – loisir – choisir – famille.

Organiser ses idées

- En introduction, vous présenterez rapidement le sujet : certains jeunes travaillent en été, d'autres pas.
- Vous présentez les arguments en faveur du travail dans le 1er paragraphe.
- Dans le 2e paragraphe, vous avancerez les arguments de ceux qui ne souhaitent pas travailler en été.
- La conclusion sera l'occasion de tirer un bilan, en fonction de vos idées, ou de souhaiter que le choix de travailler ou pas soit ouvert à tous.

MÉTHODE

Écrire un devoir de réflexion

LA STRUCTURE D'UN PARAGRAPHE

▶ Un paragraphe argumentatif est souvent articulé en trois temps :

– **votre idée ou thèse** ; vous pouvez l'introduire par : *Je pense que… ;*

– **un argument** qui montre le bien-fondé de votre idée : *Je le prouve en affirmant que… ;*

– **un exemple** tiré de votre expérience ou de ce que vous avez lu, qui illustre votre argument.

Ex. : *Comme le dit le proverbe, je pense que les voyages forment la jeunesse.* — Idée

En effet, ils permettent de découvrir d'autres mentalités, d'autres modes de vie, d'autres cultures ou religions. — Argument

Ainsi, lorsque je suis allé pour un mois dans une famille espagnole, j'ai vécu avec un rythme différent car les horaires des repas sont tout à fait décalés par rapport à ceux que j'avais toujours connus chez moi. — Exemple

L'ORGANISATION D'UN DEVOIR DE RÉFLEXION

▶ Il existe trois types de plans : le plan thématique, le plan analytique et le plan antithétique.

▶ **Le plan thématique** consiste à exposer successivement différents aspects de la question qui est posée.

EXEMPLE DE SUJET : *À quoi servent les voyages ?*

Proposition de plan

Première partie → les voyages servent à découvrir d'autres régions, d'autres paysages.

Deuxième partie → les voyages servent à découvrir d'autres cultures.

Troisième partie → les voyages permettent aussi de se découvrir soi-même.

▶ **Le plan analytique** se compose de trois parties : les causes, les faits, les conséquences. Il est souvent utilisé en histoire-géographie.

EXEMPLE DE SUJET : *Certains élèves trichent. Pourquoi ? Comment ? Quelles sont les conséquences éventuelles de la tricherie ?*

Proposition de plan

Première partie → les raisons de la tricherie en milieu scolaire.

Deuxième partie → les moyens de tricher.

Troisième partie → les sanctions.

▶ **Le plan antithétique** permet de répondre à une question de façon argumentée en envisageant l'avis contraire puis en donnant sa propre opinion.

EXEMPLE DE SUJET : *Attendez-vous de la publicité qu'elle vous amuse ou qu'elle vous informe ?*

– **Première proposition de plan pour démontrer que la publicité doit avant tout informer :**

Première partie → bien sûr, la publicité vise souvent l'amusement des consommateurs (jeux de mots, films amusants, etc.).

Deuxième partie → cependant, la fonction première de la publicité doit être d'informer le consommateur sur des produits nouveaux.

– **Deuxième proposition de plan pour démontrer que la publicité doit avant tout amuser :**

Première partie → bien sûr, la publicité permet de découvrir des produits nouveaux.

Deuxième partie → cependant, sa fonction essentielle est d'amuser le consommateur.

CORRIGÉ

TRAVAIL SUR LE TEXTE LITTÉRAIRE

• Grammaire et compétences linguistiques

1. Transposition au discours indirect : Elle disait qu'elle n'avait jamais eu de vacances, elle.

> **Rappel**
> Au discours indirect les paroles sont rapportées dans des propositions subordonnées. Attention à la concordance des temps (voir p. 155).

2. a. Les verbes sont au plus-que-parfait de l'indicatif.

b. Ce temps est utilisé pour évoquer des actions achevées et antérieures à celles qui sont racontées à l'imparfait.

> **L'astuce du prof**
> Les temps composés de l'indicatif indiquent tous une antériorité par rapport au temps simple qui leur correspond.

3. Tu ne peux pas rester comme ça inactif, inoccupé.

4. Les **grands-parents** ne **comprenaient** pas d'ailleurs qu'une période de l'année fût spécialement désignée pour n'y rien faire. « **Nous n'avons** jamais **eu** de vacances, **nous** », **disaient-ils**, et c'était vrai, **ils n'avaient connu** ni l'école ni le loisir, **ils avaient travaillé enfants**, et travaillé sans relâche.

> **Remarque**
> *Grand-parent* est un nom composé d'un adjectif et d'un nom. Ils prennent tous les deux les marques du pluriel.

> **Rappel**
> Les participes passés *eu*, *connu*, *travaillé* sont employés avec l'auxiliaire *avoir*. Le changement de sujet n'a aucune conséquence sur leur accord.

• Compréhension et compétences d'interprétation

1. La grand-mère est soulagée quand arrive l'automne pour deux raisons :
- elle attend avec impatience la pluie, après la chaleur et la sécheresse de l'été ;
- elle sait que Jacques ira à l'école ; elle ne supporte pas qu'il soit inactif pendant l'été : « les piétinements d'ennui au long des journées torrides, dans les pièces aux persiennes closes, ajoutaient encore à son énervement » (l. 1 à 4).

2. La grand-mère veut que son petit-fils travaille car :
- elle-même n'a jamais connu de vacances :
  « elle avait travaillé enfant, et travaillé sans relâche » (l. 7-8). Elle a donc du mal à accepter une situation qu'elle n'a jamais connue ;
- elle pense que les trois mois de vacances pourraient être mis à profit par Jacques pour « rapporter un peu d'argent à la maison » (l. 13-14) ;
- elle ne supporte pas le désœuvrement qui entraîne l'ennui : « Tu ne peux pas rester comme ça sans rien faire » (l. 14).

3. Jacques est, selon lui, très actif pendant ses vacances :

- il a de nombreux loisirs : « les baignades, les expéditions à Kouba, le sport, le vadrouillage dans les rues de Belcourt et les lectures d'illustrés, de romans populaires, de l'almanach Vermot et de l'inépuisable catalogue de la Manufacture d'armes de Saint-Étienne » (l. 15 à 18) ;
- il rend des services : « les courses pour la maison et les petits travaux que lui commandait sa grand-mère » (l. 19-20).

Il ne partage donc pas le jugement de sa grand-mère.

4. Les recherches d'un emploi n'ont pas abouti car :

- Jacques est trop jeune. Il n'a que treize ans ; or « les employeurs demandaient toujours que les candidats eussent au moins quinze ans » (l. 29-30) ;
- il quittera ce travail au bout de deux mois, à la rentrée des classes. « Les annonciers rêvaient toujours d'employés qui feraient carrière chez eux » (l. 31-32).

5. La grand-mère propose de mentir : « Il n'y a qu'à dire que tu resteras » (l. 34-35) ; afin d'obtenir un emploi.

6. Cette solution est malhonnête vis-à-vis des éventuels employeurs. Elle est guidée par la nécessité pour Jacques de travailler afin de gagner de l'argent car la famille est pauvre.

DICTÉE

Les ravins devenaient plus étroits, bordés par des buissons épineux. Les moutons laissaient sur leur passage des touffes de poils noirs. Gaspar déchirait ses vêtements aux branches. Ses mains saignaient, mais le vent chaud arrêtait le sang tout de suite. Les enfants escaladaient les collines sans fatigue, mais Gaspar tomba plusieurs fois en glissant sur les cailloux.

J.-M. G. Le Clézio, « Les Bergers », in *Mondo et autres histoires*, © Gallimard, 2003.

- **Imparfait de l'indicatif**

Tous les verbes en jaune sont conjugués à l'imparfait de l'indicatif, à la 3e personne du singulier (-*ait*) ou du pluriel (-*aient*).

- **Accord de l'attribut**

« étroits » et « bordés » sont attributs du sujet « ravins » et s'accordent avec lui au masculin pluriel.

- **Le déterminant possessif *ses***

Ne confondez pas les déterminants démonstratifs (*ces*) et les déterminants possessif (*ses*) qui indiquent la propriété.

• Les lettres muettes en fin de mot

La dernière du mot « sang » ne s'entend pas. Pour la trouver, pensez à des mots de la même famille : *sanglant*, *sanguinolent* et *saigner*.

• Les mots qui se terminent en *-ou*

Les mots qui se terminent en *-ou* prennent un *-s* au pluriel (*un bisou des bisous*) sauf *bijou, caillou, chou, genou, hibou, joujou* et *pou* qui prennent un *-x* (*un caillou des cailloux*).

RÉDACTION

Sujet d'imagination

« – Bonjour Monsieur. Je viens pour l'annonce que vous avez passée.

– Bonjour jeune homme. Je cherche en effet un commis car le mien m'a quitté hier matin, sans prévenir. Il exagère ! Vous me semblez très jeune pour cet emploi.

– J'ai bientôt quinze ans.

– Vous ne les faites pas ! Ne me racontez pas d'histoires et dites-moi quel est votre âge exact.

– J'ai treize ans, bientôt quatorze.

– Je préfère savoir la vérité. Vous n'êtes pas très grand…

– Je suis très musclé et j'ai du courage. Si vous m'engagez, vous serez content de moi, croyez-moi.

– Le travail est dur. Il faut décharger les camions de marchandises, les ranger dans les rayons, répondre aux questions des clients, les aider dans leurs courses, faire les livraisons dans le quartier. La journée commence tôt et finit souvent très tard.

– Je suis très motivé. J'ai besoin de gagner un peu d'argent pour aider ma famille.

– J'imagine que vous allez au collège ?

– Oui, mais je ne veux pas rester deux mois sans rien faire. Ma grand-mère trouve que l'été est trop long et que je dois travailler.

– Elle a raison. Le problème est que je cherche un commis pour un emploi durable, et non pour deux mois. Je suis sûr que vous partirez à la rentrée, une fois que je vous aurai appris le métier !

– Je ne vais pas vous mentir. Je n'ai pas l'intention de garder cet emploi après le début septembre. Je réussis très bien à l'école et je souhaite continuer mes études.

– Vous avez raison. Vous semblez sérieux et plein de bonne volonté.

– Je le suis et ne demande qu'à travailler.

– Bon ! Je vous prends à l'essai pour une semaine. Je vous paierai au salaire minimal. Si vous faites l'affaire, je vous garde pendant les deux mois d'été.

– Merci beaucoup, monsieur. Vous ne regretterez pas de m'avoir fait confiance.

– Je l'espère bien. Alors, à demain, 7 h 30 ! Pas de retard pour le premier jour, n'est-ce pas ?

– Bien sûr que non, et même pour les jours suivants ! Je cours vite annoncer cette nouvelle à ma grand-mère. »

Sujet de réflexion

Les mots attendus par le correcteur sont surlignés en rose.

Pendant les vacances d'été, de nombreux jeunes travaillent. D'autres, au contraire, refusent car ils trouvent que cette période doit être gardée pour les loisirs et le repos.

Pour certains, les vacances d'été sont très longues car ils n'ont pas la possibilité de partir et de voyager. Travailler leur donne l'occasion de rencontrer d'autres personnes, de sortir de leur ennui. Ils prendront aussi conscience des obligations liées au monde du travail : horaires, responsabilités, contraintes, respect de l'autorité. Enfin, le fait de travailler leur procure une ouverture sur un monde différent de celui de l'école et leur permettra peut-être de réfléchir à un projet professionnel. Ainsi, certains jeunes ont commencé à découvrir tel ou tel secteur pendant un ou deux mois et ont décidé ensuite de faire des études dans ce domaine. Pour finir, percevoir un salaire est un attrait important. L'argent ainsi gagné pourra aider à payer les frais de scolarité, à acheter des vêtements ou à s'offrir des loisirs ou ce qui fait envie. Travailler permet de prendre conscience de la valeur de l'argent et de la difficulté à le gagner.

Au contraire, certains jeunes refusent de travailler pendant l'été. Ils en profitent pour partir à l'étranger et pour améliorer leur niveau en langue vivante. D'autres pensent qu'il faut profiter de ce temps pour pratiquer des sports, des activités ludiques ou intellectuelles que l'emploi du temps scolaire ne permet pas toujours de mener à bien. Ils participent, par exemple, à des stages d'escalade, d'informatique ou de bandes dessinées. D'autres adolescents préfèrent profiter de la période estivale pour se retrouver en famille avec leurs parents ou leurs grands-parents qui habitent parfois loin de chez eux. C'est l'occasion de se réunir dans une maison familiale ou un endroit que l'on aime, de parler avec des cousins, de revoir des amis que l'on ne rencontre que l'été.

Aucune solution n'est idéale. Chacun trouvera ce qui lui convient. L'essentiel est de souhaiter que tous choisissent, que personne ne subisse les contraintes d'un travail ou de réunions de famille imposées.

Annexes

Les classes grammaticales

Les mots variables

Classes de mots	Caractéristiques	Exemples
Noms	Désignent une personne, un objet ou une idée.	– *maison* (nom commun) – *Pierre* (nom propre)
Déterminants	Déterminent un nom avec lequel ils s'accordent. – articles définis, indéfinis ou partitifs – déterminants possessifs – déterminants démonstratifs – déterminants indéfinis – déterminants numéraux – déterminants interrogatifs et exclamatifs	– *le, un, des, du…* – *mon, ta, ses…* – *ce, cet, cette, ces…* – *chaque, quelques…* – *cinq, cinquième…* – *quel, quelle…*
Adjectifs	Caractérisent un nom sur lequel ils donnent une information.	*Jaune, neuf*
Pronoms	Désignent une personne ou remplacent un mot, un groupe de mots. – pronoms personnels – pronoms relatifs – pronoms possessifs – pronoms démonstratifs – pronoms indéfinis – pronoms interrogatifs	– *vous, les, lui…* – *qui, que, dont, où, lequel…* – *le mien…* – *c', celle-ci, celles-ci…* – *tous, certains…* – *qui, que…*
Verbes	Expriment une action ou un état. Varient selon : – le temps ; – le mode ; – la personne.	– *regarde/regardait* – *il fait/qu' il fasse* – *tu regardas/ ils regardèrent*

Les classes grammaticales

Les mots invariables

Classes grammaticales	Caractéristiques	Exemples
Prépositions	Introduisent un complément.	*à, dans, chez, sans…*
Adverbes	Précisent le sens d'un mot, d'une phrase.	*aussitôt, malheureusement…*
Conjonctions de coordination	Relient des mots, des propositions.	*mais, ou, et, donc, or, ni, car…*
Conjonctions de subordination	Relient une proposition principale à une proposition subordonnée.	*que, comme, quand, parce que, quoique*
Interjections	Expriment un sentiment ou une émotion.	*ah !, eh !*
Onomatopées	Imitent un bruit.	*couic !, miaou !*

Les fonctions grammaticales

Les fonctions dans le groupe nominal

Fonctions	Caractéristiques	Exemples
Épithète	Est placée à côté du nom qu'elle qualifie.	*Des romans* passionnants.
Apposition (épithète détachée)	Est séparée du nom qu'elle précise par des virgules.	Patients, *ils attendaient.* J'ai regardé ce film, un *documentaire.*
Complément du nom	Introduit par une préposition (de ou à) et donne des précisions sur le nom.	*La trousse* de Julien. *Un fer* à repasser.
Complément de l'antécédent	Fonction d'une proposition subordonnée relative, introduite par un pronom relatif.	*Regarde cet oiseau* qui s'envole.
Complément de l'adjectif	Introduit par une préposition (de ou à) et donne des précisions sur l'adjectif.	*Elle est contente* de venir. *Il est soucieux* de sa forme physique.

Les fonctions grammaticales

Les fonctions dans la phrase

Fonctions	Caractéristiques	Exemples
Sujet	– Commande l'accord du verbe. – Est parfois inversé	Ce livre *me plaît.* *Quand arrive*-t-il ?
Attribut du sujet	– Est toujours après un verbe d'état (ou attributif).	*Il semble très* énervé.
Complément d'objet	– direct (COD) – indirect (COI) – de lieu ou de temps	*J'achète* des fruits. *Elle se souvient* de moi. *Elle vit* à Los Angeles.
Attribut du COD	Après un verbe de jugement	*Je trouve Jonas* sympathique.
Complément d'agent	Se trouve dans une phrase à la voix passive.	*J'ai été surprise par* sa réaction.
Complément circonstanciel	– de temps – de lieu – de manière – de moyen – de cause – de conséquence – de but – de comparaison – de condition – d'opposition et de concession	*Il part* à sept heures. *En Normandie,* il pleut souvent. *Parlez* doucement. *Je regarde les étoiles* avec un télescope. *Vous vous dépêchez* parce que vous êtes en retard. *Elle est si triste* qu'elle pleure. *Il écoute pour bien* comprendre. *Ils mentent* comme ils respirent. S'il pleut, *nous ne sortirons pas.* *Elle est venue* bien qu'elle soit malade.

Annexes

Les classes grammaticales de *que*

Classes grammaticales	Caractéristiques	Exemples
Conjonction de subordination	Introduit une proposition subordonnée conjonctive complétive complément d'objet.	*Il croit* que tout est possible.
Pronom relatif	Introduit une proposition subordonnée relative.	*Nous tiendrons compte de toutes les remarques* que tu as faites.
Pronom interrogatif	Sert à poser une question.	Que *comptes-tu obtenir ?*
Adverbe de négation	Deuxième partie de la négation *ne… que.*	Je ne mange que *des éclairs au chocolat.*
Adverbe exclamatif	Suivi de la préposition *de*	Que *de spectateurs !*
Élément du comparatif	Introduit le complément du comparatif.	*Sonia est plus souriante* que moi.

Lexique grammatical

A

Accord avec le sujet tout verbe conjugué s'accorde en personne, en nombre et parfois en genre avec son sujet. Quand un verbe a plusieurs sujets, il s'accorde au pluriel.

Accord sans le groupe nominal les déterminants et les adjectifs s'accordent en genre et en nombre avec le nom qu'ils qualifient.

Accord du participe passé avec l'auxiliaire *avoir* le participe passé ne s'accorde jamais avec le sujet. Il s'accorde avec le COD si celui-ci est placé avant le verbe.

Accord du participe passé avec l'auxiliaire *être* le participe passé s'accorde en genre et en nombre avec le sujet du verbe.

Adjectif mot variable qui caractérise un nom et s'accorde avec lui en genre et en nombre.

Adverbe mot invariable qui modifie le sens d'un verbe, d'un adjectif qualificatif, d'un autre adverbe ou d'une phrase entière.

Alexandrin vers de 12 syllabes.

Antécédent nom ou pronom repris par un pronom relatif.

Antonyme mot qui appartient à la même catégorie lexicale qu'un autre mot, mais qui s'oppose à lui par le sens.

Apposition expansion du groupe nominal.

Article voir *déterminant*.

Attribut

~ du sujet élément essentiel du groupe verbal. Il indique une propriété, un état, une caractéristique du sujet par l'intermédiaire du verbe être ou d'un verbe attributif.

~ du COD indique une propriété, un état ou une caractéristique de l'être ou de la chose désigné par le COD de certains verbes : *croire, juger, estimer*.

C

Classe grammaticale catégorie à laquelle appartient un mot : nom, verbe, adverbe, etc. On distingue les mots variables et les mots invariables.

Champ lexical ensemble de mots et expressions se rapportant à un même thème.

Communication voir *situation de communication*.

Comparaison figure de style qui, à l'aide de mots tels que *comme* rapproche deux mots désignant des réalités différentes.

Comparatif degré de l'adjectif qui exprime la supériorité (*plus … que*), l'égalité (*aussi … que*), l'infériorité (*moins … que*) par rapport au neutre.

Complément circonstanciel indique les circonstances du fait exprimé, c'est-à-dire tous les renseignements qui le précisent : lieu, temps, manière, cause, conséquence, but, etc. Il peut être supprimé ou déplacé.

Complément d'agent complément du verbe passif, indiquant le responsable de l'action exprimée par le verbe. Il est introduit par les prépositions *par* ou *de*.

COD (complément d'objet direct) se construit sans préposition, il complète un verbe transitif direct. Il devient sujet à la forme passive.

COI (complément d'objet indirect) il se construit avec une préposition : *à* ou *de*. Il complète un verbe transitif indirect.

Complément du nom ou de l'adjectif mot ou groupe de mots composé d'une préposition et d'un autre groupe nominal ; complète et précise un nom ou un adjectif.

Concessive subordonnée introduite par une conjonction de subordination (*bien que…*) marquant l'opposition.

Concordance des temps harmonisation d'emploi des modes et des temps verbaux qui relève de la syntaxe (ex. : emploi du subjonctif dans une subordonnée).

Conditionnel temps de l'indicatif qui a aussi des valeurs de mode.

~ temps le conditionnel sert à exprimer un futur dans le passé, c'est-à-dire à situer un événement après un autre événement passé.

~ mode marque la part d'incertitude liée à une hypothèse, une condition.

Connecteur mot ou locution de liaison qui joue le rôle d'organisateur à l'intérieur de la phrase. Il existe des connecteurs spatiaux, temporels et logiques.

Consécutive subordonnée qui sert à exprimer la conséquence (*de telle sorte que…*).

Construction active construction du verbe dans laquelle le sujet est l'agent de l'action exprimée par le verbe.

Construction passive construction du verbe dans laquelle le sujet désigne le patient de l'action, c'est-à-dire l'être ou l'objet qui subit l'action exprimée par le verbe.

Coordination réunion, dans une même phrase, de deux ou plusieurs groupes ou propositions jouant le même rôle syntaxique.

Coordonnant (conjonction de coordination ou adverbe) mot qui sert à joindre deux mots, deux groupes de mots de même fonction, ou deux propositions de même niveau.

Corrélative proposition subordonnée introduite par que et en relation avec un adverbe qui exprime un degré. On distingue deux sortes de subordonnées corrélatives :

~ consécutive elle énonce un fait qui est la conséquence du degré de l'adjectif exprimé par l'adverbe (*si … que*).

~ comparative elle énonce un rapport de ressemblance ou de différence établi entre la principale et la proposition introduite par *que* ou *comme*.

D

Degré d'intensité de l'adjectif comparatif (*plus / moins … que*) ou superlatif (*le plus / le moins, très*).

Dérivation opération qui consiste à former un mot à partir d'un autre mot auquel on ajoute des éléments appelés préfixes ou suffixes.

Destinataire personne qui reçoit le message de l'émetteur.

Déterminant mot qui précède un nom pour constituer un groupe nominal.

~ démonstratif permet de renvoyer à un élément déjà connu du contexte.

~ exclamatif introduit un mot à propos duquel on exprime un sentiment par une exclamation.

~ indéfini donne une information de quantité non précisée sur le nom qu'il détermine.

~ interrogatif introduit un nom à propos duquel on pose une question.

~ numéral donne une précision numérique exacte sur le nom qu'il détermine.

~ possessif détermine la relation de possession avec une personne.

~ article défini introduit des noms notoirement connus de tous (le soleil, la terre) ou des noms connus par la situation ou le contexte.

~ **article indéfini** introduit des noms qui ne sont pas encore connus de l'interlocuteur.

~ **article partitif** s'emploie devant un nom lorsqu'on ne considère qu'une partie indéterminée de la chose que l'on désigne.

Discours rapporté citation de paroles à l'intérieur d'un énoncé.

~ **discours rapporté direct** les paroles sont citées entre guillemets.

~ **discours rapporté indirect** les paroles rapportées sont transposées et insérées dans des propositions subordonnées.

~ **discours rapporté indirect libre** les paroles rapportées sont insérées dans le texte à la 3e personne, sans guillemets ni propositions subordonnées.

E

Émetteur personne qui parle ou qui écrit à une ou plusieurs personnes.

Énoncé message échangé, à l'oral ou à l'écrit, entre l'émetteur et le récepteur. Il peut être :

~ **ancré** le contenu de l'énoncé est situé par rapport à l'émetteur : moi / ici / maintenant. Le temps verbal de référence est le présent. Le passé composé rapporte les faits passés et le futur rapporte les faits à venir.

~ **coupé** les faits semblent se raconter d'eux-mêmes. Les événements se situent dans leur succession les uns par rapport aux autres : lui / là-bas / alors. Le temps verbal de référence au passé est le passé simple.

~ **argumentatif** énoncé qui a pour but de convaincre le récepteur à l'aide d'arguments.

~ **descriptif** énoncé qui présente l'état d'un objet, d'un lieu et les décrit en les caractérisant.

~ **explicatif** énoncé qui sert à informer le récepteur sur un sujet en expliquant les phénomènes et en donnant des exemples.

~ **narratif** énoncé qui rapporte une suite d'événements se déroulant dans le temps.

Énonciation acte de prise de parole d'une personne à un moment et en un lieu donnés.

Épithète fonction de l'adjectif qualificatif lorsque celui-ci est placé directement à côté d'un nom, dans un groupe nominal. Il peut être :

~ **liée** l'adjectif suit ou précède immédiatement le nom qu'il caractérise.

~ **détachée** l'adjectif est détaché du nom par une virgule à l'écrit et par une pause à l'oral.

Étymologie étude de l'origine et de l'évolution des mots.

Expansion mot ou groupe de mots qui complète un mot-noyau.

F, G

Famille de mots ensemble des mots dérivés et des mots composés à partir d'un radical de base.

Figure de style forme de langage qui rend un message plus expressif (antithèse, comparaison, hyperbole, litote, métaphore, métonymie…).

Fonction d'un mot indique le rôle grammatical de la phrase.

Gérondif participe présent précédé de en. Il exprime une action simultanée à celle du verbe de la proposition principale.

Groupe nominal groupe de mots dont le noyau est un nom.

Groupe prépositionnel groupe de mots introduit par une préposition.

Groupe verbal groupe de mots dont le noyau est un verbe.

H, I

Homonymie se dit de mots qui ont des sens différents mais qui ont la même forme orale (homophones) ou écrite (homographes).

Hypothétique subordonnée introduite par si, à condition que…, qui exprime une hypothèse, qui permet à l'émetteur de supposer un fait.

Impératif mode verbal qui présente un événement comme un ordre à exécuter, une défense à respecter.

Indicatif mode verbal exprimant un fait comme certain ou probable dans le passé, le présent ou le futur.

Interrogation
~ partielle demande une information sur un des éléments de la phrase, par un mot interrogatif en tête de phrase.
~ totale pose une question dont la réponse sera *oui*, *si*, ou *non*.

J, M, N

Juxtaposition liaison de deux ou plusieurs propositions, simplement séparées, à l'oral par une pause, à l'écrit, par un signe de ponctuation, sans autre marque grammaticale.

Marques d'énonciation mots de l'énoncé qui renvoient aux éléments de la situation de communication.
~ de personne mots qui renvoient aux interlocuteurs, et qui s'interprètent en fonction des personnes qui participent à une communication (*je*, *tu*, *mon*, *ta*).

~ de lieu expressions de lieu qui renvoient à l'endroit où se trouve l'émetteur de l'énoncé.
~ de temps marques qui permettent de situer un événement avant, pendant ou après le moment de l'énoncé.

Message ensemble des énoncés oraux ou écrits échangés entre un émetteur et un récepteur à un moment ou dans un lieu donné.

Métaphore figure de style qui, par analogie, associe deux mots sans l'intermédiaire d'un terme de comparaison.

Mode manière d'envisager le fait exprimé par le verbe. On distingue cinq modes : l'impératif, l'indicatif, le subjonctif, l'infinitif et le participe.

Narrateur personne qui raconte une histoire.

Nature d'un mot voir classe grammaticale

Niveau de langue manière de s'exprimer adaptée aux destinataires et à la situation de communication. Principaux niveaux de langue : courant, soutenu, familier.

Nom noyau du groupe nominal, en général précédé d'un déterminant et accompagné d'un groupe facultatif : adjectif, groupe prépositionnel. Il peut occuper diverses positions syntaxiques dans la phrase : sujet, complément essentiel, complément circonstanciel.

P

Paronymes mots ayant une prononciation presque identique, mais n'ayant pas du tout le même sens.

Participe mode impersonnel du verbe.

~ présent présente l'événement durant son déroulement.

~ passé sert à former les temps composés, car il marque l'aspect accompli de l'événement.

Phrase ensemble de groupes de mots organisés selon une structure qui fait sens.
À l'écrit, elle commence par une majuscule et se termine par un point.

~ simple suite de mots qui contient un seul groupe verbal, construit autour d'un verbe conjugué.

~ complexe résulte de la transformation de plusieurs phrases simples, soit par juxtaposition, soit par coordination, soit par subordination.

~ verbale phrase construite autour d'un verbe conjugué au moins.

~ non verbale énoncé qui peut se limiter à un seul mot et ne comporte pas de verbe conjugué.

Phrase (forme de)

~ affirmative phrase qui affirme une réalité, exprime ce qui est.

~ emphatique phrase qui insiste sur un des éléments de la phrase en le mettant en relief par un déplacement ou par l'emploi de *c'est ... que, c'est ... qui.*

~ négative phrase qui nie une action ou un fait, exprime ce qui n'est pas.

~ passive phrase qui résulte de la transformation d'une phrase active dont le verbe a un COD.

~ exclamative exprime une émotion ou un sentiment vif (surprise, étonnement, plaisir, colère, indignation...)

Phrase (type de)

~ déclarative l'émetteur constate un fait, transmet une information ou exprime une opinion, un jugement. Elle peut être affirmative ou négative.

~ injonctive l'émetteur cherche à faire agir le récepteur. Le verbe n'a pas de sujet exprimé quand il est au mode impératif.

~ interrogative l'émetteur demande une information en posant une question.

L'interrogation peut être totale ou partielle.

Portrait description d'un personnage.

Préfixe affixe placé devant le radical d'un mot, qui devient alors un mot dérivé.

Pronom mot qui représente souvent un nom ou un groupe nominal pour reprendre une information déjà donnée.

~ démonstratif pronom qui peut désigner un élément présent dans la situation de communication.

~ indéfini pronom qui correspond à un groupe nominal introduit par un déterminant indéfini. Il désigne un être ou une chose sans donner d'indication précise de quantité ou d'identité.

~ personnel mot qui remplace souvent un nom employé antérieurement et évite de le répéter.

~ possessif *le mien, le tien, le sien, les nôtres...* reprennent un groupe nominal déjà cité en indiquant une relation avec la personne correspondante.

~ relatif mot de relation qui unit la proposition relative à son antécédent. Il représente, en tête de la proposition relative, le nom ou le pronom antécédent.

Proposition unité de sens construite autour d'un sujet et d'un verbe conjugué.

~ indépendante elle constitue à elle seule une phrase.

~ principale proposition dans laquelle est enchâssée une subordonnée.

~ subordonnée proposition enchâssée dans une autre, dont elle dépend syntaxiquement.

R

Radical base du mot, qui contient la signification de ce mot.

Récepteur personne à qui l'on parle ou à qui l'on écrit.

Registre de langue voir *niveau de langue*.

Relative proposition subordonnée en position de complément de nom, introduite par un pronom relatif.

Reprises dans un texte, procédé qui consiste à renommer, phrase après phrase, les êtres et les objets dont parle le texte. On distingue :
- les reprises nominales par un GN réduit, un terme générique, un synonyme, une périphrase ;
- les reprises pronominales par des pronoms personnels, démonstratifs, possessifs, indéfinis, numéraux.

Rime répétition d'un même son à la fin d'un vers.

S

Sens figuré sens second d'un mot, c'est-à-dire son sens imagé.

Sens propre sens premier d'un mot, c'est-à-dire son sens courant.

Situation de communication situation dans laquelle un émetteur adresse un message à un récepteur, à un moment et en un lieu donnés, avec une intention particulière.

Strophe dans un poème, regroupement de plusieurs vers, une strophe de 2 vers est un distique, de 3 vers, un tercet, de 4 vers, un quatrain.

Subjonctif mode personnel du verbe qui présente un événement comme incertain, sans précision de temps.

Subordonnant mot (conjonction de subordination, pronom relatif…) qui introduit une proposition subordonnée.

Subordonnée

~ circonstancielle élément non essentiel de la phrase qui exprime les circonstances de l'action du verbe : but, cause, concession, conséquence, hypothèse, temps.

~ complétive qui est complément du verbe de la proposition principale. Elle est introduite par la conjonction que.

~ interrogative indirecte forme de proposition subordonnée complétive. C'est un élément essentiel de la phrase, complément d'objet direct d'un verbe de sens interrogatif. Elle appartient au discours indirect.

~ relative expansion du groupe nominal. Elle comporte un verbe conjugué et est introduite par un pronom relatif mis pour le nom ou le pronom antécédent. Elle est complément de son antécédent.

Suffixe placé après un radical dont il change souvent la classe grammaticale.

Sujet un des deux éléments obligatoires d'une phrase verbale. Il commande l'accord du verbe en personne et en nombre.
Il ne peut pas être supprimé.

Superlatif degré de l'adjectif

~ relatif degré de comparaison (*le plus, le moins…*) ;

~ absolu degré d'intensité (*très…*).

Synonyme mot de même sens qu'un autre.

Syntaxe étude des relations des mots ou groupe de mots entre eux à l'intérieur de la phrase.

T, V

Temps du verbe variation du verbe qui situe l'action dans le passé, le présent, le futur.

~ composé temps du verbe formé d'un auxiliaire, *avoir* ou *être* et du participe passé de ce verbe.

~ simple temps du verbe formé sans auxiliaire.

Verbe mot essentiel de la phrase verbale qui varie selon la personne, le nombre, le temps, le mode. Il relie le sujet et les compléments, ou le sujet et son attribut.

Versification ensemble des règles d'écriture de la poésie.

Index

MIXTE
Papier issu de sources responsables
FSC® C022030
FSC www.fsc.org

Nathan est un éditeur qui s'engage pour la préservation de son environnement et qui utilise du papier fabriqué à partir de bois provenant de forêts gérées de manière responsable et contrôlée.

IMPRIM'VERT

N° de projet : 10278727 - Achevé d'imprimer en mai 2022 par Bona S.p.A. à Turin en Italie